OEUVRES

DE

F.-B. HOFFMAN.

TOME I.

IMPRIMERIE DE LEFEBVRE,
rue de Lille, n. 11.

Badoureau Sculp.

ŒUVRES

DE

F.-B. HOFFMAN.

THÉATRE.

TOME I.

A PARIS,

CHEZ LEFEBVRE, IMPRIMEUR-LIBRAIRE,

RUE DE LILLE, N° 11.

M. DCCC. XXXI.

NOTICE

BIOGRAPHIQUE ET LITTÉRAIRE

SUR

F.-B. HOFFMAN.

Une liaison intime, qui remonte à plus de quinze années, m'ayant mis à même de bien connaître l'écrivain dont notre littérature déplore la perte, on m'a confié le soin de retracer les principales circonstances de sa vie. Enhardi par l'estime, j'ose même dire par l'amitié dont Hoffman m'a constamment honoré, j'entreprends ce douloureux travail, non avec l'espoir de m'élever jusqu'à la hauteur de mon sujet, mais avec l'assurance de fournir à une plume plus habile que la mienne quelques matériaux inédits.

C'est à Nancy, patrie de Palissot, de Saint-Lambert, et de plusieurs autres littérateurs distingués, que naquit François-Benoît Hoffman, le 11 juillet 1760, d'Elisabeth Roësler et de François Hoffman, ancien officier dans les armées de l'Empire. Son aïeul se nommait EBRARD; il était attaché au service personnel de l'empereur Léopold. Ce souverain ne trouvant pas le nom d'Ebrard assez sonore pour une oreille impériale, y substitua celui de Hoff-man, homme de cour : ceux qui ont connu particulièrement le plus spirituel des descendans du serviteur de Léopold conviendront qu'un pareil nom n'avait aucune analogie avec son caractère, et que jamais homme ne fut moins propre au rôle de courtisan.

Dès l'âge le plus tendre, Hoffman sentit naître en lui le goût de l'étude, et c'est avec une ardeur extraordinaire qu'il se livra à son penchant studieux. Externe à l'un des colléges des environs de Nancy, il quittait tous les matins la maison paternelle bien avant l'heure indiquée, et c'était toujours lui qui entrait le premier en classe et qui en sortait le dernier. L'hiver, malgré la pluie et la neige, il partait avant le jour ; une petite lanterne l'aidait à reconnaître son chemin; souvent il lui est arrivé d'attendre une heure entière l'ouverture des portes et de réchauffer ses mains glacées à la faible lumière qui avait guidé ses pas. Diogène adolescent, ce n'était pas un homme qu'il cherchait, mais la science qui pouvait le conduire à la connaissance du cœur humain. Animé d'un zèle aussi ardent, ses progrès dûrent être rapides. Bientôt de nombreuses palmes classiques ombragèrent son jeune front. Encouragé par ses premiers succès, il ambitionna de nouveaux lauriers, et dès-lors chaque fois qu'il entra dans la lice, il en sortit vainqueur de tous ses rivaux. Malheureusement le laborieux athlète était d'une complexion délicate ; l'excès du travail finit par altérer sa santé, et pendant plus de quinze mois sa famille eut à craindre pour ses jours ; déjà même il était abandonné des médecins lorsque la nature fit ce que l'art n'avait pu opérer : une crise favorable le ravit à la tombe qui s'était entr'ouverte pour lui.

Dans la dernière moitié du dix-huitième siècle de petits vers étant encore des titres à la célébrité, ceux qu'Hoffman composa répandirent sa jeune renommée dans la

capitale de l'ancienne Lorraine et lui va-
lurent l'accueil le plus flatteur de la mar-
quise de Boufflers, l'une des femmes les
plus aimables de son temps, qui, elle-
même, faisait de très-jolis vers ; car sa fable
intitulée : *la Vérité à la Sorbonne*, est un
modèle de concision et de malice. La mar-
quise habitait Nancy, et c'est chez elle que
se réunissait une société choisie, dans laquelle l'illustration de la naissance ne l'em-
portait jamais sur les agrémens de l'esprit :
à ce dernier titre, Hoffman ne tarda pas à
devenir l'un des membres de cette petite
académie qui subsista jusqu'à la mort de
madame de Boufflers.

Il vint à Paris en 1785, et y publia le
recueil de ses poésies. Plusieurs journaux
en firent l'éloge ; l'un des rédacteurs de
l'Année littéraire le compare *à un parterre
agréable que l'on parcourt avec plaisir, et
où l'on peut voltiger de fleurs en fleurs* *.
On voit que l'Aristarque était dans un de
ses jours de bienveillance. Il termine en
disant d'une manière moins fleurie, mais

---

* *Année littéraire*, 1786, t. II, page 155.

plus juste : *Tous ces morceaux sont écrits avec grâce et une facilité élégante, et l'on peut mettre M. Hoffman au rang de nos poètes les plus agréables* *. Le succès de cette publication lia Hoffman avec plusieurs jeunes littérateurs, parmi lesquels on distinguait MM. de Fontanes, A. V. Arnault et Masson de Morvilliers. La politique n'ayant pas encore envahi le domaine de la littérature, ces jeunes poètes ne s'occupaient dans leurs réunions journalières que de prose et de vers ; tout événement survenu au Parnasse excitait leur admiration ou leur colère poétique, et chacun d'eux était obligé de rimer impromptu un éloge ou une épigramme : afin de mieux exalter la verve des initiés, on ne se mettait à table que lorsque l'inspiration était arrivée, et jamais Comus n'y obtenait le pas sur Apollon. La nomination de Sedaine à l'Académie française porta à son comble l'indignation de nos jeunes écrivains : un vers satirique n'attendait pas l'autre ; ce fut dans cette circonstance qu'Hoffman improvisa l'épigramme

* *Année littéraire*, 1786, t. II, page 160.

suivante : elle est imprimée ici pour la première fois.

> Amis, Apollon nous menace
> De faire aplanir le Parnasse,
> Dès demain il doit le saper,
> Et si plat il saura le rendre,
> Que Sedaine y pourra grimper,
> Et qu'il nous y faudra descendre.

En 1786, on croyait encore que le fauteuil
académique ne devait être accordé qu'aux
écrivains qui avaient enrichi la langue, ou
qui du moins ne l'avaient point outragée,
et il faut convenir que, sous ce rapport,
Sedaine ne semblait pas appelé à siéger
parmi les quarante. Cette considération
doit faire pardonner à Hoffman ce que son
épigramme peut avoir de trop sévère. Les
temps sont bien changés ! Aujourd'hui,
Sedaine ne lui paraîtrait pas indigne de
s'asseoir au Parnasse-Richelieu. L'auteur
du *Philosophe sans le savoir*, de *la Gageure*
et de *Richard*, offrirait pour prix de son
fauteuil ses succès au théâtre, tandis que
tel de ses successeurs n'est connu que par
des ouvrages inédits, sur lesquels on a bien
voulu lui faire l'avance de son immortalité.

Admirateur du talent de madame Saint-Huberti, Hoffman fit pour elle son opéra de Phèdre; mais en composant cet ouvrage, il retrancha l'épisode d'Aricie, et n'employa aucun des vers de Racine, par respect pour ce grand poète. Le bailli du Rollet ne s'était pas montré si scrupuleux en arrangeant Iphigénie pour la scène lyrique. Lemoine, élève de Gluck et auteur d'une partition d'Électre, fut chargé de la musique de Phèdre. Cet ouvrage, représenté le 21 novembre 1786, réussit complètement, et quelques journaux n'hésitèrent pas à reconnaître que le style en était supérieur à celui des opéras de Marmontel. Malgré cet éloge, Phèdre ne se trouve point dans le théâtre choisi de son auteur. A la lecture, une lutte avec Racine devenait trop inégale; d'ailleurs Hoffman avait dès long-temps condamné cet ouvrage à l'oubli. Lorsqu'en 1813, l'Académie royale de musique annonça la reprise de la pièce, l'auteur, qu'on n'avait pas consulté, écrivit le matin même de la représentation une lettre dans le Journal de l'Empire, où il fit amende honorable aux mânes de Racine, et déclara que son opéra de Phèdre ne pouvait qu'ennuyer le public. Cette prédiction ne tarda pas à s'accomplir : sa Phèdre n'eut que deux représentations à cette reprise, et disparut pour jamais du répertoire.

Nephté ne méritait pas le même sort; représenté le 15 décembre 1789, cet opéra était digne d'obtenir une plus longue existence théâtrale. Tout ce qui concerne cet ouvrage se trouve dans l'avertissement qui le précède. En ayant agi de même pour chaque pièce, il me suffira de rappeler ici sommairement les titres de celles qui font partie des œuvres d'Hoffman.

ACADÉMIE ROYALE DE MUSIQUE : *Nephté, Adrien* et *la Mort d'Abel.*

THÉATRE FRANÇAIS : *L'Original* et *le Roman d'une heure.*

OPÉRA-COMIQUE : *Euphrosine, Stratonice, Médée, Callias, Bion, le Brigand, le Jockei, le Secret, Ariodant, le Château de Monténéro, le Trésor supposé, les Rendez-vous bourgeois* et *Lisistrata.* En tout dix-huit pièces.

Le théâtre d'Hoffman pouvait être beaucoup plus considérable, puisque ses ouvrages dramatiques sont au nombre de quarante-quatre; mais on sent qu'il était indispensable de faire un choix. A cet égard, j'ai pris pour guide les jugemens que le public avait portés sur chaque pièce, l'avis de plusieurs hommes de lettres et l'opinion d'Hoffman lui-même. Jamais auteur ne s'expliqua avec plus de franchise sur ses productions, et ne les jugea avec une modestie plus équitable. En cela, il était plus sévère que les spectateurs qui n'avaient repoussé ni *la Soubrette*, ni *Azeline*, ni *le jeune Sage et le vieux Fou*, ni *la Ruse inutile*, ni *Grimaldi*, ou *le Dépositaire infidèle*. Ce dernier ouvrage a été reproduit depuis à l'Odéon sous le titre de la *Cassette*, par un arrangeur marron, dont l'entreprise n'a obtenu aucun succès : il est vrai qu'en prenant le sujet de la pièce et la marche de l'action, il avait négligé d'y joindre la spirituelle originalité du dialogue.

Indépendamment des ouvrages déjà cités, Hoffman a donné au théâtre, *la Capricieuse*, *la Malade par amour*, *la Femme de quarante-cinq ans*, *la Boucle de cheveux*, *la Statue*, ou *la Femme avare*, et *Idala*, dont

les succès furent très-vivement contestés.
Avouons même, sans aucun ménagement
oratoire, que leurs chûtes ne furent pas douteuses ; la fortune a ses jours d'inconstance
pour les poètes comme pour les guerriers,
et malgré l'*audaces fortuna juvat,* les plus
audacieux ne sont pas toujours assurés de la
victoire. Si les timides étaient seuls re-
poussés, Hoffman n'aurait compté que des
triomphes, car sa hardiesse allait jusqu'à
la témérité dans le choix d'un sujet, la
contexture de l'action et la liberté du dialogue. Enthousiaste de Molière, il était
persuadé que les comédies dites de bon ton,
n'avaient rien de comique. Malheureusement l'époque n'était pas favorable pour
ramener le public à la nature et à la vérité.
J'ai essayé d'en expliquer les causes dans
l'avertissement qui précède *le Secret.* En
général, la destinée d'un ouvrage dramatique ne tient pas moins aux dispositions du
public qu'au talent d'un auteur.

 Avant de s'élever jusqu'aux grands théâ-
tres, Hoffman avait fait représenter quatre
petites comédies aux boulevards, *Zélis, le
Madrigal, les Valets,* et *la Folle Epreuve.*

Cette dernière pièce est restée au répertoire de l'Ambigu-Comique.

Il a laissé manuscrit : *Arbace, la Tante jalouse, le Paresseux, la Revanche, le Faux Homme de lettres, la Conspiration, Silvio-Silvia*, et *le Directeur de Spectacle*. La plupart de ces ouvrages, reçus depuis long-temps à l'Opéra-Comique, pourraient y réussir à l'aide de quelques changemens : *Silvio-Silvia* est un fort joli acte ; *le Directeur,* qu'on doit représenter incessamment, est une critique très-gaie, non de la musique italienne qu'Hoffman aimait beaucoup, mais de la *dilettantomanie* de certains connaisseurs, qui ne sont pas précisément ceux qui s'y connaissent.

D'après cet exposé des travaux dramatiques d'Hoffman, on voit que nous n'avons pas admis la moitié des pièces qu'il a composées. Si quelques personnes trouvaient que nous eussions dû nous montrer encore plus sévère, nous leur répondrions que le mérite du style dans la plupart de ces ouvrages ne nous permettait pas de les condamner à l'oubli. Poète aussi élégant que correct, Hoffman est du petit nombre des

écrivains qu'on lit avec plaisir ; le rhythme,
dont il avait fait une étude approfondie,
donne à ses vers lyriques un charme qui
devient plus rare de jour en jour, et qui
rappelle la mélodieuse facilité, la gracieuse
expression et le coloris poétique de Métas-
tase.

Jusqu'ici le lecteur a pu suivre les travaux
littéraires d'Hoffman dans leur ordre chro-
nologique, car son entrée dans la polémique
des journaux ne date que de 1807, époque
à laquelle il donna son dernier opéra-comique *. La seule pièce qu'il ait laissé jouer
depuis, est la *Mort d'Abel* **. Il ne se
décida à descendre de nouveau dans l'a-
rène théâtrale que pour ne point priver
M. Kreutzer du fruit de ses veilles. Il avait
pour système qu'il ne fallait pas qu'un juge
s'exposât aux chances d'une accusation, et
se mît dans le cas de comparaître à son tour
à la barre de la critique. Un coup-d'œil

---

* *Les Rendez-vous bourgeois*, représentés le 9 mai 1807.
Hoffman avait bien rédigé quelques articles pour le *Journal
des Deux-Ponts* et pour *le Menteur*; mais il n'était point attaché à la rédaction de ces feuilles.

** Le 23 mars 1810.

rapide jeté sur ses travaux polémiques prouvera que jamais écrivain ne fut plus digne
d'exercer cette espèce de magistrature littéraire qui commande jusqu'à l'estime de
ceux qu'elle frappe, quand les connaissances
les plus vastes et les plus variées s'unissent à
l'indépendance la plus impartiale et au plus
noble désintéressement.

M. Etienne, nommé rédacteur en chef
du Journal de l'Empire, désira attacher
Hoffman à la rédaction de cette feuille, dont
le brillant succès était moins l'ouvrage de
la politique que des talens réunis de plusieurs
hommes de lettres. Ce fut avec le plus vif
empressement qu'Hoffman consentit à cette
honorable collaboration ; mais, ne comptant
pas encore assez sur ses forces, il ne voulut
faire ses premières armes que sous le voile
de l'anonyme. C'est alors que parurent ses
Lettres champenoises. Dès l'apparition de
la première, on n'hésita pas à reconnaître
que l'auteur était un homme de beaucoup
d'esprit, et chacun s'étudia à deviner son
nom. Toutes les conjectures n'avaient pro-
duit aucun résultat, lorsqu'à un dîner où se
trouvaient Geoffroy et Méhul, celui-ci dé-

clara que d'après la lecture de ces lettres, il
les attribuait à Hoffman. Cette opinion fut
partagée par la majorité des convives;
Geoffroy seul fut d'un avis tout contraire :
Jamais, dit-il, Hoffman ne sera capable
d'écrire avec cette piquante légèreté. L'o-
racle du feuilleton avait probablement perdu
le souvenir des réponses à ses articles sur
l'opéra d'Adrien, ou plutôt elles étaient
encore trop présentes à sa mémoire *.
Après l'éveil donné par Méhul, le prétendu
champenois jeta le masque, et signa ses
jugemens de la lettre *H*. Le cadre qu'Hoffman avait imaginé a été pris depuis par
d'autres écrivains; mais toutes les copies
sont restées à une très-grande distance de
l'original.

L'Athénée de Paris était alors très-suivi.
Le public attachait une grande importance
au compte rendu de ses séances hebdoma-
daires, depuis que La Harpe, et après lui
M. Lemercier, l'avaient élevé jusqu'à la
hauteur académique. On se rappelle avec
quel empressement les curieux se portèrent

---

* Voyez aux *Mélanges*, t. III, pages 9 et suivantes.

aux leçons du docteur Gall et avec quel enthousiasme ils embrassèrent d'abord le système des protubérances. Tout en rendant
justice au savant anatomiste, Hoffman attaqua ce qui lui parut faux et dangereux
dans sa craniologie, et comme il n'employa
que l'arme du ridicule, le public fut bientôt
de son avis. Obligé de plier bagage, le docteur fit rentrer ses crânes dans le charnier
physiologique. Cependant, bien que repoussé, M. Gall ne se regarda pas comme
complètement battu; quelque temps après
il redescendit dans la lice, et, soutenu par
quelques doctes champions, il essaya de
rompre d'autres lances en l'honneur des
bosses de la belle Allemande. Les confé-
dérés crurent dérouter la critique en variant
leurs couleurs et en arborant des bannières
différentes. L'un, M. Demangeon, inscrivit
sur son étendard : PHYSIOLOGIE INTELLEC-
TUELLE ! l'autre, M. Spurzheim, déploya
l'enseigne de la PHRÆNOLOGIE ! tandis que
le grand architecte du système tenait en réserve l'ORIGINE DES QUALITÉS MORALES et
les FONCTIONS DU CERVEAU. Ces ruses de
guerre ne purent mettre en défaut la sur-

b.

veillance d'Hoffman ; il reconnut partout la
craniologie et crut devoir continuer à la
combattre sous toutes ses formes. Son article
intitulé PODOLOGIE parut lui porter le dernier coup, car dès ce moment les penchans
irrésistibles n'opposèrent plus aucune résistance et semblèrent s'évanouir comme les
fantômes d'une imagination trop prévenue
en faveur de sa chimère. Le petit nombre
de partisans restés au docteur Gall assurent
qu'il ne saurait être accusé de charlata-
nisme, puisque lui-même croyait avec fer-
veur : on ne peut, disent-ils, que lui reprocher d'avoir voulu tout rapporter à son
idée favorite, faute dans laquelle tombent
ordinairement les novateurs. Loin de chercher à contredire cette opinion, nous con-
viendrons que M. Gall était digne d'occuper
le premier rang dans les fastes de la science;
mais on sera forcé d'avouer également qu'il
avait sa marotte, et que chaque fois qu'il
s'agissait de craniologie ce n'était plus le
savant anatomiste, c'était le chevalier de la
Manche frappant d'estoc et de taille pour
les beaux yeux de sa Dulcinée.

A peine Hoffman avait-il fait la guerre

aux protubérances qui lui fallut combattre
les somnambules et les magnétiseurs. Ces
disciples de Mesmer trouvèrent en leur adversaire un ennemi d'autant plus redoutable, qu'il leur concédait tout ce que la
raison ne pouvait leur refuser. L'ayant ques-
tionné plusieurs fois sur ce qu'il pensait du
magnétisme, il m'a toujours répondu qu'il
n'avait pas à ce sujet une incrédulité complète; il avait été témoin de plusieurs faits
qui l'empêchaient de se prononcer affirma-
tivement sur cette matière. Il croyait bien
que des compères se mettaient aux ordres
des charlatans; mais il ne pouvait se persuader que, sans une cause extraordinaire, le
sommeil magnétique rendît un homme entièrement insensible à la douleur; c'est ce
qu'il avait vu chez M. de Puységur, où il
appuya, par mégarde, le pied d'un énorme
fauteuil sur le pied d'un dormeur, sans
que ce coup imprévu fît faire à celui-ci le
moindre mouvement. Une autre fois il y
vit un magnétisé dont les jambes étaient si
près de la cheminée qu'une de ses bottes
brûla; le feu avait déjà gagné les chairs
lorsqu'on jugea qu'il était urgent de le ré-

veiller. Il avouait que de pareils faits lui
paraissaient de nature à appeler sur les
causes du fluide magnétique toute l'attention des savans. Au reste, c'est la seule
concession qu'Hoffman ait jamais faite au
mesmérisme ; ses doutes ne s'étendaient
point jusque sur les prévisions et le sens intérieur, qu'il n'hésitait pas à ranger dans le
domaine de la superstition.

D'après l'ordre des matières adopté pour
les OEuvres d'Hoffman, ses articles sur plusieurs ouvrages de médecine se trouvent
placés immédiatement à la suite de ceux qui
traitent des magnétiseurs et des somnambules. A quelques exceptions près, il y fait
encore la guerre aux charlatans ; et comme
il avait suivi avec la plus scrupuleuse attention des cours de médecine et d'anatomie,
aucun médecin n'a jamais essayé de dé-
cliner sa compétence. Ses connaissances
n'étaient pas moins positives en géologie,
en astronomie et en géographie ; le plus habile professeur dans l'une de ces sciences
n'aurait pu lui dire : *Ne sutor ultrà crepi-
dam.* La partie de sa polémique qui concerne les voyages offre une lecture aussi

instructive qu'amusante ; il y parcourt successivement le globe, et ses résumés signa-
lent tout ce qu'il y a d'utile et d'agréable
dans un très-grand nombre de volumes ; en
même temps il combat les erreurs et ne fait
grâce à aucun trait d'ignorance. Plus le nom
d'un auteur a de célébrité, plus il s'attache
à démontrer les fautes qui se rencontrent
dans ses ouvrages. C'est par ce seul motif
qu'il a fait une guerre si soutenue à madame de Genlis, à lady Morgan et surtout
à M. de Pradt. Le nom de l'ex-archevêque
de Malines me fournit naturellement l'occasion d'expliquer pourquoi Hoffman, dans
beaucoup de ses articles, a parlé si souvent
avec ironie de notre siècle des lumières et
du libéralisme contemporain.

Nourri de la lecture des grands écrivains du siècle de Louis XIV, il ne pouvait
supporter patiemment l'espèce d'anathême
lancé contre eux par la présomptueuse impuissance de leurs successeurs; les éloges
que nous nous donnons à leurs dépens lui
paraissaient aussi ridicules que les compli-
mens que nous nous faisons journellement
au théâtre sur notre immortelle valeur : selon

lui notre indépendance nationale ne pouvait
se comparer à celle des Corneille, des Racine, des Molière, des Boileau, des Bos-
suet et des Massillon, qui avaient osé, sous
le règne du pouvoir absolu, ce qu'on n'a pas
même tenté à l'époque de notre plus grande
licence républicaine. En effet, quel écrivain aurait été assez courageux, en 1793,
pour faire entendre à nos monarques plé-
béiens des vérités aussi hardies que celles
qui se trouvent dans Cinna, dans Horace,
dans Britannicus, dans Athalie, dans Tar-
tufe, dans les satires et les épîtres du législateur de notre Parnasse, et dans les
éloquentes et sublimes philippiques des
orateurs chrétiens contre l'orgueil des grands
et les fautes des rois?

　Mais ce qui surtout excitait son indignation, c'était le libéralisme des libéraux à
la façon de M. de Pradt; à ses yeux l'au-
mônier du dieu Mars n'était qu'un hypocrite
de liberté; ce jugement paraîtra peut-être
sévère : il était puisé dans l'importance que
M. de Pradt attachait alors à son titre d'ar-
chevêque, et qui faisait douter à Hoffman
du sincère dévouement de monseigneur à la

cause populaire*. Il ne pouvait lui pardonner la qualification de Jupiter-Scapin donnée
à l'homme que naguère il avait déifié, quand
sa qualité de prêtre lui faisait, plus qu'à tout
autre, un devoir de rester fidèle au malheur.
Aussi, lorsqu'on demandait à notre auteur
pourquoi il n'écrivait pas contre Napoléon,
il répondait : « Je ne l'ai jamais flatté. »
Telles sont les véritables causes des spirituels sarcasmes qu'Hoffman ne cessa de
lancer contre les tartufes politiques de la
Restauration : il avait trop d'indépendance
dans le caractère pour ne pas aimer la liberté ; mais il la voulait exempte de licence
et dégagée d'intérêt personnel : sa verve
satirique s'allumait au seul aspect de ceux
de nos Brutus, qui, rois sous la république
et valets sous l'Empire, remplaçaient par
des chaînes dorées les haillons du jacobinisme, et dont la servile indépendance
avait attendu, pour éclater de nouveau, les
premiers craquemens du trône impérial.
Ce qui prouve que cette opposition d'Hoffman n'était point systématique, c'est qu'il

---

* *Voyez* tome VI, pages 279 et suivantes.

défendit le dix-neuvième siècle toutes les
fois qu'il le crut injustement attaqué. Je
n'en citerai pour exemple que son article
intitulé : *des Mauvais Livres* *. Il y repousse victorieusement l'accusation d'im-
moralité et d'irréligion, dirigée par un prélat
contre la France moderne, et démontre que
le dix-huitième siècle doit seul encourir ce
double reproche. Certes, nos mœurs ne
peuvent être assimilées à celles de la ré-
gence et de la dernière moitié du règne de
Louis XV : cela est si vrai, qu'aujourd'hui
les magistrats n'auraient pas même besoin
de lancer les foudres de Thémis contre les
productions obscènes ; avant que leurs auteurs fussent arrivés à son tribunal le mépris
public en aurait fait justice.

Eh quoi ! celui qui déclara une guerre
d'extermination à l'hydre renaissante du
jésuitisme, pourrait être considéré comme
un ennemi des lumières et de la liberté !
Cette supposition est trop absurde pour que
j'entreprenne de la réfuter. Il ne faut que
lire ce qu'Hoffman a écrit sur les disciples

---

* Tome VII, page 238.

de Loyola pour ne conserver aucune incertitude à cet égard : cette partie de ses OEuvres
restera comme un modèle de raison, d'élo-
quence et d'esprit. Dédaignant les décla-
mations et les argumens de ses prédéces-
seurs, ce n'est que dans les écrits des jésuites
qu'il puise les preuves de la perversité de
leurs doctrines ; évoquant les ombres des
Bellarmin, des Emmanuel Sa, des Molina,
des Suarez, il les contraint à faire l'aveu
de leurs crimes, et c'est avec leurs propres
armes qu'il déchire le réseau monacal dont
la France était déjà presque entièrement
enveloppée. Mais dans cette guerre du talent contre la ruse et l'hypocrisie, aucun
vain désir de renommée n'excite son courage, aucun intérêt personnel ne vient augmenter sa conviction ; il lui suffit, pour
sentir le besoin de combattre et pour soutenir ses forces, de l'horreur que les assas-
sins de Henri IV lui ont toujours inspirée :
à chacune de leurs apparitions sa haine se
réveille, et nouveau Mithridate, il s'arme
en s'écriant : *les Romains !*

Après cette guerre soutenue par Hoffman
dans le seul intérêt du bien public, un de

ses titres de gloire est sa polémique sur le
romantisme, polémique dans laquelle il
combat les folies du genre anglo-tudesque,
tout en applaudissant aux innovations ten-
tées par le génie et aux conquêtes faites par
le talent sur la littérature étrangère. Son
examen de l'ouvrage de Schlegel contient
tout ce qu'il est utile de savoir à ce sujet, et
décide la question en faveur de la raison et
du goût. Rien de plus gai que la manière
dont il parle du style néologique des nour-
rissons de la Muse des Cascades : en cela il
est d'accord avec tous les bons esprits, et
particulièrement avec l'un des plus célèbres
écrivains de notre époque, dont quelques
jeunes fanatiques ne cessent d'invoquer le
nom, dans l'espoir de s'associer à si haute
renommée. Ils ignorent donc que le poétique auteur du *Génie du Christianisme* a
démérité depuis long-temps de leur enthousiasme. Voici ce qu'il dit dans la Préface
de l'un de ses ouvrages :

« Nous voulons en France des choses qui
» *se conçoivent bien et qui s'énoncent clai-*
» *rement.* Notre langue a l'horreur de tout
» ce qui est confus. Notre esprit repousse

» ce qu'il ne comprend pas d'abord. Quant
» à moi, je l'avoue, le vague et le ténébreux
» me sont antipathiques ; un nominatif qui
» se perd, des relatifs qui s'embarrassent,
» des amphibologies qui se forment, me
» désolent. Je suis persuadé qu'on peut tou-
» jours dégager une pensée des mots qui la
» voilent, à moins que cette pensée ne soit
» un lieu commun guindé dans des nuages:
» l'auteur qui a la conscience de ce lieu com-
» mun n'ose le faire descendre du milieu des
» vapeurs de crainte qu'il ne s'évanouisse. »
(Page 4 de la préface des *Mélanges et Poé-*
sies, t. 22 des OEuvres complètes.)

Vingt autres citations, toutes puisées
dans les écrits de M. de Châteaubriand,
pourraient me fournir, au besoin, des preuves analogues, et démontrer d'une manière irréfragable que le continuateur de
J.-J. Rousseau et de Bernardin-de-Saint-
Pierre, n'a jamais ambitionné d'être le
Mahomet de nos ultra-romantiques. Loin
de vouloir marcher avec eux dans une fausse
route, il a constamment cherché à s'en éloigner. C'est ce que démontrent plusieurs
de ses préfaces, dans lesquelles il déclare

avec une noble franchise qu'il a fait disparaître de ses ouvrages les taches qu'une
critique impartiale y avait signalées. Si l'on
compare entre elles les nombreuses éditions
de ses écrits, on se convaincra sans peine
que, sous le rapport du style, ils se sont
successivement épurés. C'est ainsi qu'après
les articles d'Hoffman sur les Martyrs, M. de
Châteaubriand n'en pouvant méconnaître la
justesse, corrigea les fautes indiquées. Sans
doute les premiers traits du malin Aristarque
purent sembler plus sévères que justes au
chantre d'Eudore et de Cymodocée; mais
la réflexion ne tarda pas à cicatriser les
blessures faites à l'amour-propre, et l'estime
succéda au ressentiment. C'est du moins ce
qu'il est permis de penser, car il y aurait
plus que de l'ingratitude à profiter des conseils d'un journaliste et à lui garder rancune
de ses utiles critiques. Quant à Hoffman, il
explique dans son examen des Martyrs *
les motifs de sa sévérité; ce qu'il combat-
tait dans cet ouvrage, c'était moins les défauts qu'il croyait apercevoir que les imita-

* Tome VI, pages 125 et suivantes.

tions auxquelles il pouvait donner naissance ;
ces défauts étaient rachetés, à ses yeux,
par de très-grandes beautés ; mais il re-
doutait pour notre littérature les nombreuses
copies que l'original pouvait enfanter) Sentinelle avancée du Parnasse, son coup-d'œil
embrassait le présent et l'avenir. Toutefois,
en émettant son opinion sur le poëme de
M. de Châteaubriand, il était loin de reprocher à ce célèbre écrivain aucune des
aberrations cyniques de l'école moderne ;
immortelle dans les annales du ridicule,
moins par la boursoufflure énigmatique de
son style que par le dévergondage licen-
cieux de ses conceptions patibulaires, cette
école, arborant l'étendard de l'anarchie,
semble vouloir arriver à l'abrutissement de
l'esprit par la corruption des mœurs ; elle
finira, si l'on n'y prend garde, à l'aide des
couleurs dont elle revêt la plupart de ses
images, par n'émouvoir que les sens, et
par laisser dans les cœurs le goût des cruautés érotiques ou celui des impudiques orgies
de la déesse Cottyto.

Ne soyons donc pas étonnés qu'Hoffman
ait poursuivi les productions monstrueuses

de cette littérature avec une infatigable éner-
gie; mais dans son active sollicitude, il a
toujours pris la plume par le seul amour de
l'art, jamais en haine d'un auteur. Aussi
M. de Châteaubriand aurait eu tort de le
confondre parmi les hommes qui, selon lui,
ne critiquèrent les Martyrs que par l'ordre
du chef de l'Empire. S'il avait connu particulièrement Hoffman, il se serait bientôt convaincu que la moindre insinuation
à cet égard, suffisait pour lui faire prendre
la défense d'un livre; du moment qu'il
pouvait soupçonner l'intention d'influencer
ses jugemens, il devenait intraitable, et
son indépendance prenait une attitude hos-
tile. Voici ce qu'il écrivait dans un journal au sujet de son opéra d'Adrien :

« On a voulu me forcer à retrancher ou à
» refaire quelques vers de cet ouvrage. Des
» conseils littéraires m'auraient trouvé do-
» cile; des ordres despotiques m'ont trouvé
» inflexible. M'ordonner de travailler, c'est
» me condamner à la paresse.

» Quand le public, qui seul est mon juge,
» désapprouvera quelques scènes de mon
» ouvrage, ces scènes disparaîtront; si l'au-

» torité s'en mêle, les scènes resteront, fus-
» sent-elles mauvaises, et mon opiniâtreté
» lassera même la tyrannie.

» Au Théâtre Feydeau, cet ouvrage prou-
» vera que ses admirateurs et ses détracteurs
» ont également eu tort de s'échauffer sur
» un si petit sujet; mais il prouvera du moins
» que l'auteur fera plutôt mille mauvais vers
» qu'une bassesse. »

On a pu s'assurer, à la vente de sa bibliothèque, avec quelle religieuse probité il
lisait les ouvrages dont il devait rendre
compte, et que ses opinions n'étaient pas
faites d'avance. C'est une justice que ses
ennemis mêmes lui ont toujours rendue;
ils ont pu mettre en doute ses connaissances
et son goût, mais aucun d'eux ne lui a jamais reproché une faute de conscience.
Certes, Hoffman a pu se tromper; quel
homme est exempt d'erreur! Mais ses jugemens littéraires n'ont jamais été que le
résultat de sa propre conviction; c'est ce
qui seul rendrait sa polémique recomman-
dable, si l'immense variété des connaissances, un style tour à tour ferme et sou-
ple, élevé et railleur, une instruction iné-

puisable, dégagée de tout pédantisme et as-
saisonnée de tout ce que la gaieté a de plus
piquant, de tout ce que l'esprit a de plus
malin, n'en faisaient l'un des livres les plus
utiles et les plus amusans de notre époque,
et ne marquaient sa place à la suite de La-
harpe et à côté des Geoffroy, des Dussault,
des Féletz, dont les ouvrages forment, avec
celui d'Hoffman, l'histoire complète de
notre littérature pendant les vingt-cinq premières années du dix-neuvième siècle.

Maintenant que j'ai parlé d'Hoffman
comme écrivain, je vais essayer de le faire
connaître comme homme, et d'expliquer
la soi-disant misanthropie, les prétendues
bizarreries de caractère, dont l'accusent
encore ceux qui ne l'ont point connu.

Tout le temps qu'Hoffman donna des
ouvrages au théâtre, il rechercha la société
des artistes et vécut familièrement avec les
comédiens. Fidèle habitué des coulisses de
l'Opéra-Comique, il y passait presque
toutes ses soirées, et là, entouré de nombreux auditeurs, il faisait à lui seul les frais
de la conversation. Il racontait avec tant
d'esprit, ses récits étaient si pleins d'éru-

dition qu'on s'apercevait à peine de son
bégaiement. Tel était le charme de sa
narration, que plus d'un acteur oubliait
d'entrer en scène et s'exposait ainsi à la
colère du public pour ne pas perdre la fin
d'une anecdote. Cette confraternité théâtrale n'empêchait pas Hoffman de signaler
son indépendance dès qu'il s'agissait de
défendre les intérêts des hommes de lettres,
ou de combattre les avis de certains comédiens dont les prétentions allaient jusqu'à
refaire les pièces des auteurs. L'un de ces
comédiens ayant voulu l'obliger à changer
un de ses dénouemens, il appela l'allumeur
et lui demanda froidement de vouloir bien
aussi corriger sa pièce. L'acteur sentit l'épigramme et n'insista pas. Un autre jour, il
répondit à une actrice, plus connue par le
charme de son talent que par la douceur de
son caractère, et qui ne cessait de vanter sa
bonté : oui, madame, vous êtes bonne,
vous êtes même excellente, mais ce n'est
que depuis là jusque là! en lui désignant
la partie de la scène située entre la coulisse
et la rampe.

Ce n'était pas seulement envers les ar-

tistes, qu'il usait de cette spirituelle franchise. Il l'étendait jusque sur les gouverne-
mens qui, alors, se succédaient avec une
effrayante rapidité. A leur égard, son opposition allait jusqu'à l'imprudence. Non
content d'avoir lutté, pour son opéra
d'*Adrien*, contre Pétion et la Commune
du 2 septembre, il ne cessait d'attaquer,
par ses plaisanteries, les ridicules de son
temps, et c'était en plein foyer qu'il argu-
mentait avec le redoutable Mazuel, l'un
des commandans de la force armée pari-
sienne, et avec un homme de lettres ultra-
jacobin, qu'il secourut depuis de sa bourse.
Long-temps, Hoffman ne fut point inquiété.
Il dut cette tolérance à un nommé Calvet,
qui, de blanchisseur, était devenu officier
municipal, et à qui la police de l'Opéra-
Comique était souvent confiée. Quoiqu'il
différât d'opinion avec Hoffman, il avait
conçu pour lui une grande estime, et il
répondait à toutes les dénonciations : « Ce
n'est pas un aristocrate dangereux; il dit
tout ce qu'il pense; la république n'a rien
à craindre de lui; au surplus, il remplit
tous ses devoirs de citoyen. » Ces devoirs se

bornaient, pour Hoffman, à monter la garde
le plus rarement qu'il pouvait. Un jour,
pendant qu'il était en faction, il lui arriva
une aventure qui mérite d'être racontée.

Logé hôtel Mesnars, rue de la Loi, aujourd'hui rue Richelieu, il s'y trouvait,
par suite du départ de plusieurs voyageurs,
seul locataire avec un ex-abbé dont les sentimens patriotiques s'énonçaient d'une manière non équivoque, et qui ne connaissait
plus d'autre culte que celui du dieu Marat.
Sur ces entrefaites, un billet de garde arrive
pour Hoffman, et le voilà, la pique en
main, se promenant devant la porte de sa
section. Tout-à-coup, un agent de l'autorité vient requérir la force armée pour
arrêter un aristocrate, rue de la Loi, hôtel
Mesnars. A ces mots, Hoffman ne doute
pas du sort qui l'attend, puisqu'il n'y a
que lui d'aristocrate dans le lieu désigné.
Cependant, il fait bonne contenance. Plusieurs citoyens de service s'élancent vers
leur proie, et le malheureux factionnaire
reste fidèlement à son poste, attendant,
avec une anxiété bien naturelle, le triste
dénouement qu'il prévoit. Observé de tous

côtés, il lui était impossible de fuir ; d'ailleurs, c'eût été s'avouer coupable. Il ne fut
tiré de cette situation, vraiment dramatique, que par le retour des soldats expédi-
tionnaires. Ils avaient saisi le criminel et
l'avaient conduit au tribunal, où, disaient-
ils, *son affaire ne serait pas longue*. Remis
un peu de son trouble, mais redoutant
encore un quiproquo, Hoffman les interroge
avec précaution, et il apprend que l'indi-
vidu arrêté n'est autre que l'abbé son com-
mensal, dénoncé comme faux patriote et
comme agent des ennemis de la république.
On avait trouvé dans sa chambre une malle
remplie d'objets qui témoignaient de son
attachement à la royauté. On conçoit avec
quelle attention Hoffman écouta ces détails,
et qu'il se garda bien d'en contester l'authenticité.

Cependant l'espèce de tolérance dont on
usait envers lui touchait à son terme. Peu
de temps après il fut mandé à la barre du
Comité de salut public. Quoiqu'il y eût du
danger à désobéir, il trouva qu'il y en avait
davantage à se rendre à une pareille invitation, et considéra l'ordre comme non

avenu. Le propriétaire de l'hôtel Mesnars,
ayant beaucoup d'estime pour Hoffman, ne
voulut pas qu'il logeât ailleurs; il le cacha
chez lui, en lui ménageant un point de
retraite par les derrières de sa maison, qui
touchaient à la rue des Colonnes dont la
construction n'était pas encore achevée.
Pendant sa captivité volontaire, Hoffman
coucha tout habillé, prêt à fuir au moindre signal de son hôte ou de ses filles, qui faisaient
alternativement sentinelle à une petite fe-
nêtre placée au-dessus de la porte cochère.
Huit jours s'étant déjà écoulés dans cette
cruelle alternative, il ne voulut pas la prolonger, tant pour lui que pour les personnes
dont il compromettait le repos; et malgré
toutes les observations qu'on pût lui faire, il
sortit et se dirigea vers le théâtre Favart. S'é-
tant arrêté à l'entrée de la rue d'Amboise
pour y lire les affiches de spectacle, il se sent
frapper doucement sur l'épaule, se retourne
et aperçoit Calvet qui lui dit en souriant :
« Tu peux te montrer sans crainte, c'est
fini. — Comment? — Le jour où tu devais
comparaître, je me trouvais au Comité;
voyant que ton affaire allait être appelée,

je ne savais par quel moyen te tirer de là,
lorsque plusieurs individus conduits par la
force armée, entrèrent en se disputant. Le
désordre qu'ils occasionnèrent fit suspendre
la séance; j'en profitai pour parler de toi
au secrétaire; il glissa ton dossier sous tous
les autres, de manière qu'on ne pensa plus
à toi ce jour-là. Depuis, la dénonciation a
été soustraite, elle n'existe plus. » Ému
jusqu'aux larmes, Hoffman serra affectueu-
sement la main de Calvet, craignant de lui
donner une marque plus prononcée de sa
reconnaissance. Ce n'était pas le dernier
service qu'il devait en recevoir.

Un jour qu'il était au Vaudeville, l'ordre
arriva de fermer les portes et d'exiger que
chaque spectateur montrât en sortant sa
carte de sûreté. On sait que tous ceux qui
n'en avaient pas étaient conduits en prison
et comparaissaient ensuite devant le redoutable tribunal. Un heureux hasard voulut
que Calvet fût ce même soir de service au
théâtre de la rue de Chartres. Il distingua
Hoffman au milieu de la foule, et s'approchant de lui : « Je suis sûr, lui dit-il tout
bas, que tu n'as point de carte? — Non, »

Sans attendre d'autre explication, Calvet le saisit d'autorité par le bras, le secoue fortement et le conduit vers une issue, en s'écriant de manière à être entendu : « Ce n'était pas ici ta place; je t'apprendrai à mieux exécuter mes ordres; va-t-en, drôle, dépêche-toi. » A la suite de ce discours, qu'il a soin d'entremêler de quelques phrases plus énergiques, il ouvre une porte et la referme après avoir poussé Hoffman dans la rue.

Cette conduite paraîtra d'autant plus digne d'éloges, que Calvet ne semblait y attacher aucune importance; elle n'était provoquée surtout par aucun motif d'intérêt, puisqu'il repoussa constamment toutes les preuves de gratitude qu'Hoffman cherchait à lui donner. Madame Hinguerlot, instruite par Méhul des procédés de Calvet envers Hoffman, témoigna le désir de voir ce brave homme, et lui offrit cinquante louis en or, somme énorme à cette époque; il les refusa avec la plus loyale modestie; et pourtant Calvet était loin d'avoir profité de sa position politique pour se faire une fortune aux dépens de celle d'autrui, à peine avait-il le nécessaire : aussi dès que les événemens l'eurent forcé de renoncer à sa portion de puissance, il reprit son ancien métier de blanchisseur, et redevint Gros-Jean comme devant. Je ne sais si Calvet existe encore, mais je voudrais que ces lignes pussent parvenir jusqu'à lui, il y verrait qu'Hoffman avait gardé le souvenir de son rare désintéressement, car c'est de lui-même que je tiens tous ces faits dont il se plaisait à parler. En les racontant à mon tour, j'ai voulu tirer de l'oubli le nom d'un homme de bien, et prouver qu'aux époques les plus désastreuses de nos saturnales liberticides, l'humanité n'avait pas perdu tous ses droits.

Échappé comme par miracle aux périls que lui suscitait journellement son civisme indiscipliné, Hoffman résolut de se rendre à Nancy, et d'y rester jusqu'au moment où il lui serait possible de rentrer sans danger à Paris. Mais pour exécuter ce projet, il lui fallait un passeport. Le demander, c'était s'exposer à des questions auxquelles il ne se sentait pas en état de répondre. Dans cette situation, il prit le parti de s'en passer.

Tout alla bien pendant les premiers jours,
mais la voiture dans laquelle il s'était pro-
curé une place à très-haut prix, fut arrêtée
tout-à-coup aux environs de Nancy par un
poste de volontaires. Les voyageurs se virent
contraints de mettre pied à terre et d'exhiber
successivement leurs papiers. On conçoit
l'embarras d'Hoffman. Nous allons voir
comment il en sortit. Au moment où les
voyageurs entraient au corps-de-garde, le
chef du poste leur demanda : Quel est celui
de vous qui sait lire? — Moi, s'empressa
de répondre Hoffman. — Eh bien, citoyen,
fais-moi le plaisir de vérifier chaque passeport. — Très-volontiers. L'examen ter-
miné, le caporal déclara que puisque *tous*
les voyageurs étaient en règle, ils pouvaient
continuer leur route. Hoffman qui s'attendait à être particulièrement interpellé, et
qui avait vainement cherché un prétexte,
fut très-surpris de ce que le caporal se bor-
nait à le remercier et à lui souhaiter un bon
voyage. Soit oubli de sa part, soit qu'il lui
parût impossible qu'un homme qui vérifiait
les papiers des autres ne fût pas lui-même
parfaitement en règle, il ne lui demanda

rien, et c'est grâce à cette circonstance
imprévue qu'Hoffman pût arriver sans
obstacle à Nancy.

De retour à Paris, il continua d'y suivre
la carrière théâtrale, jusqu'au moment où
il entra dans celle de la polémique littéraire.
Ce fut alors que l'état de sa santé lui fit un
besoin de vivre dans la retraite. Cette considération ne le détermina pas seule à se
retirer à Passy; il y fut conduit par l'idée
qu'il avait de ses devoirs de journaliste. Le
premier, selon lui, consistait à dire la vérité au public, et sous ce rapport, il regar-
dait comme impossible qu'un critique gardât
son indépendance au milieu du monde. Il
était incapable de prendre la main à un
auteur et de critiquer ensuite ses ouvrages
sous le voile de l'anonyme. Bien qu'il ne
signât ses articles que de la lettre H ou de
la lettre Z, il ne faisait point mystère de son
nom; le trait suivant prouvera jusqu'à quel
point Hoffman portait ses scrupules de rédacteur.

Plusieurs fois, M. Alexandre Duval l'a-
vait engagé, de la part de madame Gay, à
dîner avec lui chez cette *dame* de lettres,

et toujours Hoffman avait trouvé un prétexte
pour se soustraire à cette invitation. Enfin,
un jour son confrère renouvela ses instances
en termes si obligeans et si affectueux, qu'il
triompha de toutes ses répugnances, et
qu'Hoffman lui promit de se rendre chez
madame Gay. A l'heure indiquée, il se
dirige vers la maison qu'elle habitait alors
au faubourg Poissonnière, et lève le marteau; mais avant de le laisser retomber, il
réfléchit que ce dîner pourrait bien n'avoir
été arrangé que pour influencer ses opinions
sur un des livres dont il est chargé de rendre
compte : plein de cette idée, il pose doucement le marteau et s'en retourne dîner
seul au Palais-Royal. Plus tard, il s'excusa
de son impolitesse ; mais il n'en donna pas
le véritable motif.

Hoffman pouvait d'autant mieux se livrer
à son goût pour la solitude, qu'il était veuf
depuis long-temps *, et que les deux fils
qu'il avait eus de son mariage suivaient la
carrière des armes. L'aîné, officier dis-
tingué, mourut en 1816 d'une manière

---

* Il avait épousé la fille de M. Boullet, premier machi-
niste de l'Opéra, et très-habile dans son art.

aussi fatale qu'inattendue. Blessé très-griè-
vement à Waterloo, et resté prisonnier des
Anglais, il avait survécu à cet héroïque
désastre : le traité de Paris l'ayant soustrait
aux horreurs des pontons britanniques, il
revenait en France avec de nombreux compagnons d'infortune, lorsque le vaisseau qui
les portait fut assailli par une tempête, et
le jeune Hoffman disparut pour jamais dans
les flots au moment même de toucher le sol
de la patrie. Cet événement porta un coup
très-sensible au cœur d'Hoffman. Son second fils, aujourd'hui seul héritier de son
nom, est appelé à en continuer l'honneur.
Son premier soin a été d'entreprendre la
publication des OEuvres de son père, sans
calculer d'autre résultat que la gloire qui
pouvait en rejaillir sur l'auteur de ses jours.

Je crois avoir suffisamment prouvé que
le goût d'Hoffman pour la retraite n'était
point alimenté par la haine des hommes, et
qu'il n'avait pas, comme Alceste, rompu
en visière à tout le genre humain. On va
voir en quoi consistait l'originalité de son
caractère.

Essentiellement honnête homme, il avait

toute la rude probité de Boileau, et pour lui, comme pour le célèbre satirique,

Un chat était un chat, et Rollet un fripon;

aussi ne pouvait-il pardonner à autrui la moindre capitulation de conscience.

Esclave de sa parole, il aurait subi l'exil et la prison plutôt que d'y manquer. Ceux qui se confiaient à sa discrétion étaient assurés d'un secret inviolable. Long-temps madame de Genlis, lui attribuant les articles signés T, l'attaqua personnellement d'une manière plus que vive; il eût été facile à Hoff-man de se justifier, mais il souffrit toutes les injures sans répondre un seul mot, parce que l'auteur anonyme des articles l'avait mis dans sa confidence. Ce ne fut que lors-que M. Auger eût lui-même trahi son inco-gnito, que madame de Genlis reconnut sa méprise. M. Auger n'est plus; mais M. Étienne peut certifier la vérité du fait.

On dit que l'exactitude est la politesse des rois; sans être prince, Hoffman ne manqua de sa vie à aucun rendez-vous, on était certain de l'y trouver toujours le premier; mais aussi, il prenait une mauvaise opinion

de ceux qui le faisaient attendre, et il était
assez difficile de trouver à ses yeux une
excuse valable.

L'injustice produisait en lui l'indignation, et dès-lors il s'irritait jusqu'à la colère;
mais c'était moins pour ce qui le touchait
personnellement que pour ce qui concernait
ses amis. Certes, il n'aurait pas défendu une
de ses pièces avec autant de zèle qu'il en mît
à défendre la comédie des *Deux Gendres;*
il est vrai qu'indépendamment de l'amitié
qui l'unissait à son auteur, la basse et jalouse rage des ennemis de M. Etienne était
de nature à exciter l'indignation d'un homme
tel qu'Hoffman. Au reste, sa réputation de
justice était si bien établie, que chaque fois
que les comédiens croyaient avoir à se
plaindre de l'autorité qui les régentait, on
les voyait accourir chez lui pour y solliciter
la puissante intervention de sa plume : Si
nous avons raison, disaient-ils, Hoffman
sera pour nous. Ils ne se trompaient pas;
Hoffman prenait ouvertement leur défense
dès qu'il jugeait qu'ils avaient pour eux le
bon droit et l'équité; et cependant il eut
souvent à se plaindre de leurs procédés;

mais loin de profiter des services qu'il leur
rendait, il évitait avec soin tout ce qui pouvait rappeler à ses cliens qu'ils négligeaient
son répertoire.

Ce désintéressement s'étendait sur toutes
les actions de sa vie. Jamais il n'a voulu accepter de l'administration du journal des
Débats au-delà du prix fixé pour ses articles; quand sa santé ne lui permettait pas
d'en fournir le nombre voulu pour former
le traitement mensuel de 500 fr., il ren-
voyait scrupuleusement à la caisse ce qu'il
jugeait ne pas avoir acquis par son travail.
A la mort de Geoffroy, il refusa de se char-
ger du Feuilleton, malgré tous les avantages
pécuniaires qui lui étaient offerts. Le seul
traitement extraordinaire qu'il ait consenti à
recevoir est une pension viagère de 1,200 fr.
que les propriétaires du journal des Débats
accordaient aux littérateurs qui avaient le
plus contribué au succès de leur feuille.

Je sais qu'on a cherché à répandre
qu'Hoffman était subventionné par le ministère; on a même été jusqu'à préciser la
somme qu'il en recevait chaque mois. Je me
bornerai à opposer le démenti le plus for-

mel et à défier ceux qui ont paru croire à
un pareil bruit, d'en fournir la moindre
preuve, même le plus léger indice. Sans
doute il eût été facile à Hoffman d'obtenir
quelques légitimes parcelles du budget;
mais il n'était pas homme à les convoiter,
tant il avait de répugnance pour tout ce qui
aurait pu porter atteinte à la liberté de sa
pensée. Il n'a jamais reçu du ministère que
la croix de la Légion d'honneur, et encore
ne l'avait-il pas demandée. Il la dut à la
bienveillante intervention de M. Alissan de
Chazet, qui, consulté sur les hommes de
lettres dignes d'obtenir cette marque dis-
tinctive, signala Hoffman comme l'un des
plus honorables. Rien de plus plaisant que
l'inquiétude où le jeta la nouvelle de sa nomination; il ne savait s'il devait l'attribuer
au ministre de l'intérieur ou au grand chan-
celier; ce qui l'embarrassait le plus, c'était
la visite de remercîment qu'il se croyait
obligé de faire à l'une de ces deux excel-
lences; n'ayant jamais mis le pied dans le
salon d'un grand seigneur, il se faisait un
fantôme d'une pareille démarche, et je suis
certain qu'en ce moment il aurait voulu

qu'on n'eût pas pensé à lui ; enfin, il rassembla toutes ses forces et se rendit chez le ministre ; mais pour cela il ne lui fallut pas moins de courage qu'à ceux qui avaient conquis la croix sur le champ de bataille.

La moindre sollicitation était si antipathique à Hoffman, que jamais il ne pensa au fauteuil académique ; bien plus, il refusa constamment toutes les offres qui lui en furent faites ; on alla même jusqu'à vouloir le dispenser des visites d'usage, rien ne put le décider. Ses refus n'avaient aucune arrière-pensée épigrammatique : il les basait sur l'insuffisance de ses titres littéraires, et je puis assurer qu'il n'y avait de sa part aucune fausse modestie.

Si tous ces faits, dont il m'aurait été facile d'augmenter le nombre, constituent l'originalité, à coup sûr Hoffman était l'homme le plus original de son temps. Néanmoins, comme il fallait bien qu'il payât son tribut à l'humaine faiblesse, il avait pour l'opposition un goût déterminé, et rarement il se trouvait de l'avis général ; mais sa controverse était appuyée de tant d'érudition, de tant de raisonnemens spécieux, de tant de

d.

mots spirituels, qu'on finissait par se ranger
de son opinion. Une pareille défaite ne pouvait jamais humilier ses adversaires, car
s'ils se retiraient vaincus, ils n'en étaient
que plus instruits.

On se rappelle qu'à l'époque où les jésuites menaçaient de reprendre tout leur
empire, Hoffman les combattit avec une
ardeur infatigable : les coups qu'il leur porta
ayant retenti jusque dans les cœurs de leurs
partisans, quelques-uns des plus fanatiques
crurent l'intimider par des lettres anony-
mes : il les accueillit avec le plus juste
mépris. Cependant l'amitié ne pouvait rester indifférente à toutes ces menaces, dont
les plus atroces arrivaient directement de
Marseille. Je le sollicitai vivement de quitter
Passy; une personne qui avait acquis et qui
méritait par ses vertus sociales toute l'estime d'Hoffman, joignit ses efforts aux
miens, et nous le déterminâmes à venir
habiter Paris. Il y continua sa guerre au
jésuitisme. Atteint depuis long-temps de
nombreuses infirmités, contre lesquelles
l'art du docteur Boyer avait souvent lutté
avec succès, Hoffman succomba à une atta-

que d'apoplexie séreuse dans la matinée du 25 avril 1828 , à l'âge de soixante-huit ans. Le bruit se répandit aussitôt que les jésuites l'avaient fait empoisonner : je puis , à cet égard, témoigner de leur innocence. Sans doute ils ont dû se réjouir de sa mort, mais ils n'ont pas daigné y contribuer manuellement : Hoffman n'était pas roi !

La veille de sa mort il formait encore des projets de voyage ! Obligé de me rendre dans le midi de la France, par suite de la perte récente de mon père, j'étais allé lui faire mes adieux. « Aussitôt que je serai rétabli, me dit-il, j'irai vous rejoindre et nous reviendrons ensemble. Ah ! mon ami, quel beau climat vous allez revoir ! quel beau ciel vous allez contempler ! » Alors son imagination lui retraçant les images fidèles de tout ce qu'il avait vu dans ces fertiles et riantes contrées, il me les peignit avec le plus poétique enthousiasme. Hélas! j'étais loin de prévoir que ces paroles seraient les dernières que je lui entendrais prononcer et que je le reverrais sitôt ! Dans la matinée du 25 avril, je faisais mes dernières dispositions pour partir le soir même lorsqu'un messager de sinistre augure vint me chercher de la part de la personne qui lui prodiguait les soins les plus affectueux et les plus désintéressés : j'accours, j'arrive........! Hoffman venait d'expirer; il n'avait pu faire entendre que ces mots : « Je me sens mal..... je meurs !!! »

On me remit, selon ses intentions, un écrit qui contenait ses dernières volontés; il ne l'avait tracé que depuis trois jours. Son fils se trouvant à Paris, il fut aussitôt averti de ce funeste événement, et s'empressa de venir joindre ses larmes à celles qui coulaient déjà auprès du corps de son père. Certain que tous les devoirs lui seraient rendus, je m'arrachai de ce lieu de douleur pour aller moi-même remplir ceux que m'imposait la piété filiale. Jamais le souvenir de cette fatale journée ne s'effacera de ma mémoire !

Hoffman repose au cimetière de l'Est, non loin du général Foy. De nombreux admirateurs de son talent l'ont accompagné jusqu'à cette éternelle demeure. J'ai entendu ses derniers soupirs; mais je n'ai pu rendre hommage à sa dépouille mortelle!

A mon retour, mon premier soin a été d'entreprendre le religieux pélerinage de l'amitié, et de consacrer mes veilles à rassembler les titres de gloire de celui dont on peut dire ce qu'Horace disait de Quinctilius : « Il est enseveli dans un sommeil qui » ne finira point; l'honneur, la bonne foi, » sœur incorruptible de la justice, retrou- » veront-elles jamais un mortel qui lui res- » semble? »

L. Castel.

NEPHTÉ,

TRAGÉDIE EN TROIS ACTES,

REPRÉSENTÉE POUR LA PREMIÈRE FOIS PAR L'ACADÉMIE
ROYALE DE MUSIQUE, LE 15 DÉCEMBRE 1789.

PERSONNAGES.

NEPHTÉ.

PHARÈS.

AMEDÈS.

CHEMMIS.

FILLE du temple d'Osiris.

PRÊTRES des tombeaux.

GRAND-PRÊTRE de l'Hymen.

LE FILS de Nephté, enfant.

Vingt-cinq jeunes Filles du temple d'Osiris.

Grands de l'Etat, Prêtres, Femmes de la suite de
Nephté; Soldats, Peuple égyptien.

La Scène est dans le Palais des Rois de Memphis.

AVERTISSEMENT.

Le sujet de Nephté est le même que celui de Camma, mis en tragédie par Thomas Corneille, et dont l'Arioste a fait l'un des épisodes les plus intéressans de son Orlando. On connaîtra, par le trait d'histoire placé à la suite de cet avertissement, les motifs qui engagèrent M. Hoffman à changer le nom de l'héroïne et le lieu de la scène. Le personnage de Nephté devait être représenté par madame Saint-Huberti, la première tragédienne lyrique de l'époque; mais des circonstances indépendantes de la volonté de cette célèbre actrice, exigèrent une autre distribution, et ce fut mademoiselle Maillard qui joua le rôle de la reine de Memphis. L'auteur n'en dédia pas moins sa pièce à madame Saint-Huberti. L'épître dédicatoire, imprimée en tête de l'édition de 1789, est d'une concision remarquable : « Madame, je vous offre un ouvrage qui avait été fait » pour vous, et qui attendait de vous son plus bel » ornement. Puissent tous ceux qui courent la car- » rière des lettres, oublier, comme moi, qu'il est » des personnes riches et puissantes, et ne se sou- » venir dans leurs dédicaces que de l'esprit et des » talens. »

Privé du puissant secours de madame Saint-Huberti, l'opéra de Nephté n'en obtint pas moins le plus brillant succès. Le rôle de Pharès fut confié à Lainez, qui joua pour la première fois le personnage d'un tyran. La musique de Lemoine obtint les suf-

frages des connaisseurs, qui la jugèrent supérieure
à celle de Phèdre. Ce succès, consolidé par trente-
neuf représentations, paraissait devoir se prolonger
encore, lorsque l'injuste parcimonie de l'administration de l'Opéra fit disparaître Nephté du répertoire. Comme, en vertu des réglemens, tout ouvrage
qui allait à quarante représentations procurait à son
auteur une pension de mille francs, on ne voulut
pas établir, à cet égard, les droits de M. Hoffman,
et sa Nephté rentra dans les cartons. Les destinées
d'un ouvrage dramatique tiennent souvent à des
calculs bien mesquins et indignes de la haute pro-
tection qu'un gouvernement doit aux beaux-arts.
L'une des nombreuses administrations qui se sont suc-
cédées à l'Académie royale de musique depuis 1789,
avait eu l'intention de réparer l'injustice faite à
M. Hoffman, mais ce projet n'eut point de résultat;
il fut même question de remettre Nephté au théâtre,
et c'est à cette occasion que l'auteur fit des changemens et des coupures à sa pièce; nous nous y
sommes conformés dans notre édition.

Si l'opéra de Nephté ne reparaît pas sur la scène,
il n'en sera pas moins lu avec un grand plaisir par
ceux qui sont encore sensibles à une versification
élégante et pure. Déjà, dans cet ouvrage, M. Hoffman
préludait à la guerre qu'il a faite avec tant de succès
contre les jésuites. Pharès y dit à Nephté (scène v
du 1er acte), en lui parlant des prêtres égyptiens:

Reine, défiez-vous de ces bouches pieuses,
   Et sachez que plus d'une fois,
Des ministres des dieux les mains religieuses
   Furent teintes du sang des rois!

TRAIT D'HISTOIRE.

CAMMA, fille de Léonorius, épousa Sinatus, roi de Galatie. Sinorix, parent de Sinatus, le fit assassiner pour lui ravir sa couronne et son épouse. Aimé des soldats, il obtint facilement le trône; mais Camma lui opposa toujours une résistance inflexible. Enfin, cette reine abandonnée de tout le monde, menacée par Sinorix, peu respectée par son peuple rebelle, fut contrainte de donner la main au meurtrier de son époux. Mais, fidèle à ses premiers engagemens, et conservant dans son cœur autant d'amour pour Sinatus que d'horreur pour l'assassin, elle empoisonna la coupe nuptiale, et se fit périr avec l'usurpateur. (PLUTARQUE.)

Ce trait d'histoire a fourni à Thomas Corneille le sujet d'une tragédie. Mais ayant à travailler pour un siècle où l'amour était le principal mobile de toutes les actions dramatiques, ce poète a supposé que Camma, peu fidèle à un époux qu'elle regrette peu, aime un jeune prince à qui elle veut donner sa couronne, et qu'elle ne cherche à faire périr Sinorix que pour mettre à la place de l'usurpateur l'amant dont elle est éprise.

Une telle conduite, de tels sentimens nuisent un peu à l'intérêt que devrait inspirer l'héroïne; et n'ayant pas, comme Thomas Corneille, les moyens de faire pardonner ce défaut, je me suis totalement écarté du plan de la tragédie, et j'ai conservé le trait d'histoire dans toute sa pureté, me permettant seulement de changer les noms des personnages.

Pour introduire sur la scène de l'Opéra des costumes nouveaux et des mœurs nouvelles, j'ai transporté mon sujet en Egypte; j'ai donné à Camma le nom de Nephté, et j'ai reculé l'événement jusqu'à l'antiquité des temps mythologiques. Nephté n'est point un nom imaginaire : selon Jablonski (1), il est composé des deux mots *Neith* et *ptha*, qui sont les noms de deux divinités égyptiennes, dont l'une est la Minerve, et l'autre le Vulcain des Grecs; ce qui signifie *sagesse* et *courage*, qualités que j'ai tâché de conserver à Nephté.

Un autre motif m'a déterminé à choisir la capitale de l'Egypte pour le lieu de la scène. Isis, grande déesse des Egyptiens, a beaucoup de rapport avec Nephté, en ce qu'elle a toujours été fidèle à Osiris son frère et son époux; qu'elle a tiré une vengeance éclatante de Typhon, meurtrier d'Osiris, et conservé la couronne à son fils Horus.

J'ai pris dans Hérodote et Diodore l'idée des cérémonies funèbres, où les chants de joie succédaient aux accens plaintifs, lorsque le mort avait été reçu favorablement par les juges des enfers; c'est dans les mêmes auteurs que j'ai trouvé la description des sites que représentent les décorations du premier et du troisième acte; et je crois que le public verra avec plaisir les tableaux que M. Paris a su composer d'après le programme très-imparfait que je lui ai présenté.

J'ai donné à Nephté et à Amédès, grand-prêtre, les noms de *père* et de *fille*, qu'on entendra souvent

(1) Pantheon egyptiacum.

dans le cours de l'ouvrage, quoiqu'Amédès ne soit point le père de Nephté. J'ai cru être autorisé à me servir de ces termes, d'après Diodore (1), qui nous apprend que les grands-prêtres étaient chargés de l'éducation des princes, et que les enfans des rois étaient servis par les enfans des prêtres.

J'ai employé comme un des ressorts de cette tragédie, la nécessité où se trouve Nephté de choisir un second époux pour conserver la couronne. Cela est conforme à Hérodote (2), qui assure que jamais l'Egypte ne fut gouvernée par aucune femme, si ce n'est à titre d'usurpation. M. Paw appuie ce sentiment dans ses Recherches philosophiques sur les Egyptiens (3); il dit que dans ce pays les femmes étaient inhabiles à régner.

J'espère qu'on m'excusera de m'être écarté de la tragédie de Camma. Quelque bon guide que dût être pour moi le frère du grand Corneille, j'ai cru devoir m'en tenir à la simplicité de l'histoire, surtout à un théâtre où le sujet doit être clair, la marche facile et l'action sobrement intriguée. Les personnes qui se donneront la peine de lire ces deux ouvrages, reconnaîtront qu'ils n'ont rien de semblable pour la marche, que le dénouement qui est en récit dans Camma, et en action dans Nephté.

(1) Livre I.
(2) Livre II.
(3) Section II.

NEPHTÉ.

ACTE PREMIER.

Tout le côté droit du théâtre doit représenter une montagne aride, sous laquelle sont pratiqués douze cryptes, ou grottes sépulcrales, taillées dans le rocher. Chacune de ces grottes contient le tombeau d'un des rois d'Égypte, et chacune est éclairée par une lampe funèbre. Celle où se trouve le tombeau de Séthos est la première, et paraît de formation plus nouvelle. Quatre prêtres vêtus de robes de lin sont assis sur quatre pierres, placées aux quatre angles du tombeau. Le côté gauche est occupé par la façade extérieure du palais de Memphis. A l'extrémité de la montagne s'élève le grand temple d'Osiris ou du Soleil, dont on n'aperçoit que les portes. Ce temple n'occupera que la moitié du fond, de sorte que dans l'intervalle qui restera entre lui et les grottes, on apercevra dans le lointain une partie des riches campagnes qui bordent le Nil, et l'une des grandes pyramides, dont la pointe se perdra dans l'horizon. Une avenue de sphinx de forme colossale conduira du temple au portique du palais. Enfin, l'espace qui reste entre les sphinx et les grottes est un lieu planté de cyprès. Le jour n'est pas encore levé, et le théâtre ne paraît éclairé que par la lueur des lampes funèbres.

SCÈNE PREMIÈRE

QUATRE PRÊTRES, *assis aux quatre angles du tombeau de Séthos.*

Ier PRÊTRE.

MEMPHIS, ton roi n'est plus; abaisse ton orgueil.
Ta fortune des dieux éprouve l'inclémence;
Memphis, ton roi n'est plus, couvre-toi d'un long deuil.

IIᵉ PRÊTRE.

Sceptre, grandeurs, vertus, puissance,
Vous avez disparu dans l'ombre du cercueil.

CHŒUR.

Memphis, ton roi n'est plus, abaisse ton orgueil.

IIIᵉ PRÊTRE.

Ah! si la seule mort faisait couler nos larmes!
 Si ce héros dans les combats,
En y cherchant la gloire, eût trouvé le trépas.

IVᵉ PRÊTRE.

Nous n'aurions à pleurer que sur le sort des armes.

Iᵉʳ PRÊTRE.

Mais un frère, grands dieux!....

IIᵉ PRÊTRE.

                    Le fit assassiner.

IIIᵉ PRÊTRE.

O crime!

IVᵉ PRÊTRE.

    O trahison!

Iᵉʳ PRÊTRE.

            O projet sanguinaire!

IIᵉ PRÊTRE.

Un frère qu'il aimait le fit assassiner.

CHŒUR.

Fatale ambition! la fureur de régner
    N'épargne pas le sang d'un frère.

Iᵉʳ PRÊTRE.

Memphis, ton roi n'est plus, couvre-toi d'un long deuil.

IIᵉ PRÊTRE.

Ta fortune des dieux éprouve l'inclémence.

IIIᵉ PRÊTRE.

Sceptre, grandeurs, vertus, puissance,

IVᵉ PRÊTRE.

Vous avez disparu dans l'ombre du cercueil.

CHŒUR.

Memphis, ton roi n'est plus, abaisse ton orgueil.

(*Le premier prêtre se lève; il parcourt lentement le théâtre, et jette les yeux vers le fond que l'aurore commence à éclairer. Les autres prêtres, à l'aspect du jour, vont éteindre les lampes des tombeaux.*)

Iᵉʳ PRÊTRE.

Déjà la pourpre de l'aurore
A rougi la voûte des cieux;
Voici l'heure où Nephté, conduite par les dieux,
Porte un tribut de pleurs à l'ombre qu'elle adore.

CHŒUR, tandis que Nephté s'avance.

O ciel vengeur, comment puniras-tu
Les scélérats qui bravent ta puissance;
Si tant de maux éprouvent la vertu,
Si tant de maux accablent l'innocence?

SCÈNE II.

LES QUATRE PRÊTRES, NEPHTÉ, SON FILS.

(Nephté approche de la tombe sur la fin du chœur
précédent. Les prêtres se séparent avec respect, et
laissent avancer la reine. Celle-ci fait asseoir son
fils sur une des pierres qui environnent le tombeau.)

NEPHTÉ.

Toi qui jusqu'à ma mort conserveras ma foi,
Séthos, puis-je espérer que sur la rive sombre
Les pleurs de ton épouse iront toucher ton ombre?
   O mon époux, ô mon amant, dis-moi
   Si mes soupirs vont encor jusqu'à toi.
Que ton œil, s'il se peut, se r'ouvre à la lumière;
    Vois ce gage de nos amours,
    Lui seul soulage ma misère,
Lui seul peut me forcer à prolonger mes jours.
Cher enfant, un forfait t'a privé de ton père,
Et peut-être bientôt tu vas perdre ta mère....
    O mon époux, ô mon amant, dis-moi
Si mes gémissemens vont encor jusqu'à toi?

Ier PRÊTRE.

Sans doute il vous entend; sans cesse sa présence
D'une majesté sainte anime tous vos traits;
Sa grande ombre vous suit, ne vous quitte jamais,
Et sur vous maintenant elle plane en silence.

NEPHTÉ.

O Séthos, ô mon roi, ne m'abandonne pas;
Rappelle dans ton sein ton épouse fidelle;
Commande, elle te suit dans la nuit du trépas;
Sans toi le monde entier n'est qu'un désert pour elle.

IIᵉ PRÊTRE.

Reine, il ne suffit pas de pleurer votre époux.
Laissez aux faibles cœurs des regrets inutiles.
Le ciel vous fit une âme, et le ciel mit en vous
D'autres soulagemens que des larmes stériles.

NEPHTÉ, au tombeau.

Oüi, je veux te venger, arme ma faible main,
Perce l'affreux secret, nomme ton assassin;
Quelque puissant qu'il soit, il faudra qu'il succombe;
Tout son sang va couler, il rougira ta tombe.

IIIᵉ PRÊTRE.

Si l'oracle nous donne un présage certain,
Du meurtrier le supplice s'avance.

NEPHTÉ.

Je puis donc le connaître et lui percer le sein?

IVᵉ PRÊTRE.

Le ciel a désigné l'objet de la vengeance,
Mais le sage Amédès, l'interprète des dieux,
Peut seul nous révéler ce mystère odieux.

SCÈNE III.

LES PRÉCÉDENS, CHEMMIS.

CHEMMIS, à Nephté.

De votre époux l'auguste frère
Vous cherche et dans l'instant va paraître à vos yeux.

NEPHTÉ.

Pharès! que me veut-il?

Iᵉʳ PRÊTRE, avec horreur.

Pharès! lui, dans ces lieux!

(*Aussitôt les quatre Prêtres saisissent l'enfant, ils l'em-*
mènent dans la grotte, et chantent le chœur suivant,
en jetant les yeux du côté où Pharès doit entrer.)

ENSEMBLE.

CHŒUR DE PRÊTRES.

Ah! périsse le téméraire
Qui vient troubler l'asile de la paix!

(*Ils entrent sous la grotte.*)

NEPHTÉ.

Dieux! quel est cet affreux mystère?
Pharès aurait-il part au plus grand des forfaits?

SCÈNE IV.

NEPHTÉ, PHARÈS.

NEPHTÉ, voyant venir Pharès de loin.

L'horreur qui se répand m'annonce un parricide,
Un noir pressentiment me trouble à son aspect.
Contraignons ma douleur, et dans l'œil du perfide
Pénétrons, s'il se peut, son odieux secret.

PHARÈS.

Eh quoi, belle Nephté! ce lieu sinistre et sombre
A-t-il tant de charmes pour vous?
Faut-il que des cyprès attristent de leur ombre
Des traits si nobles et si doux?

NEPHTÉ.

Le deuil de ces cyprès n'afflige point mon âme;
Leur sainte obscurité convient à mon malheur.
S'ils sont affreux pour moi, c'est par le crime infâme
  Que ces tombeaux rappellent à mon cœur.

PHARÈS.

Hélas! autant que vous j'en ai gémi moi-même;
Mais le temps sait calmer la plus vive douleur.

NEPHTÉ.

Non, quand on a perdu le seul objet qu'on aime.

PHARÈS.

Ah! Nephté, cet amour dont vous brûlez en vain
Vous fait-il oublier qu'en fermant la paupière,
Séthos nous confia sa volonté dernière,
Et vous fit une loi de me donner la main?

NEPHTÉ.

Vous me parlez d'hymen, lorsque le sang d'un frère
Fume encor sur le marbre où ce prince expira;
Vous oubliez bientôt cette scène cruelle.
Oui, je sais qu'en mourant, mon époux désira,
Ou parut désirer que je fusse infidèle;
Il voulait qu'un hymen embellît son trépas;
Il voulait de ma main payer tout votre zèle,
Mais mon époux, seigneur, ne nous connaissait pas.

PHARÈS.

Il me connaissait bien; il savait que ma gloire
Pourrait de son grand nom ennoblir la mémoire;
Il nous trouvait tous deux dignes de nous unir.
C'est un prix que Pharès mérita d'obtenir.

Ah! combien cet hymen illustrerait ma vie !
Ce bras, combattant sous vos lois,
Protégera Memphis, fera trembler l'Asie,
Et pourra de Séthos égaler les exploits.
Mais si mes feux, mais si rien ne vous touche,
A votre époux du moins consentez d'obéir,
Voyez en moi son frère et daignez accomplir
Le dernier vœu qui sortit de sa bouche.

NEPHTÉ.

Mais, seigneur, n'est-il mort que pour vous rendre heureux ?
Il vous aima toujours, et son trépas affreux
Ne laisserait dans le fond de votre âme
D'autre soin plus pressant qu'un projet amoureux ?
Si vers un fol amour vous tournez tous vos vœux,
Quel sera le vengeur que son ombre réclame !
Ce prince, cet époux, ce frère infortuné,
Vous le savez, seigneur, mourut assassiné.

PHARÈS.

Eh ! pourquoi rappeler sans cesse
Des maux qu'on ne peut réparer ?
C'est au ciel à frapper de sa main vengeresse
Les auteurs des forfaits qu'il nous laisse ignorer.
Vivons pour occuper le trône qu'il nous laisse,
Vivons.....

NEPHTÉ.

Pour le venger. Unissez-vous à moi ;
Venez sur ce tombeau m'engager votre foi ;
Jurez-moi d'employer toute votre puissance
A punir l'assassin de mon auguste époux ;
Jurez-moi que cette vengeance
De vos soins sera le plus doux.

PHARÈS, à part.

Dieux ! serais-je trahi ? Quel est donc ce mystère ?

NEPHTÉ.

Vous hésitez, seigneur, vous l'aimiez votre frère ?
Pour faire ce serment il m'en a moins coûté.

PHARÈS.

Je jure d'accomplir tous les vœux de Nephté,
Sa volonté sera ma loi première.

NEPHTÉ.

Je ne veux rien pour moi. Jurez sur ce tombeau,
Que vous serez vous-même le bourreau
Du monstre parricide, impie,
Dont le forfait causa le deuil de la patrie.

SCÈNE V.

LES PRÉCÉDENS, AMÉDÈS, *sortant du temple, écoute*
Pharès.

ENSEMBLE.

PHARÈS, près du tombeau de Séthos.

Je jure par le fer qui brille dans ma main,
De punir de mon roi le coupable assassin.

AMÉDÈS, à part, au fond du théâtre.

Dieux ! et vous l'écoutez ce serment sacrilége !

NEPHTÉ, à part, sur le devant de la scène.

Le monstre s'est trahi, je le tiens dans le piége.

AMÉDÈS.

Pharès, c'en est assez, le ciel est satisfait,
    Il connaît la main criminelle :
Jamais il n'oublia de punir un forfait ;
    Compte sur la vengeance, elle sera cruelle.

PHARÈS.

Prêtre, vous qui parlez au nom d'un ciel vengeur,
Redoutez d'une erreur les suites dangereuses ;
    Un oracle est souvent menteur,
Et toujours il nous fait des réponses douteuses.
        (*A Nephté, bas et en s'en allant.*)
Reine, défiez-vous de ces bouches pieuses,
    Et sachez que plus d'une fois,
Des ministres des dieux les mains religieuses
    Furent teintes du sang des rois.
                        (*Il sort.*)

SCÈNE VI.

NEPHTÉ, AMÉDÈS.

AMÉDÈS, à Pharès qui sort.

Tu n'éviteras point la céleste vengeance ;
Les dieux t'ont désigné, ton supplice est certain.

NEPHTÉ, avec horreur.

Le frère de Séthos !

AMÉDÈS.

Il est son assassin.

NEPHTÉ.

O mon fils, que de maux accablent ton enfance !
Dans ces jours de forfaits quel sera ton destin ?
Le frère de Séthos !

AMÉDÈS.

Il est son assassin.
Ces murs renferment ses complices :
Menacés par ma voix du dernier des supplices,
Ils ont nommé l'auteur de cet affreux dessein.

NEPHTÉ.

Vengeance, soutiens mon courage.
Filles d'enfer, punissez le forfait,
Sur le cœur du coupable exercez votre rage ;
Vengez-moi, vengez-vous, et je meurs sans regret.

AMÉDÈS.

Vous parlez de mourir : ah! malheureuse mère!
Et votre fils?.....

NEPHTÉ.

Grands dieux!

AMÉDÈS.

Ses jours sont menacés.

NEPHTÉ.

Ciel!

AMÉDÈS.

Que deviendra-t-il, si vous le délaissez.

NEPTHÉ.

Mon fils!

AMÉDÈS.

L'infortuné n'a déjà plus de père.

NEPHTÉ.

Dieux! de quelle frayeur je me sens émouvoir!
Tout me trouble, tout m'épouvante.
Mon cher fils, je crois déjà voir
Un glaive suspendu sur ta tête innocente.

2.

Tous mes sens sont glacés; ô vous, mon seul appui,
Ayez pitié de moi, daignez veiller sur lui:
Pour le défendre, hélas! je n'ai que ma tendresse.
Dérobez son enfance aux regards des mortels;
Qu'il respire un air libre à l'ombre des autels,
Et que ce temple saint protége sa faiblesse.

AMÉDÈS.

Au fond de ces tombeaux, il est un lieu sacré,
Du profane vulgaire à jamais ignoré.
Qu'il soit de votre fils l'asile et la défense!

TOUS DEUX.

Ciel, nous te confions notre unique espérance.

AMÉDÈS.

Les prêtres des tombeaux répondent de son sort;
Ils sont ses défenseurs; et si quelque perfide
Etendait jusqu'à lui sa fureur homicide,
Pour prix de son audace il recevra la mort.
Sous ces cyprès bientôt le peuple va paraître
Pour faire un sacrifice aux mânes de son maître:
Je veux par un serment m'assurer de sa foi;
      Mais il faut que, sans le connaître,
Il jure de punir l'assassin de son roi.
Les succès de Pharès l'ont rendu redoutable;
L'Egypte admire encor sa féroce valeur,
Et le monstre est puissant autant qu'il est coupable.

NEPTHÉ.

Quoi! Séthos dans Memphis n'aurait pas un vengeur?

AMÉDÈS.

Memphis le vengera; mais, pour punir le crime,
      Gardons-nous d'en nommer l'auteur.

Le seul nom de Pharès inspire la frayeur.
Il faut qu'à notre voix tout le peuple s'anime,
Et fasse le serment de frapper l'assassin;
Mais il ne connaîtra le nom de la victime,
    Qu'en lui perçant le sein.

SCÈNE VII.

NEPHTÉ, AMÉDÈS, PRÊTRES, Grands de l'état, Peuple.

(*Le temple s'ouvre, et l'intérieur en paraît obscur. Les prêtres en sortent en habits funèbres, et viennent se ranger le long des grottes; les grands de l'état sortent du palais, et le peuple du fond. On élève un autel près du tombeau de Séthos. Amédès est seul auprès; les prêtres à ses côtés; les grands forment un cercle plus éloigné; Nephté reste sur le devant de la scène, et le peuple inonde le fond.*)

AMÉDÈS.

  O mort! divinité terrible,
    Tout fléchit sous tes lois.
A nos vœux, à nos pleurs, à nos cris insensible,
    Tu frappes à la fois
Et le cèdre, et l'arbuste, et le faible, et les rois.

CHŒUR DE PRÊTRES.

  Ah! jamais ton bras inflexible
Ne nous fit mieux sentir l'effet de son courroux:
    O mort! divinité terrible,
Le plus aimé des rois est tombé sous tes coups.

NEPHTÉ.

Tu m'as ravi tout ce que j'aime,
Mon roi, mon amant, mon époux;
Pour me rejoindre à lui, viens me frapper moi-même,
O mort! je bénirai tes coups.

CHŒUR GÉNÉRAL.

O mort! divinité terrible, etc.

*(Les portes du temple s'ouvrent avec précipitation; l'in-
térieur en paraît éclairé d'une vive lumière; on en
voit sortir vingt-cinq jeunes filles vêtues de blanc.
Elles s'avancent avec vîtesse; la première se détache
des autres, s'approche de Nephté, et dit les vers suivans avec tout l'extérieur d'une joie sainte et d'un
enthousiasme religieux.)*

SCÈNE VIII.

LES PRÉCÉDENS, ET VINGT-CINQ JEUNES FILLES DU
TEMPLE D'OSIRIS.

LA PREMIÈRE DES FILLES DU TEMPLE.

Pourquoi pleurer Séthos? Il n'est pas mort pour vous:
Les dieux l'ont rappelé dans leur sphère immortelle;
Ses yeux toujours fixés sur son peuple fidèle,
Du haut du firmament daignent veiller sur nous.
　　Cessez de déplorer sa perte;
　　Célébrez son nom glorieux.
　　Dès long-temps sa tombe est déserte,
　　Il habite déjà les cieux.
　　Déjà, dans ses mains bienfaisantes,
　　Le ministre aux ailes brillantes
　　Place des lauriers éternels.
　　La sainte escorte l'environne,

Une main pure le couronne
Et le présente aux immortels.

CHŒUR DE PRÊTRES.

Règne dans ton nouvel empire;
Jouis du bonheur qui t'est dû;
Mais daigne quelquefois sourire
A ce monde qui t'a perdu.

CHŒUR GÉNÉRAL.

Règne dans, etc.

AMÉDÈS.

En te dégageant de la vie,
La mort te rend à ta patrie;
Le dieu du jour t'appelle à soi.
Tranquille au séjour du tonnerre,
Tu reçois les vœux de la terre,
Et mes chants iront jusqu'à toi.

CHŒUR GÉNÉRAL.

Tranquille au séjour du tonnerre,
Tu reçois les vœux de la terre,
Et nos chants iront jusqu'à toi.

NEPHTÉ.

Peuple, si vous l'aimiez, votre reconnaissance
Ne doit pas se borner à chanter ce héros.
Vous savez qu'il périt par d'horribles complots,
Et ses mânes en vain vous demandent vengeance.

CHŒUR DE GRANDS DE L'ÉTAT.

Ce crime est un secret qu'il nous faut révéler.

CHŒUR DE PEUPLE.

Nommez-nous l'assassin; tout son sang va couler.

AMÉDÈS.

Enfin je connais le coupable.

CHŒUR DE PEUPLE.

Qu'il périsse dans les tourmens!

AMÉDÈS.

Il faut vous l'avouer, le monstre est redoutable.

CHŒUR DE PEUPLE.

Qu'il périsse dans les tourmens!

AMÉDÈS.

Eh bien! le ciel le livre à vos ressentimens;
Dans les flots de son sang éteignez sa furie,
Et promettez, sur la foi des sermens,
De venger par sa mort le deuil de la patrie.

CHŒUR DE PEUPLE.

Oui, nous vengerons la patrie;
Oui, nous l'égorgerons le meurtrier impie :
O puissant Osiris! écoute nos sermens.

ENSEMBLE.

AMÉDÈS et NEPHTÉ.

O puissant Osiris! écoute leurs sermens.

(*On brûle l'encens; on pose la victime sur l'autel; et
le grand-prêtre saisit le couteau sacré qu'il tient levé
en disant les vers suivans.*)

AMÉDÈS.

Objet de notre amour, reçois ce sacrifice,
Et sur tous tes vengeurs jette un regard propice.
Que ce couteau sacré, gage de leur fureur,
Déchire le sein du perfide.

(En frappant la victime.)

Périsse ainsi le parricide
Qui t'a plongé le poignard dans le cœur.

CHŒUR DE PEUPLE.

Périsse ainsi le parricide
Qui t'a plongé le poignard dans le cœur!
Et que ce fer, gage de ma fureur,
  Déchire le sein du perfide.

AMÉDÈS.

Quand des ombres du soir Memphis se couvrira,
  Je nommerai l'auteur du crime;
  Et vous frapperez la victime,
Quand cette main vous la désignera.

(Tous s'avancent sur le devant de la scène, et disent
avec exaltation :)

CHŒUR GÉNÉRAL.

Toi que Memphis regrette, et que l'Egypte encense,
  Tes mânes seront satisfaits.
Et vous, sainte justice, implacable vengeance,
Armez-vous, aidez-nous à punir les forfaits.

(Nephté entre sous la grotte où est son fils.)

FIN DU PREMIER ACTE.

ACTE II.

Le théâtre représente la salle du palais où se trouve le trône
des rois d'Égypte.

SCÈNE PREMIÈRE.

PHARÈS, CHEMMIS.

PHARÈS.

Quoi ! le traître animait le peuple à la vengeance !
De quel œil ose-t-il pénétrer mes secrets ?

CHEMMIS.

Hâtez-vous, armez-vous de la toute puissance,
 Et confondez ses coupables projets.

PHARÈS.

Il m'a toujours haï.

CHEMMIS.

    Tout le peuple vous aime.
Je l'ai fait assembler, soumis à votre voix,
 Dans ce jour, dans ce palais même,
Il va vous élever au trône de ses rois.
 Pour conserver le diadême,
Nephté d'un autre hymen doit s'imposer les lois ;
Son sceptre, son amour, l'autorité suprême,
 Seront enfin le prix de vos exploits.

PHARÈS.

Ce prêtre m'inquiète.

CHEMMIS.

Ah! de son imprudence
Vous le verrez bientôt demander le pardon.

PHARÈS.

Ce prêtre me tourmente.

CHEMMIS.

Il garde le silence,
Ou n'ose en menaçant prononcer votre nom.
En vous déjà, seigneur, il reconnaît son maître.

PHARÈS.

Arme-toi, va chercher ce traître;
Comme une ombre importune environne ses pas:
Laisse-le respirer tant qu'il saura se taire;
Mais si de cet affreux mystère
Il osait....

CHEMMIS, montrant son poignard.

Il suffit, il ne parlera pas.

(*Il sort.*)

SCÈNE II.

(*L'on entend dans le fond le tumulte des soldats qui
s'assemblent.*)

PHARÈS, seul.

Le peuple vient. Pharès, arme-toi de courage.
Tes fidèles soldats t'ont promis leur suffrage:
Ce jour doit pour jamais décider de ton sort;
Ce jour doit te donner ou le trône ou la mort.

SCÈNE III.

PHARÈS, Grands de l'état, Chefs de l'armée,
Soldats.

*(Après la marche guerrière, tous les soldats se rangent
sur les côtés des colonnes ; les chefs occupent le milieu,
et laissent cependant toujours apercevoir le trône.)*

PHARÈS.

Soldats, dans les dangers qui menacent l'empire,
Il est temps de répondre aux vœux de votre roi.
Sur ce trône superbe où son ombre respire,
Il est encore assis, et nous dicte sa loi.
Fière de son trépas et de notre impuissance,
Toute l'Asie armée aspire à la vengeance,
Et relève ce front que Séthos a soumis.
Cent peuples en fureur, voilà vos ennemis,
Une femme, un enfant, voilà votre défense.
La mort d'un seul héros suffira-t-elle, hélas!
Pour n'oser plus tenter le hasard des combats?
Nous, sujets de Séthos, compagnons de sa gloire,
Dites, laisserons-nous outrager sa mémoire?
Nommons, nommons un chef, dont la haute valeur,
De tous nos ennemis dissipe la fureur.

CHŒUR DE SOLDATS.

Nommons, nommons un chef, etc.

PHARÈS.

Volons à la victoire. O Séthos, ô mon frère,
Donne, donne à ton peuple un avis salutaire;
Et s'il trouve un héros digne de ce grand choix,
Pharès, Pharès lui-même obéit à ses lois.

CHŒUR.

Pharès! Pharès! le ciel à la gloire t'appelle;
Tu régneras sur nous; tu seras notre appui :
Le frère de Séthos est seul digne de lui.

PHARÈS.

Peuple, de trop d'éclat vous honorez mon zèle.
Puisque vous confiez cet empire à ma foi,
Je veux le conserver au fils de notre roi.
Les dieux ne m'ont pas fait pour aspirer au trône;
Il faut, pour l'obtenir, mériter la couronne.
Ce glaive me suffit, il saura nous venger.
Soldats, autour de moi venez tous vous ranger.
Jurons, vous d'obéir, et moi de vous défendre.

(*Les soldats l'environnent.*)

CHŒUR.

Pharès! Pharès! lui seul peut nous défendre;
Qu'il règne.....

SCÈNE IV.

Les Précedens, NEPHTÉ, Femmes de sa suite
qui restent au fond.

NEPHTÉ, interrompant le chœur.

Juste ciel! quels cris se font entendre!
Quelle profane joie en ces jours de douleurs,
Insulte à mon époux, et se mêle à mes pleurs?

PHARÈS.

Ah! reine! pardonnez au motif qui l'inspire;
Il nous fallait un chef, et ces braves soldats

Ont fait choix d'un guerrier qui les guide aux combats.
C'est moi qu'ils ont chargé de veiller sur l'empire.

NEPHTÉ, indignée.

Ce peuple? vous! Pharès!

PHARÈS.

　　　　　Le frère de Séthos
Se montrera toujours digne de ce héros.
Il saura l'imiter.

NEPTHÉ.

　　　　O ciel! puis-je le croire?
Peuple, vous ignorez.....

PHARÈS, interrompant vivement.

　　　　　Oui, peuple, un assassin
Du plus aimé des rois osa percer le sein.
　(*A Nephté.*)
Pensez-vous que Pharès en perde la mémoire?
Je connais le coupable, et son supplice est prêt.
Je sais trop qu'Amédès, par un zèle indiscret,
De venger votre époux veut s'arroger la gloire,
Mais chef de nos guerriers, et frère de leur roi,
L'honneur de le venger ne regarde que moi.

NEPHTÉ, à part.

Dans quel abîme affreux suis-je donc descendue?
Me faudra-t-il toujours étouffer ma fureur?

PHARÈS.

Belle Nephté, la gloire en ces lieux répandue
　　Flatte bien faiblement mon cœur;
　　Elle comblerait mon bonheur,
　　Si de vous je l'avais reçue;

Et sur le trône assis, j'aurais fait mon plaisir,
De vous servir sans cesse et de vous obéir.
(*Cette scène de Pharès et de Nephté se passe sur le*
devant du théâtre, sans être entendue du peuple.)

NEPHTÉ.

Gardez, envahissez le trône;
Je ne l'envierai point, il vous a trop coûté.
Bientôt Memphis qui vous le donne,
Saura par quels exploits vous l'avez mérité:
Gardez, envahissez le trône;
Je ne l'envierai point, il vous a trop coûté.

CHŒUR.

Invincible Pharès, vertueuse Nephté,
Unissez-vous, régnez, partagez la couronne.

PHARÈS.

Mais pourquoi de Séthos ne vois-je point le fils?

NEPHTÉ.

Mon fils! dieux!

PHARÈS.

En mes mains il doit être remis.

NEPHTÉ.

O ciel! qu'ai-je entendu?

PHARÈS.

C'est à moi de l'instruire;
Je dois l'accoutumer au fardeau d'un empire.

NEPHTÉ.

S'il faut au diadème habituer son front,
Sa mère vit encore, et ses mains suffiront.

PHARÈS.

Mais pourquoi nous cacher le fils de notre maître?

Il faut qu'il vive au sein de ses sujets,
  Qu'il s'habitue à les connaître.
    (*Aux soldats.*)
Qu'on cherche cet enfant.

                    (*Quelques soldats sortent.*)

NEPHTÉ.

            O comble des forfaits!

PHARÈS.

Soldats, allons au temple offrir un sacrifice;
Contre nos ennemis implorons la justice;
Et quand l'aube du jour blanchira les côteaux,
Demain, aux bords du Nil, assemblez vos drapeaux.
Vous, Nephté, je n'ai plus qu'un seul mot à vous dire:
Si Memphis d'un vainqueur éprouve le courroux,
Si vous perdez enfin votre fils et l'empire;
Inflexible Nephté, n'en accusez que vous.

CHŒUR, à Nephté.

Acceptez un époux que tout Memphis admire;
Couronnez ce héros, il est digne de vous.

            (*Pharès sort suivi des soldats.*)

SCÈNE V.

NEPHTÉ, Chœur de Femmes, *dans le fond.*

NEPHTÉ, sur le devant de la scène.

Sort cruel! es-tu las d'éprouver ma constance?
Faudra-t-il donc mourir, et mourir sans vengeance?
Un assassin triomphe; il est choisi pour roi,
Et j'expose mon fils si je romps le silence.
Amédès ne vient point; tout me glace d'effroi.

UNE DES FEMMES, s'approchant lentement de Nephté.

Reine.....

NEPHTÉ.

Que voulez-vous?

UNE AUTRE FEMME.

Partager vos alarmes.

NEPHTÉ.

Laissez-moi.

UNE AUTRE FEMME.

Nous venons pour essuyer vos larmes.

NEPHTÉ.

Le destin me poursuit, évitez son courroux;
Fuyez l'horreur qui m'environne.

TOUTES LES FEMMES.

Si nos soins vous sont chers, notre sort est trop doux;
Sur le trône, loin du trône,
Vous régnez toujours sur nous.

NEPHTÉ.

Eh! que puis-je pour vous, lorsque tout m'abandonne?

CHŒUR DE FEMMES.

Nous voulons vous servir, partager vos douleurs;
Nous vous serons toujours fidelles.

NEPHTÉ.

Grands dieux! récompensez la bonté de leurs cœurs,
Nephté ne peut plus rien pour elles.

ENSEMBLE.

CHŒUR.

Nous vous suivrons partout, nous essuierons vos pleurs,
Nous vous serons toujours fidelles.

NEPHTÉ.

Je te rends grâce, ô sort! puisque dans mes malheurs,
Je trouve encor des cœurs fidelles.

NEPHTÉ.

Laissez-moi, j'ai besoin d'être seule un moment.

CHŒUR DE FEMMES, en s'éloignant.

O dieux consolateurs! apaisez son tourment.

(*Elles sortent.*)

SCÈNE VI.

NEPHTÉ, seule.

Tout redouble ma crainte et mon inquiétude.
Se peut-il qu'Amédès dans les fers arrêté?...
O funeste soupçon! mortelle incertitude!
Ton asile, mon fils, sera-t-il respecté?
Peut-être en ce moment.....

(*Elle voit venir le grand-prêtre.*)

Amédès! ô mon père!

SCÈNE VII.

NEPHTÉ, AMÉDÈS, CHEMMIS, *qui reste loin de
Nephté immobile.*

AMÉDÈS.

Je sais tous vos malheurs, l'usurpateur prospère.
Mes pas sont observés, on attente à mes jours,
Et le ciel à nos pleurs refuse son secours.

NEPHTÉ.

Qu'est devenu mon fils?

AMÉDÈS.

   Nos prêtres l'environnent,
Et tous expireront avant qu'ils l'abandonnent.

NEPHTÉ.

O jour rempli d'horreurs!

AMÉDÈS.

    O terrible destin!

NEPHTÉ.

Faut-il qu'un parricide.....

AMÉDÈS.

   Un infâme assassin?.....

CHEMMIS, de loin.

Prêtre, ressouviens-toi que Pharès est ton maître,
Qu'il te voit, qu'il t'entend, qu'un seul mot indiscret
Du nombre des vivans te fera disparaître;
Apprends à mériter la grâce qu'il te fait.

NEPHTÉ.

Qu'ai-je entendu, grands dieux! un vil esclave, un traître
Jusque dans ce palais porte ses attentats?

AMÉDÈS.

Juste ciel! daigne armer mon bras.

NEPHTÉ.

Hélas! vous périrez.

AMÉDÈS.

   Eh! qu'importe ma vie?
J'aurai vengé mon roi, mes dieux et ma patrie;
Tous mes jours sont comptés, et ce serait en vain
Que je voudrais encore en reculer la fin.

        3.

NEPHTÉ.

O ciel! aux coups de ta justice
L'innocent doit-il donc s'offrir?
Ah! si vous l'exigez, ce cruel sacrifice,
C'est moi seule qui dois périr.

AMÉDÈS.

Vous, Nephté, vous mourir!
L'époux que vous pleurez vous défend de le suivre;
Séthos vous laisse un fils, il vous condamne à vivre.

NEPHTÉ.

Je vous le confierai ce dépôt précieux.

AMÉDÈS.

Non; ne m'enviez pas ce trépas glorieux.

NEPHTÉ.

O douleur! ô combats!

AMÉDÈS.

O destin rigoureux!

ENSEMBLE.

NEPHTÉ.

Mon fils n'a plus que vous; le crime l'environne.
Vivez, vivez pour lui; c'est à moi d'expirer:
Le malheur me poursuit et le ciel m'abandonne,
La mort est le seul bien que je puisse espérer.

AMÉDÈS.

Divin flambeau des cieux, ô dieu puissant, pardonne,
Si contre tes décrets nous osons murmurer;
Ah! daigne voir l'objet que ta main abandonne,
Dans ta justice enfin permets-lui d'espérer.

CHEMMIS, de loin, à Amédès.

C'est la mort, c'est la mort que tu dois implorer;
 Elle est prête à te dévorer.
 Déjà son ombre t'environne;
C'est la mort, c'est la mort que tu dois implorer.

SCÈNE VIII.

Les Précédens, un Prêtre des tombeaux.

LE PRÊTRE, à Amédès.

Ah! seigneur, accourez et venez nous défendre.

NEPHTÉ.

Je tremble.

LE PRÊTRE.

 Les soldats et Pharès, à grands cris,
De notre roi nous demandent le fils.

NEPHTÉ.

Dieux!

AMÉDÈS, au Prêtre.

Suivez-moi; mourons plutôt que de le rendre.

NEPHTÉ.

Non, non, je veux le voir, l'arracher au trépas,
Le tenir embrassé. Le monstre parricide
Osera-t-il venir le chercher dans mes bras?

ENSEMBLE.

AMÉDÈS.

Ah! reine, à leur fureur ne vous exposez pas.
Je vole à son secours; c'est le ciel qui me guide.

LE PRÊTRE.

Volons à son secours, c'est le ciel qui nous guide.
 (*Ils sortent.*)

CHEMMIS, à part.

Tu n'y seras pas seul, je vole sur tes pas.

(*Il les suit.*)

NEPHTÉ.

Grands dieux! dans mes malheurs ne m'abandonnez pas.

SCÈNE IX.

(*Pendant ce monologue, on entend un tumulte dans le fond de la scène.*)

NEPHTÉ, seule.

Asile de la mort, voûte paisible et sombre,
Protégez cet enfant, couvrez-le de votre ombre;
Ou s'il doit de ce monstre éprouver la fureur,
Fermez, fermez mes yeux, témoins de son malheur.

SCÈNE X.

NEPHTÉ, GRANDS DE L'ÉTAT, PEUPLE, SOLDATS.

PEUPLE ET SOLDATS à Nephté.

N'irritez pas les dieux par trop de résistance,
Rendez le calme à vos sujets.
Notre bonheur dépend du bonheur de Pharès,
Couronnez ce héros, notre seule défense.

GRANDS DE L'ETAT.

Couronnez ce héros, notre seule défense,
Rendez le calme à vos sujets.

PEUPLE ET SOLDATS.

Séthos ne veut de vous que votre obéissance.

TOUS.

Couronnez ce héros, notre seule défense,
    Rendez le calme à vos sujets.

NEPHTÉ.

  O ciel! à quel excès d'audace
  Le traître a-t-il pu les porter?
On ne me connaît plus, un peuple me menace,
Et jusqu'en mon palais il ose m'insulter!

PEUPLE ET SOLDATS.

Epousez notre roi, c'est Séthos qui l'ordonne.
    Pharès est le soutien du trône,
    Il fait trembler nos ennemis.
Couronnez ce héros, votre époux vous l'ordonne.

GRANDS DE L'ÉTAT.

  Songez du moins à votre fils,
  Et conservez-lui la couronne.

PEUPLE ET SOLDATS.

  Oui, vous trahissez votre fils,
  Vous lui ravissez la couronne.

NEPHTÉ, à part.

  Où suis-je? quel nouveau transport?
Un feu divin m'anime et me rend l'espérance.
Sans trouble, sans frayeur j'envisage la mort :
Il faut me dévouer.

PEUPLE ET SOLDATS.

    C'est trop de résistance.

NEPHTÉ, sans les entendre.

Si je tarde, le monstre échappe à la vengeance :

O dieux! qui m'inspirez ce généreux effort,
Recevez ma reconnaissance.
(*Haut.*)
Peuple, le ciel enfin m'éclaire sur mon sort.
Je me rends aux vœux de l'empire.
Je m'unis à Pharès par les nœuds de l'hymen;
Autant je l'évitais, autant je le désire,
Aujourd'hui dans le temple, il recevra ma main.

CHŒUR GÉNÉRAL.

O bonheur! ô jour d'ivresse!
Pharès est heureux à jamais.
Retentissez, chants d'allégresse,
Le ciel a comblé nos souhaits.

NEPHTÉ.

(*Ensemble tout le reste de la scène.*)
Puissante Isis, bienfaisante déesse,
Vous savez les vœux que je fais.
Animez mon courage, écartez ma faiblesse,
(*A part.*)
Et soutenez mes terribles projets.

CHŒUR.

Ah! puisse la grande déesse
Vous combler des plus doux bienfaits!
Pharès aura votre tendresse,
Vous serez heureux à jamais.
(*Nephté sort.*)
Retentissez chants d'allégresse,
Le ciel a comblé nos souhaits.
(*Divertissement vif et court.*)

FIN DU SECOND ACTE.

ACTE III.

Le théâtre représente le temple d'Osiris ou du Soleil : il doit être de forme circulaire et d'une très-vaste étendue. L'autel s'élève au milieu, et le tout doit être d'une architecture simple et sévère.

SCÈNE PREMIÈRE.

NEPHTÉ seule, parcourt lentement le temple.

Palais des dieux, séjour de l'innocence,
Ecoutez mes derniers accens.
Vos portiques sacrés, vòtre auguste silence
D'une sainte terreur saisissent tous mes sens.
Hélas! plus que jamais j'ai besoin d'assistance.
Dieux terribles, dieux bienfaisans,
Vous qui protégiez mon enfance,
Veillez sur mes derniers momens.

AIR.

O toi, ma plus chère espéranee,
Toi pour qui je m'impose un si cruel devoir,
Voici la fin de notre absence :
Ta fidèle Nephté va bientôt te revoir,
Et tu seras sa récompense.
Et toi, brillant Soleil, immortel Osiris,
O redoutable Ammon, bienfaisant Sérapis,
Et vous, fleuve sacré, source de l'abondance,
Divinités des mers, de la terre et des cieux,
Augustes déités, que l'univers encense,
Sur ce temple jettez les yeux,
Et recevez les vœux de l'innocence.

Et toi qui d'un époux sus venger le trépas,
Isis, puissante Isis, ô terrible déesse,
Nos destins sont pareils; guide, guide mes pas,
Et chasse de mon cœur un reste de faiblesse.
    O Séthos, ô mon seul espoir,
    Voici la fin de notre absence.
Ta fidèle Nephté va bientôt te revoir,
    Et tu seras sa récompense.
Amédès vient à moi. Je tremble; justes cieux,
Effacez de mon front tout funeste présage;
Cachez-lui mes desseins : donnez-moi le courage
De tromper sa tendresse, et de feindre à ses yeux.

SCÈNE II.

NEPHTÉ, AMÉDÈS.

AMÉDÈS.

Reine, un bruit se répand; mais qui pourrait le croire?
On dit que méprisant et l'honneur et la gloire,
Aujourd'hui, dans ce temple, à Pharès...non, grands dieux!
Je ne puis répéter ce mensonge odieux.
Les cruels m'ont trompé. L'exécrable imposture
Tente en vain de noircir une vertu si pure;
Moi-même je rougis du trouble de mon cœur,
Et je viens à vos pieds expier mon erreur.

NEPHTÉ.

Hélas!

AMÉDÈS.

    Vous soupirez? Vous gardez le silence?

NEPHTÉ.

Ah!

AMÉDÈS.

De votre embarras que faut-il que je pense?

NEPHTÉ.

Vous savez mes malheurs.

AMÉDÈS.

Je les sens comme vous.

NEPHTÉ.

Le sort me poursuivait avec tant de courroux....

AMÉDÈS.

Achevez!

NEPHTÉ.

D'un seul fils, toute mon espérance,
J'ai dû sauver les jours.

AMÉDÈS.

Eh bien!

NEPHTÉ.

Quelle souffrance!
Ah! ne m'accablez pas de votre inimitié :
Nephté, quoique coupable, est digne de pitié.

AMÉDÈS.

Coupable! juste ciel! quoi! cet hymen horrible,
Vous osez l'avouer?

NEPHTÉ, à part.

O contrainte! ô douleur!
Faut-il que je déchire une âme aussi sensible?
O contrainte! ô moment terrible!
C'est moi qui lui perce le cœur.

NEPHTÉ,

AMÉDÈS.

O ma fille ! il est donc possible !
Ma fille a pu nourrir un forfait dans son cœur.
Je le savais, cruelle; et mon âme sensible
     Voulait douter de son malheur.

NEPHTÉ

Mon père, n'accusez que le sort qui m'accable,
Vers cet affreux hymen lui seul porte mes pas.

AMÉDÈS.

Non, ce n'est point le sort, vous seule êtes coupable;
Non, cet affreux hymen ne s'accomplira pas.

NEPHTÉ.

N'exposez pas vos jours.

AMÉDÈS.

          Je punirai le crime.

NEPHTÉ.

Le tyran vous menace.

AMÉDÈS.

          Il sera la victime.

NEPHTÉ.

Hélas ! il est puisssant, il fait taire les lois.
Il règne.

AMÉDÈS.

     Il est un dieu qui règne sur les rois.

ENSEMBLE.

NEPHTÉ , à part.

O contrainte ! ô moment terrible !
Je ne puis supporter l'excès de sa douleur.

AMÉDÈS.

O ma fille ! il est donc possible ?
Ma fille a pu nourrir un forfait dans son cœur ?

NEPHTÉ.

N'accusez que le sort, c'est lui seul qui m'accable.

AMÉDÈS.

Non, ce n'est point le sort, vous seule êtes coupable.

NEPHTÉ.

Vers cet affreux hymen, il entraîna mes pas.

AMÉDÈS.

Non, cet affreux hymen ne s'accomplira pas.

NEPHTÉ, à part.

O contrainte ! etc.

AMÉDÈS.

O ma fille ! etc.

(*On entend dans le fond le tumulte du peuple qui
s'assemble pour la cérémonie. Amédès veut sortir;
Nephté l'arrête.*)

NEPTHÉ, avec précipitation.

O ciel ! n'augmentez pas l'excès de ma souffrance
Par les dangers que vous allez courir.
De grâce, attendez en silence
Ce que le ciel bientôt saura nous découvrir ;
Et s'il est un forfait, la céleste vengeance
Sans vous saura bien le punir.

AMÉDÈS.

Eh bien ! j'en accepte l'augure ;
Vers un honteux hymen précipitez vos pas ;

Mais tremblez et n'oubliez pas
Que vous êtes au temple et vous êtes parjure.

(Le bruit redouble et la marche commence dans le
fond. Amédès sort.)

NEPHTÉ.

Où fuyez-vous, mon père? O ciel! je vous conjure,
Dans ce moment affreux ne m'abandonnez pas.

AMÉDÈS, en sortant.

Non, cet affreux hymen ne s'accomplira pas.

(La marche continue, et dès que le grand-prêtre est
sorti, on voit paraître les prêtres et on entend le
chœur.)

SCÈNE III.

NEPHTÉ, PHARÈS, Prêtres, Soldats, Femmes
de la reine, filles du temple d'Osiris, et le
fils de Nephté, *conduit par les Femmes.*

(On porte dans la marche toutes les choses nécessaires
à la cérémonie et au sacrifice.)

CHŒUR, de loin.

Dieu de Memphis, dieu tutélaire,
Soleil, répands sur nous tes bienfaits et tes feux.

(Le chœur cesse et reprend par intervalles.)

CHŒUR.

De deux époux écoute la prière,
Et daigne sourire à leurs vœux.

NEPHTÉ, apercevant son fils.

(A part, avec douleur.)
O mon fils! ô mon fils! *(Haut.)* embrassez votre mère.

CHŒUR.

Dieu de Memphis, dieu tutélaire,
Soleil, répands sur nous tes bienfaits et tes feux.

PHARÈS, à Nephté.

Quoi! vous me devancez dans ces augustes lieux?
Que cet empressement est flatteur pour ma flamme!

NEPHTÉ.

Ces lieux ont éclairé mon âme ;
Oui, Pharès, je promets de passer avec toi
Tout le temps que le ciel nous permettra de vivre.
Même dans le tombeau je jure de te suivre,
Ce temple est garant de ma foi.

ENSEMBLE.

PHARÈS.

Jour de triomphe, jour prospère!
O soleil! hâte-toi de couronner mes vœux.

CHŒUR.

Dieu de Memphis, dieu tutélaire,
Soleil! répands sur nous tes bienfaits et tes feux.

NEPHTÉ, à part, rendant son fils aux femmes.

Dieux! écartez de moi cette image trop chère,
Je le sens, je le sens, je trahirais mes vœux.

(*Lorsque les prêtres se sont placés autour de l'autel,
et que le peuple et les soldats ont occupé le fond,
Nephté passe à la gauche avec ses femmes, et Pharès
à la droite avec les guerriers. Alors un des premiers
prêtres se place derrière l'autel, faisant face aux
spectateurs; il y pose la coupe nuptiale, et chante
l'hymne à l'Hymen.*

UN PRÊTRE.

Hymen , déité consolante ,
D'un couple fortuné viens couronner l'ardeur.
Fais-le brûler de ta flamme constante,
C'est de ta main qu'il attend le bonheur.

TOUS , excepté Nephté.

Hymen, ô doux Hymen , déité consolante ,
D'un couple fortuné, viens couronner l'ardeur.

PHARÈS.

Hymen ! ô doux Hymen ! viens hâter mon bonheur.

NEPHTÉ, à part.

Hymen, terrible Hymen , viens et sois mon vengeur.
(*Pendant le chœur, Pharès et Nephté passent derrière*
l'autel.)

NEPHTÉ , tenant la coupe.

Sur cette coupe et ce breuvage,
Grands dieux , répandez vos bienfaits.
(*A Pharès.*)
Que de nos maux passés il efface l'image,
Et qu'il nous unisse à jamais !

(*Pendant que les époux boivent dans la coupe nuptiale,*
que Nephté a empoisonnée, on brûle l'encens, et les
filles du temple expriment par une pantomime la joie
du peuple et le bonheur des époux.)

CHŒUR.

Hymen , déité consolante ,
D'un couple fortuné viens couronner l'ardeur.
(*Pharès et Nephté quittent l'autel , et reprennent leur*
place.)

ENSEMBLE.

CHŒUR.

Fais-le brûler de ta flamme constante,
C'est de ta main qu'il attend le bonheur.
Hymen! ô doux Hymen! déité consolante,
D'un couple fortuné viens couronner l'ardeur,

PHARÈS.

O doux Hymen, déité bienfaisante,
C'est de ta main que j'obtiens le bonheur.
Ah! pour l'heureux Pharès quelle gloire éclatante!
Pour ses travaux guerriers quel présage flatteur!

NEPHTÉ, à part.

Enfin, je vais mourir contente.
Le coupable est puni. La mort est dans son cœur,
Je te rends grâce, Isis, déité bienfaisante,
Mon fils règne, Séthos a trouvé son vengeur.

SCÈNE IV.

LES PRÉCÉDENS, AMÉDÈS, SOLDATS.

CHŒUR, qui est interrompu par Amédès.

Hymen.....

AMÉDÈS, entrant avec des soldats armés.

Cessez, cessez un affreux sacrifice;
Par des vœux criminels n'irritez pas les dieux.
Aux mânes de Séthos il faut faire justice.
L'assassin vit encor, même il est dans ces lieux;
Songez à vos sermens.

AMÉDÈS ET SOLDATS de sa suite.

Que le monstre périsse!

AMÉDÈS seul, armé d'un poignard.

Assez et trop long-temps il sut braver les lois;
Sur ce vil meurtrier tombons tous à la fois,
Qu'il périsse!

NEPHTÉ.

Arrêtez! j'ai vengé la patrie.

AMÉDÈS.

Quoi! vous-même, Nephté, vous protégez l'impie!

NEPHTÉ.

Peuple, prêtez l'oreille à ma mourante voix.
Sur les bords de la tombe où votre roi m'appelle,
Dans ce temple où bientôt je vais mourir fidelle
        A l'époux le plus regretté,
Je vais vous découvrir l'affreuse vérité.
Pharès est l'assassin; c'est lui dont la furie
Au plus aimé des rois fit arracher la vie;
La fortune sourit à tous ses attentats.
        Souillé du meurtre de son frère,
Parricide impuni, respirant l'adultère,
Il voulut me forcer à passer dans ses bras.
Et moi, mère tremblante, épouse infortunée,
        Reine sans trône et veuve abandonnée,
Je n'avais à choisir que l'opprobre ou la mort;
Mais le ciel à la fin eut pitié de mon sort.
Apprends donc, ô tyran! comment cet hyménée
A la mienne en ce jour unit ta destinée!
Apprends, et s'il se peut, écoute sans frayeur,
Comment Nephté sut mettre un frein à ta fureur.
Contrainte de traîner la chaîne nuptiale,
Et d'accepter la main qui me faisait horreur,

Moi-même j'ai versé dans la coupe fatale
Un poison qui déjà te dévore le cœur.

CHŒUR ET PHARÈS.

Dieux !

NEPHTÉ, à Pharès.

Comme toi j'en serai la victime;
Mais je venge Séthos et je punis ton crime.
Nous mourons.... et déjà le poison répandu
Va laisser aux mortels un exemple terrible;
Un nuage sur nous est déjà descendu.
Mais ma mort est tranquille, et la tienne est horrible;

PHARÈS, avec rage.

Oui, je meurs, oui, je cède à l'aveugle destin :
Je meurs... et tout l'enfer est déjà dans mon sein.
Et si quelque douleur me poursuit dans mon crime,
C'est de n'avoir frappé qu'une seule victime.

NEPHTÉ.

Fuis donc, fuis de ce temple, ôte-toi de mes yeux;
Que ton dernier soupir ne souille pas ces lieux.
(*Les soldats enveloppent Pharès, et l'entraînent hors
du temple.*)

AMÉDÈS.

O sublimes vertus !

CHŒUR.

O malheureuse mère !

SCÈNE V ET DERNIÈRE.

NEPHTÉ, AMÉDÈS, FEMMES, PEUPLE, SOLDATS,
L'ENFANT.

NEPHTÉ, affaiblie par le poison.

Ah ! c'en est fait... je touche à mon heure dernière,..

4.

Un trouble se répand sur tout ce que je voi...
  (*Ses femmes la soutiennent et la font asseoir.*)
Je ne me soutiens plus... tout mon cœur se resserre...
          (*On approche l'enfant.*)
Faites venir mon fils... Mon fils, embrasse-moi...
La sensible Nephté ne regrette que toi.
Sèche, sèche tes pleurs, je vais revoir ton père.

AMÉDÈS.

O douleur déchirante !

CHŒUR.

          O malheureuse mère !

NEPHTÉ, encore plus faible.

Ne pleurez pas mon sort, il n'est pas malheureux.
J'ai rempli mes devoirs... mon fils respire encore ;
Ah ! conservez-le bien, ce dépôt précieux,
C'est l'image du roi que tout Memphis adore.
     (*A ses femmes.*)
Donnez-moi le bandeau que j'ai fait préparer.
   Qu'il lui serve de diadème...
   Je veux... avant que d'expirer,
   Sur son front l'attacher moi-même.
   Memphis, voilà ton roi.....

(*Nephté expire en prononçant ces mots, et les soldats saisissent l'enfant, l'élèvent sur un pavois, et le présentent au peuple, qui tombe à genoux.*)

CHŒUR.

   Veillez sur lui, grands dieux !
Qu'il imite Séthos, mais qu'il soit plus heureux.

FIN DU TROISIÈME ET DERNIER ACTE.

EUPHROSINE ET CORADIN,

OU

LE TYRAN CORRIGÉ,

OPÉRA EN TROIS ACTES ET EN VERS,

REPRÉSENTÉ POUR LA PREMIÈRE FOIS SUR LE THÉATRE
ITALIEN, LE 4 SEPTEMBRE 1790.

PERSONNAGES.

CORADIN, tyran féodal.

LA COMTESSE D'ARLES.

EUPHROSINE,

LEONORE, } filles du comte de Sabran.

LOUISE,

ALIBOUR, médecin de Coradin.

UNE VIEILLE FEMME.

UN VIEILLARD.

Troupe de Paysans, Paysannes, Bergers et Bergères, Gardes et Soldats.

La scène se passe dans le château de Coradin.

AVERTISSEMENT.

Cet ouvrage n'est point, comme on l'a dit, une imitation des Trois Sultanes de Favart. Le sujet en est emprunté à la Bibliothèque des romans, tome 1er de juillet 1780. D'abord représenté en cinq actes, l'opéra d'Euphrosine fut remis en trois, et l'auteur, docile aux avis de la critique, changea plusieurs fois son dénouement. Nous donnons ici cet ouvrage tel qu'il a été définitivement approuvé par M. Hoffman. Néanmoins, jamais nouvelle édition ne fut plus indispensable; car, toutes celles qui existent présentent des lacunes considérables et fourmillent de fautes; les premières règles de la versification n'y sont pas même observées. Il ne faut en attribuer la cause qu'à l'espèce de brigandage qui existait dans la librairie au commencement de la révolution; les propriétés de l'esprit n'étaient pas plus respectées que les autres, et l'on annonçait ouvertement les contrefaçons de toutes les pièces de théâtre, sans qu'il fût possible à un auteur de s'opposer à cette piraterie. La plupart des libraires de l'époque entendaient la librairie comme les corsaires entendent la marine.

La partition d'Euphrosine fut le coup d'essai de Méhul. Pauvre et inconnu, le compositeur à qui nous devons tant de chefs-d'œuvre donnait des leçons de piano, et serait peut-être resté long-temps encore ignoré, si M. Hoffman n'avait eu le courage de lui confier son poëme. Quel début ! le seul duo de la jalousie suffisait pour révéler un grand maître. Grétry ne s'y trompa point; après cet admirable morceau, il prédit les hautes destinées musicales du jeune compositeur.

Une impolitesse de madame Dugazon priva cette actrice du rôle d'Euphrosine que l'auteur lui destinait. Idole du parterre, madame Dugazon croyait pouvoir traiter tous les hommes de lettres avec une capricieuse indifférence. Ne s'étant pas trouvée à la première lecture de la pièce, elle en indiqua une seconde à laquelle M. Hoffman se rendit avec une rigoureuse exactitude; non-seulement madame Dugazon n'y vint pas, mais elle ne daigna pas même faire prévenir de son changement de résolution. Justement piqué de cette conduite, l'auteur offrit sur-le-champ son rôle à madame Saint-Aubin qui ne jouissait pas encore de toute sa renommée. L'ouvrage ne perdit rien à ce changement. Hâtons-nous de dire à la louange de madame Dugazon qu'elle n'en garda pas rancune à M. Hoffman; car, lorsque celui-ci annonça la lecture de Stratonice, elle s'empressa de lui écrire qu'il lui était encore impossible d'entendre son ouvrage, mais qu'elle acceptait d'avance et sans examen le rôle qu'il voudrait bien lui confier. Quel homme, quel auteur surtout aurait pu résister à une pareille réparation !

A l'exception de Philippe qui joua le premier le rôle de Coradin, et de Gavaudan qui lui succéda, presque tous les acteurs qui ont représenté ce personnage se sont trompés sur son caractère; ils en ont fait un tyran féroce, un véritable croquemitaine féodal. Telle n'a pas été la pensée de l'auteur ; à cet égard, on n'a qu'à lire le passage suivant :

LÉONORE.

Il est donc bien méchant?

ALIBOUR.

Non, mais c'est l'orgueil même ;
Il croit de l'univers porter le diadême ;
Il faut à chaque mot le monseigneuriser.

EUPHROSINE.

Je vois que c'est un ours qu'il faut apprivoiser.

Coradin est donc plus orgueilleux que féroce, c'est un Tufière en casque et en cuirasse.

EUPHROSINE ET CORADIN,

OU

LE TYRAN CORRIGÉ.

ACTE PREMIER.

Le théâtre représente une vieille galerie du château de Coradin. On voit dans le fond une route qui mène au pont—levis, et fermée par une barrière.

SCÈNE PREMIÈRE.

Maître ALIBOUR, EUPHROSINE, LÉONORE, LOUISE.

EUPHROSINE.

Quoi ! c'est-là le séjour que monsieur nous destine ?

ALIBOUR.

Dites donc monseigneur, et souvenez-vous bien,
Que sans le monseigneur, ici l'on n'obtient rien.
Louise, Léonore, et vous, belle Euphrosine,
Sachez que Coradin règne à présent sur vous ;
Sachez que pour lui plaire il vous faut filer doux.

LÉONORE.

On dit que son humeur.....

ALIBOUR.

N'est point du tout badine.
Entouré de flatteurs, il n'a pas un ami ;
Et depuis qu'il respire, il n'a pas encor ri.

LOUISE.

Il est donc bien méchant?

ALIBOUR.

Non, mais c'est l'orgueil même;
Il croit de l'univers porter le diadême;
Il faut à chaque mot le monseigneuriser.

EUPHROSINE.

Je vois que c'est un ours qu'il faut apprivoiser :
Je m'en charge.

ALIBOUR.

Paix donc.

EUPHROSINE.

Eh! pourquoi ce silence;
De parler, Coradin a-t-il fait la défense?
En effet, son château me semble un vrai désert.

ALIBOUR.

A la joie, aux plaisirs, il n'est jamais ouvert;
Du matin jusqu'au soir on n'y trouve personne.

LOUISE.

Le maître ainsi le veut?

ALIBOUR.

Dites mieux, il l'ordonne.

LÉONORE.

Mais où sont donc les gens qui doivent nous servir?

ALIBOUR.

Des femmes : c'est pour vous qu'on en fera venir,
Car aucunes encor n'ont passé les barrières.

EUPHROSINE.

Point de femmes ici!

ALIBOUR.

Vous êtes les premières.

LÉONORE.

Que fait donc Coradin?

ALIBOUR.

Il chasse, il mange, il dort,
Et caresse souvent son vaste coffre-fort.

LOUISE.

C'est là tout son plaisir?

ALIBOUR.

Il n'en eut jamais d'autre.
De l'amoureux servage il ignore les lois;
Il hait tout notre sexe, et n'aime pas le vôtre.

LÉONORE.

Il vous aime pourtant, et l'on m'a dit, je crois,
Que sur son amitié vous seul avez des droits.

ALIBOUR.

Je suis son médecin, c'est assez vous en dire :
Quand il se porte bien, j'ai sur lui peu d'empire;
Mais s'il perd l'appétit, ou s'il digère mal,
Je suis son cher docteur, et presque son égal.

AIR.

» Quand le comte se met à table,
» De monseigneur j'observe l'appétit,
» Et selon qu'il est faible, ou qu'il est indomptable,
» Je vois hausser ou baisser mon crédit.

» Si Coradin fait bonne contenance,
    » S'il me regarde fièrement,
    » S'il mange, s'il boit largement,
    » S'il dévore avec assurance,
    » Je me retire prudemment :
  » En pareil cas , mon art est inutile.
 » Mais quand un accident vient échauffer sa bile,
 » Si l'appétit se perd, s'il fait grâce à son vin,
 » Si le frisson fiévreux se glisse dans son sein,
    » Vîte on cherche le médecin.
    » J'arrive, je vois son altesse
 » Jeter sur le docteur un regard plein d'amour,
 » Me dire quatre mots d'un ton plein de tendresse :
 » Bonjour, mon cher docteur; mon cher docteur, bonjour.
    » Alors ma fierté se redresse,
 » Je reprends mon empire, et j'ordonne à mon tour.

EUPHROSINE.

Maître, vous agissez en courtisan habile !

ALIBOUR.

Si c'est une finesse, au moins elle est utile.
Je ne suis point fripon; et quoique médecin,
Aucun mortel encor n'a péri de ma main.
Aujourd'hui j'entreprends une superbe cure;
Je veux dans Coradin réformer la nature;
Le croiriez-vous? je veux même le rendre bon.

EUPHROSINE.

Je pourrai vous servir.

ALIBOUR.

           Oui, vous avez raison;
Je compte bien sur vous : il faut, dans cette affaire,
Vous prêter toutes trois au bien que je veux faire.

EUPHROSINE.

Si nous faisions fléchir cet inflexible cœur !

LÉONORE.

Mais qui pourrait l'aimer avec pareille humeur ?

EUPHROSINE.

Son humeur changera; car je prétends qu'il m'aime,
Et qu'il m'épouse.

LOUISE.

Vous ?

EUPHROSINE.

Eh ! sans doute, moi-même.
Nous n'avons plus de père, et nous sommes sans bien;
Coradin nous protège, et nous offre un soutien,
Il faut tirer parti du sort qui se présente.

ALIBOUR.

Vous parlez comme un ange, et votre humeur m'enchante.
Votre père en partant me dit : cher Alibour,
Je quitte ces climats, peut-être sans retour;
Rien ne peut modérer le beau feu qui m'anime,
Je vais chercher la mort ou délivrer Solime.
Tels furent ses adieux, et nous savons, hélas !
Que ce brave guerrier a subi le trépas.
Je n'ai rien épargné pour percer ce mystère;
Partout je m'informai de ce malheureux père,
Mais j'appris que la mort venait de l'enlever;
Enfin dans un couvent je vous fis élever;
Et d'un père pour vous conservant la tendresse,
Je sommai Coradin de tenir sa promesse.
Il la tient, et lui-même ordonne qu'en ce jour,
Je vous offre, en son nom, un asile en sa cour.

Ces murs seront pour vous un temple tutélaire.
Ah ! si l'une de vous parvenait à lui plaire !
Ah ! si l'une de vous éveillait dans son cœur
Le premier sentiment d'une amoureuse ardeur !
Chacune de vous trois en serait plus heureuse.

LÉONORE.

Mais il faut l'avouer, l'entreprise est douteuse.

ALIBOUR.

Pour toute autre, il est vrai ; mais, par votre moyen,
J'ai l'espoir consolant de la conduire à bien.

QUATUOR.

« Toutes trois vous êtes jeunettes,
» Et, sans mentir, de bien gentes fillettes ;
» Le cœur de Coradin fût-il fait de cailloux,
» Il faut qu'il s'attendrisse et soupire pour vous,

EUPHROSINE.

» Vous avez votre caractère,
» Moi j'ai le mien, et j'ose m'en flatter ;
» Que chacune de nous agisse à sa manière,
» Et nous verrons qui saura l'emporter.

ALIBOUR et EUPHROSINE.

» Que chacune de $\begin{cases} \text{vous} \\ \text{nous} \end{cases}$ agisse à sa manière,
» Et nous verrons qui saura l'emporter.

ALIBOUR.

» Souvenez-vous qu'il a l'humeur sévère,
» Et qu'il n'aime point la gaieté.

LÉONORE.

» Si monseigneur a l'humeur fière,
» Je flatterai sa vanité.

LOUISE.

» Pour réformer son caractère,
» J'emploirai douceur et bonté.

EUPHROSINE.

» Si monseigneur a l'humeur fière,
» Je rabaisserai sa fierté.

LÉONORE.

» Mais concertons bien cette affaire.

LOUISE.

» Je suis très-neuve en ce mystère,
» Et je pourrais bien tout gâter.

ALIBOUR.

» Que l'une n'aille pas gâter
» Tout ce que l'autre aurait pu faire.

EUPHROSINE.

» Que chacune de nous agisse à sa manière,
» Et nous verrons qui saura l'emporter.

(*Tous les quatre ensemble.*)

» Eh bien donc, que chacune agisse à sa manière,
» Et nous verrons qui saura l'emporter.

LÉONORE.

» Moi, je saurai flatter son fougueux caractère.

LOUISE.

» Moi, je veux le toucher à force de douceur.

EUPHROSINE.

» Et moi je veux porter le trouble dans son cœur.

(*Tous quatre ensemble.*)

» Amour, daigne sourire
» Au doux espoir que je conçoi;

» Un seul mortel méconnaît ton empire,
» Ne permets pas qu'il échappe à ta loi;
» Si tu le veux, il faudra qu'il soupire :
» Fais ce prodige, il est digne de toi.

(*L'on entend dans le fond le galoubet, et l'on voit à travers les barrières le peuple qui se presse en foule.*)

LÉONORE.

Ah! mes sœurs, quelle foule au château vient se rendre!
J'entends le galoubet.

ALIBOUR.

　　　　　　　Ce sont des paysans
Qui viennent vous offrir quelques petits présens :
Ces bonnes gens voudraient vous voir et vous entendre.

LOUISE.

Pourquoi n'entrent-ils pas?

ALIBOUR.

　　　　　　　Monseigneur le défend,
Et le premier qui l'ose est puni sur-le-champ.

EUPHROSINE.

Monseigneur le défend! Je lève la défense.

ALIBOUR.

En ce cas je m'enfuis, car si le comte entrait,
Quoique son cher docteur, c'est moi qu'il punirait.
　　　　　　　　　　　　(*Il sort.*)

EUPHROSINE, aux paysans.

Entrez, mes bons amis, (*ils hésitent*) entrez sans défiance.

SCÈNE II.

EUPHROSINE, LOUISE, LÉONORE, *trois Troubadours, une Vieille, un Vieillard, un Paysan, un Berger, un Tambourin avec son galoubet; troupe de Paysans, Paysannes, Bergers et Bergères.*

UNE VIEILLE, en entrant,

Ah! béni soit le ciel, et faisons une croix,
Car nous entrons ici pour la première fois.

EUPHROSINE.

Eh bien! tant que ces lieux seront notre demeure,
Vous y pouvez venir, et nous voir à toute heure.

LOUISE.

Nous vivrons parmi vous.

LA VIEILLE.

Monseigneur l'a permis?

EUPHROSINE.

Qu'il le permette ou non, vous serez nos amis.

LA VIEILLE.

Que de tant de bontés le ciel vous récompense!
Vous faites parmi nous renaître l'espérance;
Nous avons tous bien dit, en vous voyant venir,
Que vous alliez changer notre peine en plaisir.

ARIETTE.

Mes pastoureaux, mes jouvencelles,
Allons, allons, approchez-vous,
Et saluez nos demoiselles.
Voyez un peu qu'elles sont belles!

5.

Quelle fraîcheur et quels yeux doux !
Puisse le ciel veiller sur elles,
Et leur choisir trois beaux époux !

Le jour de votre mariage,
Qui ne sera pas loin, je gage,
Je veux danser, je veux sauter,
Je veux rire, je veux chanter,
Comme j'ai fait dans mon jeune âge :
Je veux, jusqu'à mon dernier jour,
Chanter encor : Vive l'Amour !

LOUISE.

Mes sœurs, ces bonnes gens me touchent jusqu'aux larmes.

LÉONORE.

Eh ! comment monseigneur ne sait-il pas jouir
D'un spectacle si doux, et d'un si grand plaisir ?

UN PAYSAN.

Nos plaisirs et nos jeux pour lui n'ont point de charmes :
Il n'aime que le bruit, la guerre et les combats.

LA VIEILLE.

N'en dites point de mal, ou du moins parlez bas :
Ce serait fait de vous, s'il pouvait vous entendre.

LOUISE.

Il vous fait donc bien peur ?

LE PAYSAN.

            Ah ! c'est qu'il n'est pas tendre.
Il nous fait bâtonner pour les moindres raisons,
Et plus d'un paysan est mort dans ses prisons.

LOUISE.

Le cruel !

LÉONORE.

Il est donc insensible à vos peines?

EUPHROSINE.

Quoi! toujours des prisons?

LE PAYSAN.

Toujours, et toujours pleines.
Tout près de ce lieu même, un jeune chevalier
Languit dans une tour depuis un mois entier.

SCÈNE III.

LES PRÉCÉDENS, ALIBOUR.

ALIBOUR, avec précipitation.

Fuyez, mes bons amis; fuyez, voici le maître!

UN PAYSAN.

O ciel! monseigneur vient!

ALIBOUR.

Fuyez; il va paraître!
(*On voit entrer une multitude de gardes qui se rangent
en haie, et ceux des paysans qui n'ont pas eu le
temps de sortir, se cachent comme ils peuvent.*)

SCÈNE IV.

LES PRÉCÉDENS, CORADIN, GARDES, LES PAYSANS
cachés.

CORADIN.

Quels chants se font entendre, et quels audacieux

Troublent insolemment le calme de ces lieux ?
Cherchez les criminels : gardes, qu'on les saisisse.

ALIBOUR.

Seigneur, ces bonnes gens sont venus.....

CORADIN.

Taisez-vous.

EUPHROSINE.

Ah ! seigneur, pardonnez ! ·

CORADIN.

Gardes ! qu'on obéisse.
(*Les gardes amènent le paysan devant Coradin.*)
Que fais-tu dans ces lieux ?

LE PAYSAN.

Ce que je fais ? j'ai peur.

CORADIN.

Va, tremble, tu le dois.

LE PAYSAN.

De grâce, monseigneur,
Laissez-vous attendrir !
(*Les gardes amènent la vieille.*)

CORADIN.

Eh ! quelle est cette femme ?

LA VIEILLE.

C'est une vieille, hélas ! de soixante et quinze ans,
Qui tombe à vos genoux, et tremble dans son âme :
Laissez-la vivre encor; ce n'est pas pour long-temps.

ALIBOUR , à Coradin.

Daignez nous écouter : ces bonnes gens.....

CORADIN.

Silence!

(*Les gardes amènent le tambourin.*)

Et toi?

LE TAMBOURIN.

Moi, monseigneur, je suis le tambourin;
Je suis ici venu pour égayer la danse :
Seigneur, c'est toujours moi qui mets la danse en train.

CORADIN.

Un tambourin chez moi! quel excès d'insolence!
Traîtres, vous sentirez le poids de mon courroux.
Que dans la tour obscure on les enferme tous.

(*Les gardes emmènent le paysan, le tambourin et la
vieille.*)

SCÈNE V.

CORADIN, LES TROIS SŒURS, ALIBOUR.

ALIBOUR, montrant les trois sœurs.

Du comte de Sabran, monseigneur voit les filles.

CORADIN, froidement.

Salut.

ALIBOUR.

Et vos vassaux les trouvant si gentilles,
Ont osé pénétrer jusqu'à votre palais,
Pour avoir le plaisir de les voir de plus près.

CORADIN, durement.

Je l'avais défendu.

LÉONORE, à part.

Quelle humeur intraitable!

EUPHROSINE.

Eh bien! s'il faut punir, c'est moi qui suis coupable;
Ils venaient m'apporter quelques petits présens:
Je n'ai pu résister à leurs soins caressans;
Je leur ai dit d'entrer.

CORADIN.

Devaient-ils vous en croire?
De mes ordres déjà perdent-ils la mémoire?

EUPHROSINE.

Eh! seigneur, laissez-les s'approcher près de vous:
Au lieu de leur montrer ces yeux pleins de courroux,
Méritez leur amour, c'est un plus doux partage.

CORADIN.

Est-ce à moi que l'on parle? et quel est ce langage?
Ecoutez votre maître et ne répliquez rien.
J'estimais votre père; il se battait fort bien:
Je veux de ses enfans protéger la faiblesse;
Je veux vous marier, vous doter toutes trois;
Vous êtes sans appui, votre sort m'intéresse :
Je vais faire bientôt annoncer un tournois;
Plus de cent chevaliers d'une haute naissance,
Y viendront disputer le prix de la vaillance.
Je ferai publier qu'on s'y battra pour vous
Et que les trois vainqueurs deviendront vos époux,
Combien votre destin sera digne d'envie!

EUPHROSINE.

Au nom de mes deux sœurs, je vous en remercie :
Si cet époux me plaît, seigneur, j'obéirai.

CORADIN.

Et s'il ne vous plaît pas?

EUPHROSINE.

Je le refuserai.

CORADIN.

Vous le refuserez?

EUPHROSINE.

Quand ce serait vous-même.

CORADIN.

Quel époux vous faut-il?

EUPHROSINE.

Il m'en faut un que j'aime.

CORADIN.

Ainsi donc un amant, présenté par mes mains,
Ne recevrait de vous que froideurs et dédains.

EUPHROSINE.

S'il ne me plaisait pas, cela pourrait bien être.

CORADIN.

Qu'entends-je? Oubliez-vous que je suis votre maître?

EUPHROSINE.

Non : car vous savez bien m'en faire apercevoir.

CORADIN.

Je saurai bien aussi vous forcer au devoir.

EUPHROSINE.

Moi, je veux vous forcer à devenir aimable,
Car vous ne l'êtes point.

CORADIN.

O ciel! est-il croyable?
Une femme à ce point oserait m'avilir!

ALIBOUR, à part.

Cela tourne assez mal.

LOUISE, à part.

Elle me fait frémir.

CORADIN s'avance vers Euphrosine.

Ne me trompé-je point? Est-ce bien une femme?

EUPHROSINE.

Oui, je suis une femme, et l'on n'en peut douter:
Un seigneur plus galant aurait dit une dame.

CORADIN.

Eh quoi! si jeune encor, vous osez m'insulter?

EUPHROSINE.

Mais, mon cher Coradin, vous êtes en démence.

CORADIN , avec colère.

Eh bien!

EUPHROSINE.

Vous nous parlez toujours d'obéissance,
De maître, de devoir, de crainte, de respect:
Vous ne savez donc pas que cela nous déplaît?
Malgré tous vos défauts, je sens que je vous aime:
Oui, je vous aime un peu.

CORADIN , ironiquement.

La faveur est extrême.

EUPHROSINE.

Mais plus grande cent fois que vous ne méritez.
Vous avez, j'en conviens, de bonnes qualités;
Mais le farouche aspect d'une tête ennemie,

Cet appareil de guerre et de la tyrannie,
Cet orgueil, cet air dur, vont vous faire haïr.

CORADIN, à part.

D'où vient donc qu'aujourd'hui je ne sais pas punir?

EUPHROSINE.

Coradin, soyez bon, si la chose est possible :
A l'amour des mortels, êtes-vous insensible ?
Voulez-vous devenir l'horreur du genre humain?
Qui vous hait aujourd'hui peut vous aimer demain.
Pour être aimés, les rois ont peu de chose à faire.

CORADIN.

Aimé de mes sujets! suis-je né pour leur plaire?
Eh! que m'importe à moi leur insipide amour?

SCÈNE VI.

LES PRÉCÉDENS, UN GARDE.

CORADIN.

Que me veut-on?

LE GARDE.

Seigneur, madame la comtesse
Arrive; elle voudrait saluer son altesse.

CORADIN.

Je vais la recevoir. Ecoutez, Alibour;
Elzéar de Sabran connaissait votre zèle :
Soyez de ses enfans l'instituteur fidèle;
Sur les filles du comte ayez toujours les yeux;
Instruisez-les des lois qu'on observe en ces lieux;

Et si l'une des trois irrite ma vengeance,
Je punirai sur vous sa désobéissance.

(Il sort, les gardes le suivent.)

SCÈNE VII.

EUPHROSINE , LÉONORE , LOUISE, ALIBOUR.

ALIBOUR.

Vous l'avez entendu : croyez-vous maintenant
Qu'apprivoiser cet ours, soit l'effet d'un moment?

LÉONORE.

Oh! pour moi, j'y renonce : un pareil caractère
M'a fait perdre déjà jusqu'au désir de plaire.

LOUISE.

Je fuis une entreprise où je vois du danger :
Je laisse à qui voudra l'honneur de nous venger.

EUPHROSINE.

Je m'en charge.

ALIBOUR.

Qui? vous?

EUPHROSINE.

Oui, docteur, oui, moi-même.
Je vous dirai bien plus, je crois déjà qu'il m'aime.

LÉONORE.

S'il vous aime, ma sœur, il l'a bien su cacher.

LOUISE.

Oui, vous n'avez rien fait que de l'effaroucher.

EUPHROSINE.

Je voudrais bien savoir quelle est cette comtesse
Qui venait, disait-on, saluer son altesse.

ALIBOUR.

C'est la comtesse d'Arle, esprit fier et hautain :
Elle fut autrefois promise à Coradin ;
Mais lui qui de l'hymen abhorre le servage,
Au mépris de sa foi, rompit le mariage.
La comtesse en conserve un fier ressentiment :
Soit amour, soit dépit, elle a fait le serment.
D'épouser Coradin, ou d'en tirer vengeance ;
Elle sait qu'en ces lieux vous faites résidence :
Vous devenez l'objet de son transport jaloux,
Et sans doute elle vient pour s'opposer à vous.

EUPHROSINE.

Elle est donc bien méchante ?

ALIBOUR.

Elle est dure et cruelle.
C'est, pour tout dire enfin, un Coradin femelle.

EUPHROSINE.

Tant mieux.

LOUISE.

Tant pis plutôt.

EUPHROSINE.

Tant mieux, dis-je, tant mieux.
Le triomphe en sera d'autant plus glorieux.

FINAL.

EUPHROSINE.

Mes chères sœurs, laissez-moi faire,
Vous avez peur, et moi j'espère ;

Comptez sur moi, rassurez-vous :
Coradin sera mon époux.

LÉONORE.

Ma chère sœur, j'en suis ravie ;
Votre sort est digne d'envie :
Vous aurez un illustre époux ;
Mais mon cœur n'en est point jaloux.

LOUISE.

La chose n'est pas encor faite.

ALIBOUR.

Sans y compter, je le souhaite.

EUPHROSINE.

Sans y compter.

ALIBOUR.

Sans y compter.

EUPHROSINE.

Eh bien donc nous verrons qui saura l'emporter !

LOUISE.

Vous ne ménagez pas son fougueux caractère.

LÉONORE.

Vous l'avez irrité.

EUPHROSINE.

C'est ainsi qu'il faut faire.

ALIBOUR.

Cela va mal.

EUPHROSINE.

Cela va bien.

ALIBOUR.

Je crains beaucoup.

EUPHROSINE.

Je ne crains rien.
Mes chères sœurs, laissez-moi faire,
Coradin sera mon époux.

LÉONORE.

Qu'il vous aime, qu'il vous préfère,
Non, mon cœur n'en est point jaloux.

LOUISE.	ALIBOUR.
En irritant son caractère,	Pour adoucir son caractère,
Vous me faites trembler pour vous.	Vous ne filez pas assez doux.

SCÈNE VIII.

LES PRÉCÉDENS, LA COMTESSE.

ALIBOUR.

O ciel! voici cette comtesse.

LÉONORE.

Ses yeux sont menaçans.

LOUISE.

Ils me glacent d'effroi.

LA COMTESSE, *arrivant.*

Voilà donc le trio qui l'emporte sur moi?

ALIBOUR.

Je vois déjà briller sa fureur vengeresse.

LA COMTESSE.

Du comte maintenant je comprends les refus.

ALIBOUR.

Elle médite sa vengeance.

EUPHROSINE.

Faisons-lui bonne contenance.

ENSEMBLE.

EUPHROSINE ET ALIBOUR.

De rage et de dépit tous ses sens sont émus.

LOUISE ET LÉONORE.

De trouble et de frayeur tous ses sens sont émus.

LA COMTESSE.

De rage et de dépit tous mes sens sont émus.

LA COMTESSE.

Qui de vous trois ose prétendre
A m'enlever l'époux dont j'ai reçu la foi?

LOUISE.

Personne, assurément.

EUPHROSINE.

Vous vous trompez, c'est moi.

LA COMTESSE.

Vous!

EUPHROSINE.

Moi, vous dis-je.

LA COMTESSE.

O ciel! puis-je l'entendre?

LÉONORE, LOUISE.

Euphrosine, que faites-vous?

EUPHROSINE.

Mes chères sœurs, laissez-moi faire,
Coradin sera mon époux.

LA COMTESSE.

Si vous aspirez à lui plaire,
Tremblez, redoutez mon courroux.

EUPHROSINE.

Comtesse, vous avez beau faire,
Malgré votre dépit jaloux,
Coradin sera mon époux.

LA COMTESSE.

Vraiment vous êtes les trois Grâces.

EUPHROSINE.

Et vous, la mère de l'Amour.

ALIBOUR.

Moi je suis Cupidon qui vole sur ses traces.

LA COMTESSE.

Vous me raillez, tremblez.

EUPHROSINE.

Tremblez à votre tour.

ALIBOUR.

Le dépit dévore son âme.

LOUISE et LÉONORE, à *Euphrosine*.

Ah! n'irritez pas sa fureur.

TOUS.

Ah! que je hais cette femme;
Qu'elle m'inspire d'horreur!

SCÈNE IX.

Les Précédens, CORADIN.

CORADIN, *arrive furieux.*

Eh quoi! toujours des cris qui percent jusqu'à moi ?
Alibour, est-ce ainsi qu'on observe ma loi?

LA COMTESSE.

Vous vous plaignez : c'est moi que l'on outrage,
Sans respect pour mon nom ni mon rang...

EUPHROSINE.

                                        Ni votre âge.

LA COMTESSE.

Et j'en accuse...

CORADIN.

        Qui?

LA COMTESSE.

                Ces trois femmes, et vous.

CORADIN.

Quoi! la comtesse aussi vient tenter mon courroux?

LA COMTESSE.

Au mépris de l'hymen dont vous m'aviez flattée,
Vous aspirez à d'autres nœuds?

CORADIN.

Moi j'aspire à des nœuds?

LA COMTESSE.

                Elle s'en est vantée.

CORADIN.

Quoi! vous avez osé?

EUPHROSINE.

Je dis ce que je veux.

LÉONORE.

Ma sœur, je tremble...

EUPHROSINE.

Moi, j'espère.

ALIBOUR.

Cela va mal.

EUPHROSINE.

Cela va bien.

ALIBOUR.

Je crains beaucoup.

EUPHROSINE.

Je ne crains rien.

CORADIN.

Ah ! c'est trop m'insulter et braver ma colère.

EUPHROSINE.

Mes chères sœurs, laissez-moi faire :
Malgré ce terrible courroux,
Coradin sera mon époux.

LA COMTESSE.

Seigneur, vengez-moi, vengez-vous.

ENSEMBLE.

EUPHROSINE.

Je me ris de votre menace.

LÉONORE, LOUISE, ALIBOUR.

Dans mon cœur tout mon sang se glace.

6.

CORADIN.

Juste ciel ! quel excès d'audace !

LA COMTESSE.

Frappez ! punissez son audace !

CORADIN. ALIBOUR *à Euphrosine.*

Tremblez, redoutez mon courroux. Craignez d'irriter son courroux.

EUPHROSINE.

Malgré ce terrible courroux,
Coradin sera mon époux.

LOUISE, LÉONORE, LA COMTESSE, ALIBOUR.

Tremblez, redoutez son courroux.

CORADIN.

Tremblez, redoutez mon courroux.

(Coradin sort furieux, il est suivi de la comtesse. Les trois sœurs sortent avec Alibour du côté opposé à celui de Coradin.)

FIN DU PREMIER ACTE.

ACTE II.

Le théâtre représente l'appartement de Coradin.

SCÈNE PREMIÈRE.

CORADIN, GARDES *dans le fond.*

CORADIN, marchant lentement, l'air morne et pensif.

Quel poison dans mon sein vient-il de se répandre ?
Du trouble qui me suit, je ne puis me défendre.
Un fantôme importun que je ne connais pas,
Vient effrayer mon âme, et s'attache à mes pas.
Est-ce une erreur ? un songe ? ou quelque maladie
Veut-elle, dans mes sens, exercer sa furie ?
Elle affaiblit déjà mes forces et ma voix,
Et je sens que je crains pour la première fois.
Quel est donc ce tourment dont j'ignore la cause ?
A mes vastes désirs manque-t-il quelque chose ?
Tout m'obéit, tout tremble alors que je le veux.
Ciel ! on peut donc régner, et n'être pas heureux !
Quel est donc ce tourment ? serait-ce la colère ?
Quoi ! parce qu'une femme aurait pu me déplaire,
A moi-même j'irais me préparer des maux.....!
Une femme à ce point troublerait mon repos !
Non : je saurai punir l'insolent qui m'offense,
Et, sans m'en affecter, exercer ma vengeance :
Fuyez, vaines erreurs, fuyez-moi sans retour.
Holà, gardes !

UN GARDE.

Seigneur.

CORADIN.

Appelez Alibour.
Confions au docteur le mal qui me possède :
Son art pourra peut-être y trouver un remède.

                    (*Il s'assied.*)

SCÈNE II.

CORADIN, ALIBOUR.

CORADIN.

Cher docteur, arrivez, hâtez-vous d'accourir.

ALIBOUR.

Seigneur, qu'ordonnez-vous ?

CORADIN.

               Maître, il faut me guérir.

ALIBOUR.

Vous guérir ! et de quoi ?

CORADIN.

            D'un mal qui me dévore.

ALIBOUR.

Eh, quel mal ?

CORADIN.

Je ne sais.

ALIBOUR.

            Dans quel lieu ?

CORADIN.

               Je l'ignore.

ALIBOUR.

Où souffrez-vous ?

CORADIN.

Partout.

ALIBOUR.

Quels en sont les effets ?

CORADIN.

Je souffre, cher docteur ! c'est tout ce que je sais.

ALIBOUR.

Un mal aussi subit me paraît chose étrange.

CORADIN.

A mes yeux étonnés, tout se trouble, tout change.

ALIBOUR, à part.

Le tigre est amoureux : Euphrosine a raison.

CORADIN.

Mais de ce mal du moins puis-je savoir le nom ?

ALIBOUR.

Son nom ? ah ! monseigneur, que voulez-vous apprendre ?
C'est ce mal qui jadis réduisit Troie en cendre ;
C'est ce mal qui de Rome a fait chasser les rois :
Ce mal qui réunit tous les maux à la fois ;
Mal qui du genre humain hâtera la ruine,
Mal qui se rit de vous et de la médecine,
Mal qui brûle la nuit et dévore le jour :
Le plus affreux des maux.....!

CORADIN, impatient.

Son nom ? son nom ?

ALIBOUR, avec emphase.

L'amour.

CORADIN.

L'amour ! l'amour ! l'amour ! ô comble de misère !

ALIBOUR.

Sur cet accident-là, j'aurais voulu me taire.

CORADIN.

De cet indigne mal, il faudra donc mourir ?

ALIBOUR.

Attendez tout du temps : lui seul peut vous guérir.

AIR.

Minerve ! ô divine sagesse !
Dissipe une fatale erreur;
Viens illuminer son altesse :
Calme le tourment qui l'oppresse;
Rends l'espoir à son âme et la paix à son cœur.
C'en est fait, un brûlant délire
Porte le trouble dans ses sens ;
Il gémit, s'agite, soupire,
Et ses efforts sont impuissans.

CORADIN.

Ah ! docteur, cher docteur, ayez pitié de moi !
Écartez ce fantôme, il me glace d'effroi.

ALIBOUR.

Minerve ! ô divine sagesse ! etc.

SCÈNE III.

CORADIN, seul.

N'est-ce point une erreur ? est-il bien vrai que j'aime ?
Amoureux ! et de qui ? je l'ignore moi-même.

Coradin aurait pu s'avilir à ce point !
Une femme oserait....... Eh ! non, je n'aime point !
Ce docteur ignorant voudrait me faire croire
Que j'ai pu jusque-là faire tort à ma gloire.
Insolent médecin, je saurai te punir.
Non, non, je n'aime point ; je hais, je veux haïr :
Je hais tout : de l'amour est-ce là le symptôme ?

SCÈNE IV.

CORADIN, EUPHROSINE.

EUPHROSINE.

Monseigneur, permettez.......

CORADIN.

Ciel ! voilà mon fantôme !
Oui, je le reconnais.

EUPHROSINE, à part.

Il me semble interdit.

CORADIN, à part.

Eh ! voilà donc l'objet qui trouble mon esprit ?
Une femme.... Une femme ! — Elle en serait capable !

EUPHROSINE, à part.

Attaquons ; le moment me paraît favorable.

CORADIN.

De quel droit osez-vous pénétrer en ces lieux ?

EUPHROSINE, avec une douleur simulée.

Monseigneur, j'y venais vous faire mes adieux :
Si je vous offensai, daignez me faire grâce.

CORADIN.

Vous partez ?

EUPHROSINE.

Mais, c'est vous qui voulez qu'on nous chasse.

CORADIN, durement.

C'est vrai, je ne veux plus de femmes dans ma cour :
Retournez au couvent.

EUPHROSINE.

C'est un triste séjour.
Vous nous aviez promis......

CORADIN.

Je tiendrai ma promesse :
A votre sort toujours ma bonté s'intéresse :
Je vous ferai jouir du destin le plus doux ;
Partout où vous serez, je veillerai sur vous.
Allez.....

EUPHROSINE, feignant de pleurer.

Adieu, seigneur.

CORADIN.

Vous répandez des larmes ?

EUPHROSINE.

Je l'avouerai, ces lieux avaient pour moi des charmes !
De rester près de vous, j'avais formé le vœu :
Je ne m'attendais pas que ce fût pour si peu.
Je disais : Monseigneur nous tiendra lieu de père,
Nous aurons pour appui sa bonté tutélaire.
Heureuses par ses dons, nous l'aimerons toujours,
Et nous prierons le ciel de veiller sur ses jours.
Ainsi je me livrais à la douce espérance,

Et des biens à venir je jouissais d'avance.
Il y faut renoncer; il faut quitter ces lieux.
N'y pensons plus, seigneur, recevez mes adieux.

CORADIN, à part.

Quels accens inconnus! quel charme inconcevable!

EUPHROSINE, à part.

Je te forcerai bien à me trouver aimable.

CORADIN, à part.

Quel trouble.....! Hâtons-nous de la faire partir;
Car je sens que ses pleurs sauraient trop m'attendrir.
    (*Haut.*)   (*à part.*)
Euphrosine, il est temps. Je n'ose le lui dire....
(*Haut.*)   (*à part*),
Euphrosine, ma voix sur mes lèvres expire.
                (*haut, durement.*)
Quelle honte, grand Dieu! Euphrosine, il est temps.

EUPHROSINE.

N'achevez pas, seigneur, hélas! je vous entends.
  Vivez heureux, et que la gloire
  Vous comble de prospérités :
  Euphrosine, de vos bontés
  Ne perdra jamais la mémoire.

CORADIN, à part.

A l'éloigner de moi je ne puis consentir.
Euphrosine?

EUPHROSINE.

    Seigneur...

CORADIN.

      Vous allez donc partir?

EUPHROSINE.

C'est vous qui le voulez.

CORADIN.

Restez, je vous pardonne.

EUPHROSINE.

Je ne partirai point ?

CORADIN.

Restez, je vous l'ordonne.

EUPHROSINE.

Et dans quels lieux, seigneur, fixez-vous mon séjour ?
Sera-ce près de vous ?

CORADIN.

Demeurez dans ma cour.
Vos prières, vos pleurs ont calmé ma colère ;
Et je ne songe plus qu'à vous servir de père :
Annoncez à vos sœurs ma résolution.

EUPHROSINE.

Je resterai, seigneur, mais sous condition.

CORADIN.

Sous des conditions ? Eh ! quel est ce langage ?
Je ne m'attendais pas à ce nouvel outrage.

EUPHROSINE.

Eh ! quoi ? vous me chassiez, quand je voulais rester,
Et quand je veux partir, vous voulez m'arrêter ?

CORADIN.

Vous arrêter ! c'est vous qui, les yeux pleins de larmes,
Pour rester dans ma cour employez tous vos charmes.

EUPHROSINE.

Vous vous trompez, seigneur, je venais dans ces lieux
Pour vous demander grâce et faire mes adieux.
Quand on fait ses adieux, c'est pour partir, je pense?

CORADIN., avec ironie.

Et quelles sont ces lois que madame dispense?

EUPHROSINE.

Ce ne sont point des lois, mais des conditions,
Que l'on nomme autrement capitulations :
D'abord, que vous soyez plus humain, plus traitable,
Et que vous travailliez à devenir aimable.
Ensuite vos sujets approcheront de vous,
Et vous leur montrerez un air affable et doux.
De plus, vous détruirez cette prison obscure
Qui fait horreur à l'homme et honte à la nature ;
Enfin vous me rendrez ces pauvres paysans
Qui venaient pour me voir et m'offrir leurs présens.

CORADIN.

Je ne sais où j'en suis ! ma surprise est extrême !

EUPHROSINE.

Ecoutez, Coradin, voulez-vous qu'on vous aime ?

CORADIN.

Mais...

EUPHROSINE.

Oui, vous le voulez, tout le monde le veut.
Le cœur cherche l'amour; est aimé qui le peut :
Malgré tous vos défauts, vous pouvez l'être encore ;
Avant qu'il soit un an, je veux qu'on vous adore.
Allons, promettez-moi que vous m'obéirez.

CORADIN, souriant.

Pour prix de tant d'efforts, c'est vous qui m'aimerez?

EUPHROSINE.

Ah! vous allez trop loin : commencez par me plaire,
Puis nous verrons après ce que nous pourrons faire.
De plus, faites sortir ce jeune chevalier
Qui languit en prison depuis un mois entier.

(*La comtesse paraît dans le fond et les écoute.*)

CORADIN.

Comment le savez-vous?

EUPHROSINE.

Mais je le sais, n'importe.

CORADIN.

Il est mon prisonnier.

EUPHROSINE.

Oui; mais je veux qu'il sorte.
Quel est son rang? son nom?

CORADIN.

Je ne le connais pas.
L'insolent refusait de me céder le pas.
J'ai bien su l'en punir.

EUPHROSINE.

Et c'est pour ce grand crime,
Que de vos cruautés il devient la victime?
Accordez-moi sa grâce, et faites-le sortir.

CORADIN.

A cet article-là je ne puis consentir.

EUPHROSINE.

Eh ! quoi ? ne suis-je pas votre chère Euphrosine ?
Vous m'aimez, je le vois, du moins je le devine :
Ne me refusez pas cette marque d'amour;
Je vous prie aujourd'hui, vous me prierez un jour.
Ah ! je sens qu'à mes vœux votre cœur va se rendre :
Je vais trouver mes sœurs et je vais leur apprendre
Que monseigneur, content de mes soumissions,
A bien voulu souscrire à mes conditions.

(*Euphrosine sort, et la comtesse se cache pour la*
laisser passer.)

SCÈNE V.

CORADIN, LA COMTESSE.

LA COMTESSE, dans le fond, à part, à Euphrosine qui sort.

Va, si de l'emporter j'ai perdu l'espérance,
J'en tirerai du moins une affreuse vengeance.

CORADIN, sans voir la Comtesse.

Quel tendre mouvement fait tressaillir mon cœur !
Qui l'eût cru que l'amour eût autant de douceur ?
Oui, charmante Euphrosine, il faut que je te cède.
J'appellerais en vain le docteur à mon aide :
Dans mon cœur étonné tu fais naître l'amour,
Et ce grand changement est l'ouvrage d'un jour.
Quel est ce prisonnier dont le sort l'intéresse ?
Pour un homme inconnu, pourquoi tant de tendresse ?

LA COMTESSE s'avance vers Coradin.

Seigneur, c'est donc ainsi que vous savez punir ?

CORADIN , brusquement.

Je fais ce qu'il me plaît...

LA COMTESSE.

Elle a su vous fléchir.

CORADIN , de même.

De qui me parlez-vous ?

LA COMTESSE.

De la belle Euphrosine.
Vous êtes tout frappé de sa beauté divine :
Je crois qu'elle a raison vous serez son époux.

CORADIN.

Si j'épouse quelqu'un, ce ne sera pas vous.

LA COMTESSE , avec un sourire forcé.

Mais, si sur votre cœur elle a pris tant d'empire,
Accordez-lui du moins l'objet qu'elle désire.

CORADIN.

Eh ! quoi ?

LA COMTESSE.

Rendez-lui donc son jeune prisonnier.

CORADIN.

Eh ! pourquoi le lui rendre ?

LA COMTESSE.

Il est son chevalier.

CORADIN.

Il est son chevalier ?

LA COMTESSE.

Oui, ce beau couple s'aime.

CORADIN.

Il s'aime?

LA COMTESSE.

Dès long-temps leur amour est extrême,
Et vous êtes le seul qui l'ayez ignoré.

CORADIN, à part.

D'un tourment tout nouveau je me sens dévoré.

LA COMTESSE.

Mais, que vois-je, seigneur, votre figure change?

CORADIN, troublé.

Ce n'est rien.

LA COMTESSE.

Vous souffrez une douleur étrange?

CORADIN, plus fort.

Ce n'est rien.

LA COMTESSE.

Je le vois, votre esprit est troublé.
Ah! que je me repens de vous avoir parlé.

DUO.

Gardez-vous de la jalousie :
Redoutez son affreux transport;
Ce monstre empoisonne la vie,
Et finit par donner la mort.

CORADIN.

Je ne puis déguiser ma rage :
Je la sens croître et redoubler.
Ah! s'il est vrai que l'on m'outrage,
Leur sang, tout leur sang va couler.

LA COMTESSE.

Seigneur, se peut-il qu'une femme
Trouble jusqu'à ce point la paix de votre cœur?

CORADIN.

Du funeste poison qui dévore mon âme,
Non, rien n'égale la fureur.

LA COMTESSE.

Songez donc qu'ils s'aimaient avant de vous connaître.

CORADIN.

Je songe à me venger, je songe à les punir.

LA COMTESSE.

De haïr ou d'aimer est-on jamais le maître?

CORADIN.

Je le serai de les faire périr.

ENSEMBLE.

Faible rival! perfide femme!
Je saurai bien vous séparer.

LA COMTESSE.

Ingrat! ingrat! j'ai soufflé dans ton âme
Un feu qui va te dévorer.
Pourquoi donc en vouloir à ce couple qui s'aime?
Vous aimez bien, vous qui voulez punir :
Faites plutôt un effort sur vous-même;
Pardonnez-leur, et laissez-les s'unir.

CORADIN.

J'aime, un autre est aimé. Non, je ne puis le croire,
Qu'Euphrosine, à ce point, ait osé me tromper.

LA COMTESSE.

De ses folles amours, pourquoi vous occuper?
Songez plutôt à votre gloire.

CORADIN.

Euphrosine perfide !

LA COMTESSE.

Et pourquoi ce courroux ?
Vous a-t-elle promis de ne plaire qu'à vous ?

ENSEMBLE, à part.

Dans ton sein j'ai porté la flamme ;
Et tu fais pour l'éteindre un inutile effort.

CORADIN.

Je sens à chaque instant redoubler mon transport.
Faible rival ! perfide femme !
Tremblez : rien ne pourra vous soustraire à la mort.

SCÈNE VI.

LES PRÉCÉDENS, UN GARDE.

UN GARDE.

De l'airain belliqueux les sons se font entendre.
Ah ! seigneur, accourez et venez vous défendre :
Nous voyons dans les champs flotter les étendards,
Et des soldats nombreux courent vers nos remparts.

LA COMTESSE.

Juste ciel !

CORADIN.

Du château faites fermer les portes,
De mes braves soldats, assemblez les cohortes :
Je te rends grâce, ô ciel ! dont l'utile rigueur
Me prépare un danger digne de ma valeur.
Le signal des combats, le noble bruit des armes,

7.

D'une erreur passagère a dissipé les charmes,
Et dans l'empressement de signaler mon bras,
Je n'ai plus d'autre amour que celui des combats.

(Il sort.)

SCÈNE VII.

(*Pendant cette scène et la suivante, on voit dans le
fond, des troupes de soldats qui défilent avec précipitation.*)

LA COMTESSE, seule.

Il l'aime : c'en est fait, je perds toute espérance ;
Mais le sort me présente un moyen de vengeance.
Tandis que les combats l'éloigneront de nous,
J'aurai du moins le temps de préparer mes coups.
Dédaigneuse beauté ! je te serai fatale !
Et la mort....; mais voici mon heureuse rivale.

SCÈNE VIII.

LA COMTESSE, EUPHROSINE.

EUPHROSINE.

Encor cette comtesse..... (*Elle veut sortir.*)

LA COMTESSE.

Eh ! madame, approchez.
Ne me redoutez pas : celui que vous cherchez
Sera bientôt contraint d'abandonner vos charmes ;
Ce départ affligeant coûtera bien des larmes ;
Croyez que je prends part à cet événement :
Je sais qu'il est bien dur de quitter un amant !

EUPHROSINE.

Je ne le cache point, comtesse, je m'étonne
Que si peu galamment, Coradin m'abandonne,
Et, quoiqu'un ennemi l'appelle en d'autres lieux,
Il devait, en partant, me faire ses adieux.
Je suis sa dame, enfin, et..... mais je crois l'entendre;
Je vois qu'à son devoir monseigneur sait se rendre.

SCÈNE IX.

Les Précédens, CORADIN, Soldats.

CORADIN, armé d'une lance, d'un bouclier, d'une épée et d'un casque.

Les ennemis encor sont loin de nos remparts.
Soldats, observez-les; veillez de toutes parts.
Dès qu'ils approcheront, vous viendrez m'en instruire.
Euphrosine, écoutez; et vous, qu'on se retire.

(*Il fait signe aux soldats et à la comtesse de sortir;
celle-ci jette un regard furieux sur Euphrosine, en
quittant la scène.*)

SCÈNE X.

CORADIN, EUPHROSINE.

CORADIN.

Je pars; je vais chercher la victoire ou la mort.
J'ignore quel succès me destine le sort;
Mais je pourrai mourir dans une paix profonde,
Je ne regrette rien, je n'aime rien au monde.

EUPHROSINE.

Avec combien de grâce, avec quelle douceur
Vous savez à mes yeux dévoiler votre cœur!
Vous ne regrettez rien! Mais si l'on vous regrette?

CORADIN.

Perfide!

EUPHROSINE.

Eh! pourquoi donc cette aimable épithète!

CORADIN.

Oubliez-vous déjà votre beau chevalier?

EUPHROSINE.

Mon chevalier?

CORADIN.

Eh! oui, le jeune prisonnier.

EUPHROSINE.

Quoi! vous êtes jaloux? Ah! j'en suis enchantée.

CORADIN, avec fureur.

De vous jouer de moi vous êtes-vous flattée?

EUPHROSINE.

Courage, Coradin, j'aime votre courroux;
Je vois que vos soupçons ne viennent pas de vous;
Et je sais d'un jaloux excuser la faiblesse.
Le jeune prisonnier pour qui je m'intéresse,
N'est point connu de moi; par pure humanité
Je voulais, sans le voir, le mettre en liberté.
S'il était mon amant, j'aurais su vous le dire;
Je n'ai point d'intérêt à tromper, à séduire;
Mon cœur n'eut point encor de tendre sentiment,
Et le toucher n'est pas l'affaire d'un moment.

CORADIN, à part.

Quel est donc sur nos cœurs l'ascendant d'une femme ?
Sa voix seule a calmé le trouble de mon âme.
    (à Euphrosine.)
Quoi! vous ne l'aimez pas? Osez-vous le jurer?

EUPHROSINE.

Non, je ne l'aime point, je le jure sans peine;
Car il m'est inconnu : pour mieux vous l'assurer,
Je ne demande plus que vous rompiez sa chaîne.

CORADIN.

Ah! charmante Euphrosine, excusez mon transport.
Il faut vous tout céder; l'amour est le plus fort.
Vous triomphez de moi, je me rends, je vous aime;
Vos charmes sont divins; mon amour est extrême:
Vous aimer et vous plaire est mon unique vœu.

EUPHROSINE.

Vous m'aimez? est-ce ainsi que l'on fait un aveu?
Avec ce bouclier, ce casque et cette lance,
D'un amant qui supplie avez-vous l'apparence?
Me parlez-vous en maître? Êtes-vous mon vainqueur?
Eloignez-vous un peu; tout ce fer me fait peur.

CORADIN.

Allons, belle Euphrosine, il faut vous satisfaire.
Que ne ferait-on pas dans l'espoir de vous plaire?
Me voilà désarmé.
                (Il quitte son bouclier et sa lance.)

EUPHROSINE.

                Ce large baudrier
Vous donne encor l'aspect d'un farouche guerrier.

CORADIN pose son épée.

Me voilà sans épée ? En faut-il davantage ?

EUPHROSINE.

Oui, ce casque pesant vous couvre le visage,
Il vous donne un air dur...

CORADIN, ôtant son casque.

Suis-je bien maintenant ?

EUPHROSINE.

Pas encor.

CORADIN.

Pas encor ?

EUPHROSINE.

Je vous trouve trop grand.

CORADIN.

Vous me trouvez trop grand ?

EUPHROSINE.

Oui, je vous le répète,
Il faut, pour vous parler, que je lève la tête.

CORADIN.

Eh bien ! vous le voulez, je tombe à vos genoux !
Je n'éprouvai jamais un sentiment si doux !
C'est en vain, je le sens, que mon cœur trop rebelle
A voulu secouer une chaîne si belle ;
Et ce fier Coradin, de ses fers étonné,
N'est plus qu'un faible esclave à vos pieds prosterné.

EUPHROSINE.

Mon cœur est satisfait de votre obéissance ;
Et vous méritez bien que je vous récompense.

Je vous ai fait quitter tout l'attirail guerrier,
Armez-vous de ma main ; soyez mon chevalier.

(Elle lui rend ses armes.)

CORADIN.

Mon bras armé par vous est sûr de la victoire.

SCÈNE XI.

Les Précédens, ALIBOUR, LOUISE, LÉONORE,
Gardes, Soldats.

ALIBOUR.

Monseigneur, à genoux ! Ah ! qui pourrait le croire !

CORADIN.

Eh bien ! les ennemis osent-ils approcher ?
Pour les vaincre, faut-il que j'aille les chercher ?

ALIBOUR.

Ils sont près de nos murs ; Robert est à leur tête ;
A nous livrer l'assaut, il nous dit qu'il s'apprête,
Si vous ne consentez à lui rendre, en ce jour,
Le jeune chevalier détenu dans la tour.

CORADIN.

S'il l'avait demandé d'une voix suppliante,
Coradin, sans rançon, remplirait son attente ;
Mais dès que son orgueil nous ose menacer,
Soldats, ne songeons plus qu'à les bien repousser.

FINAL.

Suivons le chemin de la gloire,
Imitez-moi, braves soldats :
Un Dieu puissant arme mon bras,
Il me répond de la victoire.

CHŒUR.

Suivons, etc.

CORADIN.

A tous les prisonniers je rends la liberté.

EUPHROSINE.

A tous les prisonniers?

CORADIN.

Un seul est excepté.
D'un reste de soupçon pardonnez la faiblesse.

EUPHROSINE.

Je l'excuse quoiqu'il me blesse;
Mon cœur ne l'a pas mérité.

LOUISE ET LÉONORE.

A l'éclat qui vous environne,
Un nouvel éclat va s'unir.
Et des lauriers que vous allez cueillir,
Nos mains tresseront la couronne.

CORADIN et ALIBOUR.

J'entends le signal des combats.

CHŒUR DES GUERRIERS.

Coradin, volez aux combats.

LES TROIS SŒURS.

Coradin, volez aux combats.

CHŒUR DES GUERRIERS.

Suivons le chemin de la gloire:
Un Dieu puissant arme son bras;
Il nous répond de la victoire.

CORADIN.

Suivons le chemin de la gloire;
Imitez-moi, braves soldats,

Un Dieu puissant arme mon bras;
Il me répond de la victoire.

LES TROIS SOEURS, ALIBOUR.

Coradin, volez aux combats,
Suivez le chemin de la gloire;
L'amour vient d'armer votre bras,
Il vous répond de la victoire.

TOUS EN CHOEUR.

Un Dieu puissant arme, etc.

FIN DU SECOND ACTE.

ACTE III.

Le théâtre représente le grand salon du palais de Coradin. Sur un des côtés est un grand fauteuil couronné d'un dais, formant une espèce de trône.

SCÈNE PREMIÈRE.

LA COMTESSE, seule.

Tu te vantes trop tôt de l'emporter sur moi,
Et ma fureur encor peut aller jusqu'à toi.
En projets destructeurs ma vengeance fertile
Ne te cédera pas un triomphe facile,
Et tes prospérités coûteront tant de pleurs,
Que mon désespoir même aura quelques douceurs.
Dans mes pressentimens, un rayon d'espérance
Ranime mon courage, allège ma souffrance....
Arrêtons un moment, contemplons mon projet.
J'ai vaincu d'un geolier l'avare résistance,
Le jeune prisonnier qui s'échappe en secret,
Sous le nom d'Euphrosine a reçu ce bienfait;
Ma lettre va bientôt soufflant la jalousie,
Au cœur de Coradin réveiller la furie :
J'entends déjà les cris de ce tigre en courroux,
Et je vois ma rivale expirer sous mes coups.

SCÈNE II.

LA COMTESSE, un Soldat.

LE SOLDAT.

Madame......

LA COMTESSE, avec mystère.

Parle bas.

LE SOLDAT.

La lettre est parvenue,
Et de ma main déjà monseigneur l'a reçue.

LA COMTESSE.

Et le geolier?

LE SOLDAT.

Madame, il s'apprête à partir,
J'ai dit que vous vouliez le combler de richesses;
Ebloui par votre or, gagné par mes promesses,
De quitter sa prison, il se fait un plaisir.
A votre château d'Arle, il doit bientôt se rendre.

LA COMTESSE.

Ecoute. Aux bords du Rhône il faut aller l'attendre;
Ce geolier, d'un seul mot, peut nous faire trembler,
Mettons-le promptement hors d'état de parler.

LE SOLDAT.

Rassurez-vous, madame, il ne pourra vous nuire.

LA COMTESSE.

Bon! et le prisonnier, qu'a-t-il dit, qu'a-t-il fait?

LE SOLDAT.

Loin de la tour d'abord il s'est laissé conduire,
Mais lorsque hors des murs, je lui dis en secret

Que la belle Euphrosine est sa libératrice,
Qu'à cette belle seule il doit ce grand service,
A ces mots il paraît s'éloigner à regret,
Puis avant de partir il trace ce billet.

LA COMTESSE.

Un billet ! ah ! lisons : *A la belle Euphrosine.*

« Que le ciel récompense la beauté généreuse qui
» a été sensible à mes malheurs ! Le nom d'Eu-
» phrosine me sera toujours cher, et jamais il ne
» s'effacera de mon cœur. Cependant, en recouvrant
» la liberté, ma joie n'est point parfaite, puisqu'il
» ne m'est pas permis de me jeter aux pieds de ma li-
» bératrice, et de baiser la main qui a brisé mes fers. »

Que ces mots sont charmans ! ah ! la lettre divine !
Que je l'emploirai bien ! (*à la belle Euphrosine.*)
Pour la première fois ce nom me semble doux.
Il faut.... j'entends du bruit... on vient... Séparons-nous.
Adieu ! Je te réserve une ample récompense.
Du mystère !

LE SOLDAT.

Comptez sur mon obéissance. (*il sort.*)

LA COMTESSE.

Va ! quel que soit ton zèle, ou ton intention,
Je saurai m'assurer de ta discrétion.

SCÈNE III.

LA COMTESSE, EUPHROSINE.

EUPHROSINE.

Comtesse, on nous apprend une heureuse nouvelle
Qui doit vous enchanter.

LA COMTESSE, avec dissimulation toute cette scène.

Madame, quelle est-elle?

EUPHROSINE.

Le comte est triomphant. Superbe et glorieux,
Vous l'allez voir bientôt reparaître en ces lieux.
Il vient de remporter la plus grande victoire,
Son bras s'est signalé, rien ne manque à sa gloire.
Il revient...

LA COMTESSE.

Près de vous, pour hâter votre hymen,
Et sans doute à l'autel vous recevrez sa main?

EUPHROSINE, faisant une révérence.

Me ferez-vous l'honneur de voir mon mariage?

LA COMTESSE.

Oui, madame; mon cœur en aura le courage.
Je le verrai sans trouble et sans dépit jaloux;
La sagesse souvent du malheur est l'ouvrage,
Et le malheur m'apprend à fléchir devant vous.

EUPHROSINE.

Comtesse, ce retour est d'un heureux présage.

LA COMTESSE.

Tout autre sentiment me deviendrait fatal;
Madame, je sais trop ce que peuvent vos charmes,
Je ne dois plus songer qu'à leur rendre les armes;
Entre nous le combat serait trop inégal.

EUPHROSINE.

Cet éloge, madame, et me touche et m'honore.
On peut ne pas s'aimer et s'estimer encore;
Eh bien donc, mettons fin à tout ressentiment :

Mon cœur est désarmé par votre compliment,
Je ne puis exprimer combien il sait me plaire...
Il n'a qu'un seul défaut, c'est qu'il n'est pas sincère.

LA COMTESSE, à part.

Etouffons mon dépit.

SCÈNE IV.

LES Précédentes, LÉONORE, LOUISE.

LÉONORE, à Euphrosine.

Je vous cherche, ma sœur.
Venez donc, accourez, tout le peuple s'empresse,
Et mille chants joyeux annoncent le vainqueur.
(*Elles courent toutes trois dans le fond pour voir arriver*
Coradin.)

LA COMTESSE.

Je modérerai bien cette vive allégresse.
Laissons-les librement chanter, se divertir;
Ce billet va bientôt tempérer leur plaisir.

(*Elle sort.*)

SCÈNE V.

CORADIN, ALIBOUR, EUPHROSINE, LÉONORE,
LOUISE, GARDES, SOLDATS, PRISONNIERS, PEUPLE.

(*Ils entrent au bruit d'une marche guerrière, d'abord,*
le peuple entre en foule et se range sur les côtés, en-
suite les soldats défilent suivis des prisonniers, enfin
Coradin au milieu de ses gardes.)

CHŒUR pendant la marche.

Il est vainqueur ! sa valeur et ses armes
De ses sujets ont calmé les alarmes.

Vive pour nous ! règne à jamais
Le héros qui nous rend le bonheur et la paix !

CORADIN, fixant les yeux sur Euphrosine et à part.

Le croirai-je, grands Dieux? Serait-elle coupable?...
Renfermons dans mon cœur le soupçon qui l'accable.

CHŒUR.

Vive pour nous! règne à jamais
Le héros qui nous rend le bonheur et la paix !

CORADIN donne à ses écuyers son casque, son bouclier et sa lance.
Il dit à Euphrosine d'un air affable mais sérieux :

O vous à qui je dois ce brillant avantage,
Vous qui, dans le combat, souteniez mon courage,
Croyez que les lauriers n'ont pour moi tant d'attraits,
Que pour le seul plaisir de vous en faire hommage.

EUPHROSINE.

Seigneur, votre victoire a comblé nos souhaits,
Mais quel que soit enfin l'éclat de vos succès,
Le retour du vainqueur plaît encor davantage.

CHŒUR.

Il est vainqueur, etc.

(Pendant le chœur, Coradin donne la main à Euphrosine,
et la conduit sur son trône où il la fait asseoir.)

LÉONORE.

ARIETTE.

Quand le guerrier vole aux combats,
Il n'aspire qu'à la victoire !
Pour un laurier il brave le trépas ;
Il n'a d'amis que ses soldats,
Et de maîtresse que la gloire.
Mais par le tendre amour si son cœur est charmé,

Un doux soupir se mêle au bruit des armes;
L'image de l'objet dont il est enflammé
Le suit au milieu des alarmes;
Et si pour lui le péril a des charmes,
C'est qu'après la victoire, il sera mieux aimé!
Le guerrier retourne aux combats,
Il y cherche une double gloire;
C'est pour l'amour qu'il brave le trépas,
Et ce Dieu qui soutient son bras
Lui promet la victoire.

SCÈNE VI.

LES PRÉCÉDENS, LA COMTESSE.

LA COMTESSE, à Coradin.

Lorsque tout retentit du bruit de vos exploits,
A des chants si flatteurs je viens mêler ma voix,
Seigneur; si cependant vous voulez bien permettre
Que mon cœur...

CORADIN.

         Un soldat m'a remis votre lettre,
Comtesse, je l'ai lue, et rends grâce à vos soins.

LA COMTESSE, à part.

Bien!

CORADIN.

Mais à l'avenir, madame, ayez-en moins;
J'aime peu les amis qui, par excès de zèle,
Se hâtent de porter une triste nouvelle.

LA COMTESSE.

Seigneur, douteriez-vous?...

CORADIN.

         Retenez cet avis.

EUPHROSINE, bas à Alibour.

Qu'a-t-il donc?

ALIBOUR, bas à Euphrosiue.

La comtesse a brouillé sa cervelle.

EUPHROSINE, à Coradin.

Seigneur, quelque chagrin a troublé vos esprits;
Pour un triomphateur vous êtes un peu triste.

CORADIN, soupirant.

Je n'ai point triomphé de tous mes ennemis.

EUPHROSINE.

Oh non! j'en connais un qui vous suit à la piste.

CORADIN.

Qui me suit?

EUPHROSINE.

Vous.

CORADIN.

Et c'est...

EUPHROSINE.

C'est l'ombre d'un jaloux.

CORADIN.

Moi, jaloux!

EUPHROSINE.

Oui, jaloux jusqu'à l'extravagance.

CORADIN.

Euphrosine, cessez un discours qui m'offense;
Faut-il que Coradin le jure à vos genoux,
Jamais pour vous son cœur n'eut plus de confiance.

8.

SCÈNE VII.

LES PRÉCÉDENS, UN GARDE.

LE GARDE, à Euphrosine.

Madame, ce billet qu'on m'a remis pour vous...

EUPHROSINE.

De qui?

LE GARDE.

D'un chevalier qui n'a fait que paraître.

EUPHROSINE.

Donnez.

CORADIN, au garde.

Un chevalier! quel est son nom? parlez.

LE GARDE.

Celui qui l'a remis ne s'est pas fait connaître.

CORADIN, ému.

Madame, ce billet...

EUPHROSINE.

Seigneur, vous vous troublez.

CORADIN.

Je ne me trouble point; mais qui peut vous écrire?

EUPHROSINE.

Pour le savoir, seigneur, permettez-moi de lire.

CORADIN, plus ému.

Madame!

EUPHROSINE.

Qu'avez-vous?

CORADIN, résolu.

Donnez-moi ce billet.

ALIBOUR, à Euphrosine.

Ne lui résistez pas.

EUPHROSINE, à Coradin.

Eh! pourquoi, s'il vous plaît?

LÉONORE et LOUISE.

Je tremble.

CORADIN, à Euphrosine avec colère.

Le billet!

EUPHROSINE.

C'est à moi qu'il s'adresse,
Chevalier; vous avez peu de délicatesse.

CORADIN, avec fureur.

Le billet!

EUPHROSINE.

A la fin vous me poussez à bout.

CORADIN.

Donnez-le-moi, vous dis-je, ou je soupçonne tout.

EUPHROSINE, avec dédain.

Je vois bien...

CORADIN, lui arrachant le billet.

Je ne vois que votre perfidie.

EUPHROSINE, vivement,

Quoi! seigneur?...

CORADIN.

Vainement vous cherchez un détour;

Pourquoi le prisonnier n'est-il plus dans la tour?
C'est de lui le billet!...

EUPHROSINE.

C'est une calomnie.

CORADIN.

Puissiez-vous dire vrai!

LA COMTESSE.

Seigneur, modérez-vous;
Vous pouvez le savoir sans vous mettre en courroux,
Qu'on cherche le geolier, et qu'il se justifie.

CORADIN.

Qu'on l'amène.

LE GARDE.

Seigneur, je ne puis le nier;
Le geolier s'est enfui; la prison est déserte...

EUPHROSINE.

Qu'entends-je?

ALIBOUR, LOUISE, LÉONORE.

Je frémis.

LE GARDE.

La porte en est ouverte,
On a fait évader le jeune prisonnier,
Les trois soldats de garde, et même le geolier.

EUPHROSINE.

Juste ciel!

CORADIN.

Je ne puis dissimuler ma rage;
Je souffrirais la mort, mais non pas un outrage.

EUPHROSINE.

Quoi! seigneur, vous croyez...

CORADIN. regardant Euphrosine avec une fureur sombre.

En ouvrant ce billet,
Je tremble d'y trouver un odieux secret;
Peut-être qu'il pourra prouver votre innocence,
Mais si je suis trahi, redoutez ma vengeance.

(*Pendant que Coradin lit le billet, tous observent le
plus grand silence, Euphrosine témoigne l'horreur
qu'elle conçoit de cette calomnie, Alibour et les sœurs
ont les yeux attachés sur Coradin, et sont saisis de
crainte. La comtesse à l'écart se tourne pour cacher
la joie que lui cause cet événement.*)

CORADIN lit bas et ne prononce que cette phrase :

« .... Me jeter aux pieds de ma libératrice...... et
» baiser la main qui vient de briser mes fers.

(*A Euphrosine avec rage.*)

Sortez.

EUPHROSINE.

Comment, seigneur! sans daigner m'écouter?

CORADIN.

Sortez.

EUPHROSINE.

Quelle noirceur!

ALIBOUR, à part.

Quel horrible mystère!

EUPHROSINE.

Du moins, seigneur.....

CORADIN.

Sortez, ou craignez ma colère.

EUPHROSINE.

O ciel !

LÉONORE.

Fuyons, ma sœur; craignons de l'irriter.
(*Louise et Léonore entraînent Euphrosine.*)

CORADIN, à Alibour.

Vous, restez.

LA COMTESSE, à part et à l'écart.

De son cœur je connais l'inconstance;
Ne nous éloignons pas, assurons ma vengeance.

SCÈNE VIII.

CORADIN, ALIBOUR, LA COMTESSE, *sans être vue.*

CORADIN.

Alibour, m'aimes-tu?

ALIBOUR.

Seigneur, éprouvez-moi.

CORADIN.

M'aimes-tu? Je me veux assurer de ta foi.

ALIBOUR, voyant la comtesse.

(*A part.*)   (*Haut.*)
On m'observe. Seigneur, vous connaissez mon zèle,
Vous savez si mon cœur vous fut toujours fidèle.

CORADIN, avec colère.

Eh bien ! prouve-le-moi.

ALIBOUR.

Que voulez-vous, grands dieux?

CORADIN.

Va, cours, délivre-moi d'un objet odieux.

ALIBOUR.

Eh comment?

CORADIN.

D'Euphrosine ordonne le supplice.

ALIBOUR.

Quel supplice?

CORADIN.

La mort.

ALIBOUR.

La mort!

CORADIN, résolu.

Qu'elle périsse!

ALIBOUR.

Quel arrêt! juste ciel!

CORADIN.

Ne vas pas me trahir;
Autant je t'aime, autant je saurais te haïr.

ALIBOUR.

Ah! quelque tems du moins, seigneur, daignez attendre;
Daignez vous assurer....

CORADIN.

Je ne veux rien entendre.

ALIBOUR.

Eh bien! vous le voulez, je vais hâter sa mort;
Mais un jour, croyez-moi, vous pleurerez son sort.

CORADIN.

Non...

ALIBOUR.

Vous regretterez sa jeunesse et ses charmes,
Un jour sur vos fureurs vous verserez des larmes,
Vous me détesterez......

CORADIN.

Jure de me servir,
Ou d'autres sauront bien me venger et punir.

ALIBOUR.

N'imputez donc qu'à vous l'horreur de ce supplice,
J'étouffe ma pitié, j'en fais le sacrifice;
Je vais en gémissant ordonner ce trépas,
Mais Alibour, seigneur, ne vous trahira pas.

CORADIN.

Va donc, et prouve-moi ton amour pour ton maître.

ALIBOUR.

Dans peu d'instans, seigneur, vous pourrez le connaître.

(*Il sort.*)

LA COMTESSE, à part.

Je crains ce médecin.

SCÈNE IX.

CORADIN, LA COMTESSE.

LA COMTESSE.

Vous me justifiez,
Seigneur, et mes avis se sont vérifiés.
Votre bouche tantôt m'accusait d'imposture;
Vous sentez votre erreur. Mais il m'eût été doux

De pouvoir maintenant servir votre courroux.
Ah ! laissez-moi le soin de punir la parjure.

CORADIN.

Ma main pour la frapper n'a pas besoin de vous;
Euphrosine est coupable, elle perdra la vie,
Mais ce n'est point à vous que je la sacrifie.
Laissez-moi.

LA COMTESSE, à part en sortant.

Va, tyran, ta rage est mon vengeur;
Pour long-temps le repos est banni de ton cœur.

(*Elle sort.*)

SCÈNE X.

CORADIN, seul.

Malheureux que je suis ! quel ennui me dévore?
Je me crois satisfait et je gémis encore.
Est-ce là cet amour que l'on nous dit si doux,
Qui, père des plaisirs, seul les réunit tous?
Hélas ! depuis un jour que j'en ressens la flamme,
Tous les tourmens déjà sont entrés dans mon âme;
Je porte aveuglément mes vœux irrésolus,
Je brûle, je languis, je ne me connais plus.
O funeste ascendant, ô passion terrible !
N'est-ce que pour souffrir que l'on devient sensible?
Sensible ! qu'ai-je dit? L'ingrate que je hais
Pourrait-elle en mourant exciter mes regrets?
N'a-t-elle pas rendu ma fureur légitime?
Puis-je lui pardonner, ou douter de son crime?
La pitié succédant à mes premiers transports,
Viendrait-elle à mon cœur attacher le remords?
Juste ciel !....

SCÈNE XI.

CORADIN, LÉONORE.

LÉONORE.

Ah! seigneur, dissipez mes alarmes;
Verrez-vous sans pitié ma douleur et mes larmes?

CORADIN.

Laissez-moi.

LÉONORE, à genoux.

Non, cruel, je reste à vos genoux;
Je meurs si je ne puis fléchir votre courroux.

CORADIN.

Laissez-moi.

LÉONORE.

Révoquez un arrêt sanguinaire,
Et croyez qu'Euphrosine.....

CORADIN.

A mérité son sort.

LÉONORE.

A votre cœur, hélas! n'est-elle donc plus chère?
N'aviez-vous pas juré?....

CORADIN.

De lui donner la mort.

LÉONORE, se relevant.

AIR.

Eh bien! tyran, s'il faut qu'elle périsse,
Et pour elle et pour moi n'ordonne qu'un supplice;
Que tes fureurs n'épargnent rien;
Perce d'un même coup et son cœur et le mien.

Assouvis sur ma sœur ton aveugle vengeance ;
    Que son amant soit son bourreau,
   Et dans le sein de l'innocence
D'un œil tranquille enfonce le couteau...
    Que dis-je? ma douleur m'égare.
Ah ! seigneur, pardonnez ; ne soyez point barbare ;
En révoquant l'arrêt d'un injuste trépas,
Epargnez-vous des pleurs qui ne tariraient pas.
    Mais s'il faut que ma sœur périsse,
Et pour elle et pour moi n'ordonnez qu'un supplice.
    Que vos fureurs n'épargnent rien ;
Percez d'un même coup et son cœur et le mien.

CORADIN, à part.

Quelle épreuve !

LÉONORE.

    Seigneur, j'attends votre réponse :
A mes tremblantes sœurs que faut-il que j'annonce ?

CORADIN, à part.

Tous mes sens sont émus.....

LÉONORE.

    Rien ne peut vous fléchir !
Celle que vous aimez va-t-elle donc périr ?

CORADIN, à part.

Que faire ?

LÉONORE.

    Si ma sœur eût été criminelle,
Aurais-je tant d'ardeur à vous prier pour elle ?
Soit justice ou pitié, laissez-vous attendrir :
Le temps presse, parlez, dois-je vivre ou mourir ?

CORADIN.

Euphrosine....

LÉONORE.

Se meurt et vous osez attendre !

CORADIN, avec force.

Euphrosine !

LÉONORE.

Ah ! du moins consentez à l'entendre ;
Condamnez, s'il le faut, mais au moins écoutez.
Répondez....., un seul mot......

CORADIN.

Eh bien ! vous l'emportez.

LÉONORE.

Dieux !

CORADIN.

La coupable encor malgré moi m'intéresse.
Qu'elle vienne.... Alibour ! quelle sombre tristesse !

LÉONORE.

Grand Dieu ! que dois-je craindre ou que dois-je espérer ?

SCÈNE XII.

CORADIN, LEONORE, ALIBOUR.

ALIBOUR.

J'ai rempli mon devoir, le vôtre est de pleurer.

CORADIN.

Juste ciel !

LÉONORE.

Je me meurs.

(*Elle tombe à terre.*)

CORADIN.

Funeste obéissance !

Qu'as-tu fait ?

ALIBOUR.

J'ai servi votre injuste courroux,
Mon bras y fut forcé, le crime est tout pour vous,
Savourez maintenant le fruit de la vengeance.

CORADIN, en pleurant.

Qu'as-tu fait, malheureux ! et que m'annonces-tu !
Quand j'allais pardonner tu frappes la victime.
Traître ! tu n'obéis que pour commettre un crime.

ALIBOUR, froidement.

Comment nommerez-vous celui qui l'a voulu ?

CORADIN.

Un amant furieux sait-il ce qu'il ordonne ?
Va, ne me parle plus de ton zèle odieux ;
Fuis, perfide, fuis, fuis.... ôte-toi de mes yeux,
Ta vue accroît encor l'horreur qui m'environne.

(*Il tombe accablé dans un fauteuil.*)

LÉONORE, d'une voix faible.

Ma sœur !

ALIBOUR, regardant Coradin.

L'accablement succède à son courroux,
Laissons-lui dans le cœur le trait qui le déchire,
Mais calmons Léonore. (*Bas.*) Écoutez, levez-vous.

LÉONORE.

Non.

ALIBOUR, plus bas.

Venez, levez-vous ; Euphrosine respire.

LÉONORE.

Que dites-vous?

ALIBOUR lui met la main sur la bouche.

Paix donc! vous nous perdriez tous.
Venez voir votre sœur.

LÉONORE soupire, puis elle sourit.

Ah! Dieu!

ALIBOUR.

De la prudence!
Il n'est pas temps encor de rompre le silence.
(*Il la conduit par la main en marchant tous deux sur
la pointe du pied et ils entrent dans le cabinet.*)

SCÈNE XIII.

CORADIN, seul.

Où suis-je? qu'ai-je fait? quel sang ai-je versé?
Quels yeux se sont éteints? quel cœur ai-je percé?
Celui que j'adorais, qui m'eût aimé peut-être!
Ah! que ne suis-je mort avant de te connaître!
Malheureuse Euphrosine! ô regrets superflus!
O remords impuissans! Euphrosine n'est plus!
Euphrosine n'est plus! Ses sœurs désespérées
Sur son corps sans chaleur se penchent éplorées;
Peut-être en ce moment l'on creuse son tombeau:
Ciel! écartez de moi cet horrible tableau!

AIR.

O douleur insupportable,
Cesse de me tourmenter.
Mon cœur ne peut résister
Au désespoir qui l'accable.

Oui, j'ai mérité la mort ;
Juste ciel, punis mon crime,
Double l'horreur de mon sort,
Mais épargne la victime.
Moi seul j'ai commis le crime,
Seul je mérite la mort.

Peut-être est-elle innocente :
Et c'est ma barbare main
Dont la rage impatiente
Porte la mort dans son sein !
De cette image effrayante
Mon œil se détourne en vain ;
Oui, je la vois expirante,
Et j'entends sa voix mourante
Me nommer son assassin.

O douleur insupportable,
Cesse de me tourmenter.
Mon cœur ne peut résister
Au désespoir qui l'accable.
Oui, j'ai mérité la mort ;
Juste ciel, punis mon crime ;
Double l'horreur de mon sort,
Mais épargne la victime.
Moi seul j'ai commis le crime,
Seul je mérite la mort.

(*Tandis que Coradin est accablé et plongé dans la plus profonde douleur, Euphrosine, ses sœurs et Alibour sortent du cabinet, l'examinent avec intérêt et restent en silence derrière lui.*)

SCÈNE XIV.

CORADIN, EUPHROSINE, LÉONORE, LOUISE, ALIBOUR.

CORADIN, croyant toujours être seul.

Le sort en est jeté. Je ne saurais plus vivre.
Celle que j'adorais n'est plus... Je veux la suivre.
Je veux que son bourreau devienne son vengeur.
Je veux que mes sujets à qui je fais horreur,
En apprenant mon crime apprennent mon supplice;
Malheureux! il est temps que ton tourment finisse,
Meurs! le Ciel te condamne...

EUPHROSINE.

               Et moi, je vous absous.

CORADIN.

Que vois-je? où suis-je? ô ciel! Euphrosine, est-ce vous?
Qui vous rend à mes pleurs? qui vous a préservée?

EUPHROSINE.

Vous demandiez ma mort, l'amitié m'a sauvée.

CORADIN.

Alibour!

EUPHROSINE.

      Il osa me prêter son secours,
Il trompa mes bourreaux et conserva mes jours.

ALIBOUR.

J'ai pris pour la sauver la route la plus sûre,
Comptant sur vos regrets, j'approuvai vos rigueurs,
Et je fis le serment de servir vos fureurs;
Mais qui jura le crime a des droits au parjure.

CORADIN.

Dieu qui vois mes remords, Dieu qui lis dans mon cœur,
Rends l'heureux Coradin digne de son bonheur.

EUPHROSINE.

Je puis donc maintenant prouver mon innocence!

CORADIN.

Quoi! vous justifier! Ah! je vous crois d'avance.

EUPHROSINE.

Un jaloux ne croit rien; dans son cœur tour à tour
Le soupçon naît et meurt mille fois en un jour.
Si je ne confonds point l'affreuse calomnie,
Un nouveau piége encor peut menacer ma vie;
Je veux donc dévoiler un mystère odieux.

SCÈNE XV.

Les Précédens, LA COMTESSE.

LA COMTESSE.

Comte, je vais partir, recevez mes adieux.
Ciel! que vois-je? Euphrosine!

CORADIN.

    Oui, madame, c'est elle.
Un Dieu la préserva de ma fureur cruelle.
Mais il reste un soupçon qu'il nous faut éclaircir.
Parlez; sur quel motif l'avez-vous pu noircir?
Répondez. De quel crime était-elle coupable?

LA COMTESSE.

De la calomnier me croyez-vous capable?
Elle a fait évader le jeune prisonnier;

9.

Vous avez le billet de ce beau chevalier,
Il y dit qu'Euphrosine est sa libératrice...

ALIBOUR.

Madame, il faut ici que je vous avertisse
Qu'à l'instant deux soldats ont saisi le geolier.

LA COMTESSE, avec surprise.

Le geolier!

ALIBOUR.

Le geolier! Il faut croire à l'entendre
Que des gens scrupuleux à garder un secret
Sur la rive du Rhône étaient allés l'attendre,
Et voulaient le noyer pour le rendre discret.
Ses complices...

LA COMTESSE.

C'est moi.

CORADIN.

Vous.

LA COMTESSE.

Je saurai moi-même
Dévoiler devant tous cet affreux stratagème.
Oui, c'est moi qui, cédant à mon démon jaloux,
Ai su de Coradin enflammer le courroux.
Je voulais supplanter ou perdre une rivale,
Et tant que je vivrai je lui serai fatale.
C'est moi qui, par mon or, corrompis le geolier,
Et qui fis évader le jeune prisonnier.
    (A Coradin.)
Je voulais par ta main immoler cette femme;
Et si quelque douleur s'élève dans mon âme,

Si j'ai quelque regret, c'est le ressentiment
De voir que tous mes coups sont tombés vainement.

(Elle sort.)

SCÈNE XVI.

CORADIN, EUPHROSINE, LÉONORE, LOUISE,
ALIBOUR.

CORADIN.

Rien n'égale l'horreur dont mon âme est saisie!
Dans mon juste courroux...

EUPHROSINE.

Seigneur, laissez-la fuir,
Elle nous dit adieu pour ne plus revenir;
Et par notre bonheur elle est assez punie.

CORADIN.

Et moi dont les soupçons...

EUPHROSINE.

Pour vous en corriger,
Euphrosine en ce jour vous consacre sa vie,
En vous rendant heureux, elle veut se venger.

FINAL.

EUPHROSINE.

Livrons-nous aux transports que ce jour nous inspire;
Mes sœurs, il nous promet un avenir bien doux.
C'est maintenant que je puis dire:
Coradin sera mon époux.

CORADIN.

Euphrosine, c'est moi qui tiendrai tout de vous;
Mes vertus, mon bonheur, tout sera votre ouvrage.

SCÈNE XVII ET DERNIÈRE.

LES PRÉCÉDENS, LA VIEILLE, PAYSANS, BERGERS.

CORADIN.

Entrez, mes bons amis, partagez mon bonheur.

CHŒUR.

Ah! monseigneur, mon bon seigneur,
Tous vos vœux sont comblés, recevez notre hommage.

CORADIN.

Oui, mes amis, partagez mon bonheur;
Je fus bien plus heureux que sage.

CHŒUR.

Ah! monseigneur, etc.

CORADIN.

Par un brillant hymen célébrons ce beau jour;
Je veux qu'auprès de moi le bonheur vous rassemble.
Mes amis, nous vivrons ensemble,
Et ce lieu fortuné deviendra le séjour
De l'Amitié, de l'Hymen, de l'Amour.

CHŒUR.

Oui, nous vivrons ensemble,
Le bonheur nous rassemble,
Et ce lieu fortuné deviendra le séjour
De l'Amitié, de l'Hymen, de l'Amour.

FIN D'EUPHROSINE.

STRATONICE,

COMÉDIE HÉROÏQUE,

EN UN ACTE ET EN VERS,

REPRÉSENTÉE POUR LA PREMIÈRE FOIS PAR LES COMÉDIENS
ITALIENS ORDINAIRES DU ROI, LE 3 MAI 1792.

PERSONNAGES.

SÉLEUCUS, roi de Syrie.

ANTIOCHUS, fils de Séleucus.

STRATONICE, promise à Séleucus.

ERASISTRATE, médecin.

UN GARDE.

SOLDATS.

HOMMES et FEMMES de la Cour de Séleucus.

La scène est à Damas, au palais du Roi, dans la chambre d'Antiochus.

AVERTISSEMENT.

L'AUTEUR a intitulé sa pièce *Comédie héroïque;* la manière dont il a envisagé son sujet ne lui permettait pas de donner à cet ouvrage une autre qualification. Toutefois, le manque de gaieté y est racheté par un intérêt doux et par un style dont on a jugé convenable de s'éloigner entièrement. Les usurpations successives de la musique sur le dialogue devaient nécessairement amener cette décadence. Quoi qu'il en soit, Stratonice est une preuve incontestable que les bons vers ne nuisent pas à la bonne musique, et que souvent ceux qui se dispensent de toute élégance, de toute pureté dans le style, en agissent moins ainsi par système que par impuissance.

Loin de s'énorgueillir de ses succès, Méhul devenait plus timide à chaque nouvel ouvrage. Croirait-on qu'il ne livra qu'avec défiance sa partition de Stratonice? Le morceau qui l'inquiétait le plus était l'admirable quatuor de la consultation : « Il me semble, » disait-il, voir entrer en scène des médecins en robe » et en perruque; je veux absolument refaire mon qua- » tuor. » L'auteur des paroles finit par triompher de toutes les hésitations de son collaborateur, et ce fut ce même morceau qui décida le succès de la pièce. Cette modestie n'est pas précisément ce que nos jeunes compositeurs cherchent à imiter de Méhul; et tel d'entre eux se croit un génie musical, pour avoir descendu quelques motifs de Rossini jusqu'au diapason du Vaudeville.

L'administration de l'Académie royale de Musique, voulant enrichir son répertoire de la belle
partition de Stratonice, M. Daussoigne, neveu de
Méhul, composa, il y a quelques années, un récitatif
qu'on trouva digne des autres morceaux de l'ouvrage ;
le succès couronna cette entreprise, et la pièce fut
représentée en même temps à l'Opéra et à Feydeau.

STRATONICE,

COMÉDIE HEROÏQUE,

EN UN ACTE ET EN VERS.

Le théâtre représente la chambre d'Antiochus; un lit à l'antique est dans le fond. On y voit aussi plusieurs siéges, une statue de Vénus, et des cassolettes remplies de parfums.

SCÈNE PREMIÈRE.

ANTIOCHUS, *couché sur son lit; hommes et femmes de sa suite. Gardes dans le fond.*

CHŒUR.

Ciel! ne sois point inexorable;
A toi seul nous avons recours.

FEMMES.

Ciel! ne sois point inexorable;
A ce cher prince accorde ton secours.

TOUS.

Qu'il vive heureux autant qu'il est aimable!
Qu'il vive heureux aux dépens de nos jours!

UNE FEMME.

Quelle cruelle destinée!

UNE AUTRE.

Que ne suis-je, à sa place, à mourir condamnée!

UN JEUNE HOMME.

O du sort aveugles décrets!
Cher prince! faut-il donc qu'une langueur mortelle
Flétrisse une jeunesse et si tendre et si belle,
Et change, à ton printemps, tes roses en cyprès?

TOUS.

Ciel! ne sois point inexorable.

ANTIOCHUS, se soulevant sur son lit.

Qui me délivrera du tourment qui m'accable?
O mort! toi que ma bouche invoque en ce moment,
Que vers les malheureux tu marches lentement!

(*Il retombe sur son lit.*)

CHOEUR.

Ciel! ne sois point inexorable;
A ce cher prince accorde ton secours;
Qu'il vive heureux autant qu'il est aimable!
Qu'il vive heureux aux dépens de nos jours!

ANTIOCHUS, s'enveloppant de son manteau, s'assied sur son lit.

Mes amis, retenez vos plaintes et vos larmes,
Vos consolations aigrissent ma douleur.
Il est affreux pour moi de causer tant d'alarmes,
Affreux de voir sur vous retomber mon malheur.
Eloignez-vous de moi. Laissez-moi la douceur
De n'avoir que moi seul témoin de ma souffrance.
C'est en secret que j'aime à répandre des pleurs.
La solitude et le silence
Sont mes plus chers consolateurs.
(*Il se lève, fait quelques pas et retombe sur un siége,
comme accablé de l'effort qu'il a fait. On veut aller
à lui; mais il fait signe qu'on se retire. Alors le
chœur s'éloigne en chantant le plus* pianissimo *qu'il
est possible.*)

Ciel! ne sois point inexorable;
A ce cher prince, etc.

SCÈNE II.

ANTIOCHUS, seul.

J'échappe enfin à leur foule importune;
Je puis à mes soupirs donner un libre cours.
Ah! que de l'amitié le stérile secours
   Soulage mal mon infortune!
Je voudrais être seul, seul au fond des forêts;
Je voudrais m'y cacher à la nature entière,
Du jour, même du jour, je fuirais la lumière;
Je voudrais...... Insensé! je forme des souhaits,
   La mort va fermer ma paupière.
Je brûle, je languis, je me vois consumer,
Je meurs pour un objet que je n'ose nommer.

AIR.

  Oui,... c'en est fait;... oui,... je succombe...
  Je meurs sans frayeur, sans regret;
  Je veux mourir, c'est à la tombe
  Que je confierai mon secret.
  Pour moi la vie est odieuse,
  Du jour la lumière est affreuse;
  Mes yeux sont lassés de s'ouvrir,
  Mon cœur est lassé de souffrir:
    O mort! c'est toi que j'appelle;
    Viens, dans la nuit éternelle,
    Viens pour jamais m'engloutir.

  Et toi pour qui je vais descendre
  Dans le froid séjour des tombeaux,

Puisse-tu ne jamais apprendre
Combien tu m'as causé de maux :
Ou si l'amour, découvrant ce mystère,
Vient à mon sort intéresser ton cœur,
Tu diras : je lui fus trop chère ;
Il aima mieux mourir que manquer à son père,
Il aima mieux mourir que causer mon malheur.

Mais non, je veux, je dois me taire ;
Fidèle au serment que j'ai fait,
Je mourrai ; ce n'est qu'à la terre
Que je confierai mon secret.
Pour moi la vie est odieuse,
Du jour la lumière est affreuse ;
Mes yeux sont lassés de s'ouvrir,
Mon cœur est lassé de souffrir :
O mort ! c'est toi que j'appelle,
Viens, dans la nuit éternelle,
Viens pour jamais m'engloutir.

SCÈNE III.

ANTIOCHUS, SÉLEUCUS.

SÉLEUCUS.

Mon cher Antiochus, un rayon d'espérance
Vient enfin de luire à mes yeux,
Un mortel secourable, envoyé par les dieux,
Va mettre un terme à ta souffrance.

ANTIOCHUS.

Eh ! quel secours, seigneur, puis-je attendre des cieux ?

SÉLEUCUS.

Trop long-temps, il est vrai, mes vœux furent stériles ;
Mais un homme divin qui, de villes en villes,

Porte avec la santé son art victorieux,
Erasistrate enfin arrive dans ces lieux.
Ton sort sera remis entre ses mains habiles,
Et bientôt par ses soins......

ANTIOCHUS.

Ils seront inutiles.
Le ciel de votre fils a voulu le trépas;
Tous les secours humains ne vous le rendront pas.

SÉLEUCUS.

Ecartez, ô mon fils, ce présage funeste,
Et ne m'arrachez pas un espoir qui me reste.
J'attends du sort ce fortuné retour;
Oui, des dieux la bonté suprême
Va rendre un fils à mon amour,
Et doublement heureux, je puis, en ce beau jour,
Couronner à l'autel une épouse que j'aime.

ANTIOCHUS.

Une épouse, seigneur?

SÉLEUCUS.

J'ai long-temps différé
Cet hymen par mon cœur si long-temps désiré;
Je craignais pour tes jours : par tendresse, par crainte,
Je me suis d'un retard imposé la contrainte;
Mais de te conserver quand l'espoir m'est permis,
En m'unissant à ma belle-princesse,
Je puis partager ma tendresse
Entre mon épouse et mon fils.

ANTIOCHUS.

Stratonice, seigneur.....

SÉLEUCUS.

Tu sais combien je l'aime.

J'orne son front du diadème,
Et sous les lois du plus heureux hymen,
Dans le temple aujourd'hui je recevrai sa main.
Ah! d'un jour si brillant quand la pompe s'apprête,
Que ne puis-je te voir témoin de cette fête?

ANTIOCHUS, avec force.

Dieux!

SÉLEUCUS.

Qu'avez-vous, mon fils?

ANTIOCHUS, troublé.

C'est un saisissement
Qui vient glacer mon cœur de moment en moment;
Ce mal qui chaque jour m'accable davantage,
De tous mes sens enfin me ravira l'usage;
Vivez heureux. L'hymen va combler vos souhaits,
Les miens seront bientôt accomplis pour jamais.
Grâce au ciel, je mourrai.

SÉLEUCUS.

Quelle funeste envie!
Qui peut vous inspirer ce dégoût de la vie?

AIR.

Versez tous vos chagrins dans le sein paternel.
Ne craignez pas de me déplaire :
Avez-vous quelques vœux à faire?
Tout ce qui peut flatter les désirs d'un mortel,
Vous l'obtiendrez de votre père.
Antiochus, ô mon cher fils!
Plût aux dieux que d'une couronne

Votre jeune cœur fût épris !
Mes trésors, mon sceptre, mon trône,
Vous me verriez tout quitter en ce jour,
Pour conserver un fils si cher à mon amour.

ANTIOCHUS.

Ah ! gardez vos trésors, toute votre puissance
Ne saurait.... Mais, seigneur, la princesse s'avance.
(*A part.*) O ciel !

SCÈNE IV.

ANTIOCHUS, SÉLEUCUS, STRATONICE.

SÉLEUCUS.

A mes conseils unissez votre voix,
Madame ; de mon fils apaisez la tristesse ;
D'une mère, sur lui, je vous donne les droits...

STRATONICE.

Ah ! j'en ai déjà la tendresse.
(*Le roi prend Stratonice par la main et la fait asseoir*
près du prince.)

ANTIOCHUS, avec une douleur touchante.

Madame, en quel état je parais à vos yeux !

STRATONICE, avec émotion.

Ah ! prince, qui pourrait vous refuser des larmes ?
Vous qui faisiez l'ornement de ces lieux,
Vous, dont un père glorieux
Vantait les vertus et les charmes,
Vous à qui tant d'éclat avait été promis,
Vous que le ciel a fait pour régner et pour plaire.
(*Elle rencontre les yeux du père.*)

Faut-il?.... Mais quelle erreur abuse mes esprits ?
Me croyant déjà votre mère,
Je vous parlais déjà comme on parle à son fils.

SÉLEUCUS.

Ah ! ce titre vous est permis.
Et bientôt à l'autel.....

STRATONICE.

Ma foi vous fut promise,
Aux vœux de mes parens vous me verrez soumise,
Quand vous l'ordonnerez, vous serez mon époux ;
Mais pour le devenir quel temps choisissez-vous ?
Différons, je vous en conjure,
Jusqu'à ce que le ciel veuille nous accorder
Une félicité plus pure.
Pour un fils, un hymen peut bien se retarder.
Contemplez ses douleurs. L'amour peut bien céder
Quelques momens à la nature.

ANTIOCHUS, à part.

Ciel !

SÉLEUCUS.

Madame, les dieux peuvent lire en mon cœur.
Ils savent pour un fils jusqu'où va ma tendresse ;
Mais le retard de mon bonheur
Peut-il soulager sa tristesse ?
Les dieux nous le rendront, les dieux me l'ont promis ;
L'oracle d'Apollon m'en donne l'assurance.

ANTIOCHUS, à part.

Ah !

SÉLEUCUS, à tous deux.

Livrez comme moi votre âme à l'espérance.

ANTIOCHUS, à part.

Que je souffre, grands dieux !

SÉLEUCUS.

Oui, dans cet heureux jour,
Nous pourrons accorder la nature et l'amour.

(*Antiochus se détourne et se cache la figure, Stratonice*
le voit.)

STRATONICE, à Séleucus, avec embarras.

Seigneur, de votre fils respectons la faiblesse ;
Un trop long entretien peut redoubler ses maux ;
Les cœurs des malheureux ont besoin de repos ;
Éloignons-nous, venez.

ANTIOCHUS, en la regardant tendrement.

Généreuse princesse !

SCÈNE V.

LES PRÉCÉDENS, UN GARDE.

LE GARDE, à Séleucus.

Seigneur, Érasistrate arrive en ce moment.

(*Il sort.*)

STRATONICE.

Ah ! mon espoir renaît.

SÉLEUCUS.

Mon cher fils, je te laisse ;
Mais j'espère bientôt apaiser ton tourment.

(*Le roi sort avec empressement. Stratonice s'éloigne*
aussi ; puis revenant sur ses pas, elle dit au prince,
avec une tendresse contrainte :)

10.

SCÈNE VI.

ANTIOCHUS, STRATONICE.

STRATONICE.

Si ma tendre amitié sur vous a quelque empire,
 Seigneur, prenez soin de vos jours.
Cédez à l'intérêt que votre sort inspire;
 Ne refusez pas nos secours.
Vos douleurs....

ANTIOCHUS, en la regardant fixement.

Dureront jusqu'à ce que j'expire.

STRATONICE.

Ne parlez pas de mort, seigneur.

ANTIOCHUS.

Je la désire.

STRATONICE, tendrement.

Et vous faites ce vœu?

ANTIOCHUS.

Rien ne peut le changer.

STRATONICE, en pleurant.

Quel mal souffrez-vous donc?

ANTIOCHUS.

Un mal qui me dévore.

STRATONICE.

Eh bien! l'on peut vous soulager.

ANTIOCHUS, avec désespoir.

Je suis....

STRATONICE.

Parlez.

ANTIOCHUS, se détournant.

Non, non.

STRATONICE.

Expliquez-vous encore.

ANTIOCHUS.

Je ne le puis.

STRATONICE.

Faut-il embrasser vos genoux?

ANTIOCHUS, vivement, et la retenant.

Princesse!

STRATONICE, avec une tendre impatience.

Il faut parler.

ANTIOCHUS.

Rien ne peut m'y contraindre.
Les dieux m'ont accablé des plus terribles coups.

STRATONICE.

Ils n'ont pas sur vous seul exercé leur courroux.
Il en est qui n'osent se plaindre,
Qui sont plus à plaindre que vous.

ANTIOCHUS.

Plus à plaindre? Non, rien n'égale mon supplice.

STRATONICE.

On vient. Adieu, seigneur. Songez à Stratonice.

(*Elle sort.*)

SCÈNE VII.

ANTIOCHUS, *puis* ÉRASISTRATE, Gardes.

ANTIOCHUS.

Qu'ai-je entendu? son cœur sensible à mes tourmens...
Mais on paraît! cachons le trouble de mes sens.

ERASISTRATE, aux gardes.

Laissez-nous seuls.   (*Les gardes sortent.*)
(*A Antiochus.*)   Seigneur, je viens dans l'espérance
De mettre un terme aux maux que vous souffrez.
Ce soin me sera cher. Ce que vous inspirez
     Ne tient pas de l'indifférence.
Daignez vous rassurer sur mon zèle et ma foi.

ANTIOCHUS.

Je crains bien que votre art ne puisse rien sur moi.

ERASISTRATE.

Seigneur, espérez mieux; mais avant toute chose,
Sur un point important il faudra m'éclaircir :
Je connais vos douleurs; j'en ignore la cause;
                (*Il s'assied.*)
    C'est la cause qu'il faut guérir.
Parlez-moi sans détour sur tout ce qui vous touche.

ANTIOCHUS.

Le mensonge jamais n'est sorti de ma bouche.

ERASISTRATE.

Eh bien, vous m'en instruirez mieux.
Donnez-moi votre main. Tournez vers moi les yeux.

ANTIOCHUS, avec douleur.

Mes yeux !...

ERASISTRATE.

Sont abattus, votre main est brûlante.
Dites, que sentez-vous?

ANTIOCHUS.

Une soif dévorante.

ERASISTRATE.

Comment, et quand ces maux vous sont-ils survenus?

ANTIOCHUS, en soupirant.

Dès long-temps...

ERASISTRATE.

Et comment?

ANTIOCHUS, troublé.

Je.. ne.. m'en.. souviens plus.

ERASISTRATE.

La nuit, qu'éprouvez-vous?

ANTIOCHUS.

Une longue insomnie.

ERASISTRATE.

Et dans tous les momens...

ANTIOCHUS, vivement.

Un dégoût de la vie.
Je voudrais être... mort.

ERASISTRATE le considérant, et après un peu de silence.

Vos maux me sont connus.

ANTIOCHUS, effrayé.

Quoi!

ERASISTRATE, avec calme.

D'une passion vous ressentez la flamme.

ANTIOCHUS, avec trouble.

Vous croyez?

ERASISTRATE.

J'en suis sûr, seigneur; ce ne sont pas
Les maux du corps, mais ceux de l'âme
Qui font désirer le trépas.

DUO ET MORCEAU D'ENSEMBLE.

ERASISTRATE.

Parlez, achevez de m'apprendre
La cause de tous vos chagrins.
De vous-même, en ce jour, votre sort va dépendre,
Votre salut est en vos mains.

ANTIOCHUS.

Hélas! que puis-je vous apprendre?
Aucun chagrin ne trouble mon repos.
Dans la tombe je vais descendre;
Mais je ne connais pas la cause de mes maux.

ERASISTRATE.

Vous m'avez dit que vous seriez sincère.

ANTIOCHUS.

Mes maux ne sont point un mystère.

ERASISTRATE.

Quelque désir, quelque regret,
Sur vous, peut-être, a trop d'empire.

ANTIOCHUS.

Un regret! que voulez-vous dire?
Je souffre, c'est tout mon secret.

ENSEMBLE.

ERASISTRATE.

Révélez ce fatal secret.

ANTIOCHUS.

Je souffre, c'est tout mon secret.

ERASISTRATE.

L'ambition.....

ANTIOCHUS.

Je la méprise.

ERASISTRATE.

Eh bien! de grâce, expliquez-vous.

ANTIOCHUS.

Que voulez-vous que je vous dise?

ERASISTRATE.

Serait-ce un sentiment plus doux?

ANTIOCHUS, *troublé.*

A votre tour..... expliquez-vous.

ERASISTRATE.

Des vœux que vous voulez taire,
L'amour n'est-il pas l'objet?

ANTIOCHUS.

L'amour.....

ERASISTRATE.

L'amour n'est-il pas l'objet?

ANTIOCHUS, *avec impatience.*

Mes maux ne sont point un mystère :
Je souffre, c'est tout mon secret.

(*Le médecin se lève, s'écarte du prince.*)

ENSEMBLE A DEUX.

ERASISTRATE, *à part.*

Plus de doute, plus de mystère,
C'est vainement qu'il veut se taire,
J'ai su pénétrer son secret.

ANTIOCHUS, *à part.*

Ciel! il découvre mon mystère,
Que devenir? Aux yeux d'un père
Cachons ce funeste secret.

SCÈNE VIII.

ANTIOCHUS, ÉRASISTRATE, SÉLEUCUS.

SÉLEUCUS, *à part, en entrant.*

Je ne puis résister à mon impatience.
L'incertitude est un tourment.
Entre la crainte et l'espérance,
Mon cœur paternel est flottant.

ERASISTRATE *s'assied et parle bas.*

Cher prince, achevez de m'instruire.

ANTIOCHUS.

Hélas! je n'ai rien à vous dire.

ENSEMBLE A DEUX.

ERASISTRATE, *bas.*

Seigneur, rendez-vous à mes vœux,
D'un père apaisez les alarmes,
Dans son sein répandez vos larmes;
Parlez, et vous serez heureux.

SÉLEUCUS, *à part, sans être vu.*

Juste ciel ! vous voyez mes larmes,
D'un père apaisez les alarmes,
Et rendez un fils à ses vœux.

ANTIOCHUS.

O soupçon qui me désespère !

ERASISTRATE.

Silence qui me désespère !

SÉLEUCUS, *à part, avec trouble.*

Grands dieux ! que faut-il que j'espère ?

ERASISTRATE, *bas.*

De vos désirs quel est l'objet ?

ANTIOCHUS.

O soupçon qui me désespère !

ERASISTRATE.

De vos soupirs quel est l'objet ?

ANTIOCHUS.

(*Haut.*) Eh bien !.... (*à part.*) Dieux ! j'aperçois mon père.
(*Haut.*) Mes maux ne sont point un mystère ;
Je souffre, c'est tout mon secret.

(*Le médecin se lève une seconde fois.*)

ENSEMBLE A TROIS.

ERASISTRATE, *à part.*

Plus de doute, plus de mystère,
C'est vainement qu'il veut se taire ;
Il aime, voilà son secret.

ANTIOCHUS, *à part.*

Que devenir ? que vais-je faire ?

Juste ciel! aux yeux de mon père,
Il va dévoiler mon secret.

SÉLEUCUS, *à part.*

Dieux! quel silence, quel mystère!
Il se trouble : malheureux père!
          (*Regardant le médecin.*)
Il va prononcer ton arrêt.

SCÈNE IX.

LES PRÉCÉDENS, STRATONICE.

(*Le médecin reprend sa place, le père l'observe, et la
princesse entre et s'avance sans être vue.*)

STRATONICE, *à part.*

Je tremble, mon cœur palpite;
D'espoir, de crainte il s'agite.....
Je chancelle à chaque pas.....
Dieux! ne me trahissez pas.

ERASISTRATE.

C'en est donc fait, plus d'espérance;
Je ne puis donc rien obtenir.

ANTIOCHUS.

Vous augmentez ma souffrance;
En paix laissez-moi mourir.

A TROIS.

ERASISTRATE.

Silence qui me désespère!

SÉLEUCUS et STRATONICE, *à part.*

O tourment qui me désespère!

STRATONICE, *à part.*

Cher prince!

SÉLEUCUS, *à part.*

Trop malheureux père.

ANTIOCHUS *aperçoit Stratonice.*

Que vois-je?

ERASISTRATE *observe Antiochus.*

Il se trouble, il se tait.

(*Erasistrate prend la main du prince, il sent au pouls une agitation extrême, et il ne sait d'où cela lui survient si subitement; mais en tournant un peu la tête, il aperçoit Stratonice qui paraît émue, et il voit Antiochus qui se voile la figure. Alors, après un moment de silence et de réflexion, il se lève et dissimule la découverte qu'il a faite. Séleucus et Stratonice prennent son silence pour un mauvais augure sur la maladie du prince, et chacun dit, à part, l'ensemble qui suit.*)

ENSEMBLE A QUATRE, tous à part.

ERASISTRATE.

Plus de doute, plus de mystère.
L'amour, l'amour est son secret,
Et de ses vœux voilà l'objet.

ANTIOCHUS.

Que devenir! que vais-je faire!
Juste ciel! aux yeux de mon père
Dérobez ce fatal secret.

SÉLEUCUS, *observant le médecin.*

Dieux! quel silence, quel mystère!

Il se trouble : malheureux père !
On va prononcer ton arrêt.

STRATONICE, *observant le médecin.*

O tourment qui me désespère !
Quel trouble ! quel affreux mystère !
Il va prononcer ton arrêt.

SÉLEUCUS, *à Erasistrate.*

Parlez, parlez, de sa souffrance
Pouvez-vous arrêter le cours ?

ERASISTRATE, *dissimulant.*

Cruel destin ! faible espérance ;
Du prince les dieux seuls peuvent sauver les jours.

DERNIER ENSEMBLE.

SÉLEUCUS, STRATONICE et ERASISTRATE.

O toi qui vois couler nos larmes,
Apollon exauce nos vœux !
Du prince apaise les alarmes ;
Qu'il vive ! et nous sommes heureux.

ANTIOCHUS, *à part.*

O toi, témoin de mes alarmes,
Ciel ! écoute mes derniers vœux !
Que la mort, tarissant mes larmes,
Eteigne mes coupables feux !

ERASISTRATE, à Séleucus, gravement.

Seigneur, allez au temple offrir un sacrifice ;
A mes soins, à nos vœux rendez le ciel propice.
Pour moi, je vais chercher dans nos doctes écrits,
Les moyens de sauver les jours de votre fils.

SÉLEUCUS.

Mon fils, songe à ton père, et prends soin de ta vie.
                 (*Il sort désespéré.*)

(Stratonice veut suivre Séleucus, mais Erasistrate l'arrête.)

ERASISTRATE à Stratonice; avec beaucoup de douceur.

Vous, princesse, restez.

STRATONICE.

Moi?

ERASISTRATE, avec intérêt.

Restez, je vous prie.
Du prince vous pourrez soulager les tourmens;
Ne l'abandonnez pas au trouble de ses sens.
La pitié d'une femme et plus douce et plus tendre,
Aux cœurs des malheureux sait mieux se faire entendre.
On n'est pas insensible au plaisir de vous voir;
Restez. Vos soins touchans auront plus de pouvoir,
Et vous allez sans doute apprendre
La cause de son désespoir. (*Il sort.*)

SCÈNE X.

ANTIOCHUS, STRATONICE.

*(Le trouble où les a jetés les derniers mots du mé-
decin leur fait, pendant quelque temps, garder le
silence; ils sont déconcertés et n'osent se regarder;
enfin ils tournent la vue l'un vers l'autre.)*

STRATONICE.

Seigneur on croit que ma présence
Peut être agréable pour vous:
Si j'en osais concevoir l'espérance,
Que de calmer vos maux l'emploi me serait doux!
Je ne le cache pas, vous m'arrachez des larmes.

ANTIOCHUS.

Ah! princesse, dans mes alarmes,
Qu'il m'est doux d'inspirer cette tendre pitié.

STRATONICE.

Dites, dites plutôt une tendre amitié.
Ce mot, pour votre cœur, n'a-t-il pas plus de charmes?

ANTIOCHUS, avec embarras.

Sans doute, il a plus de douceur;
Mais.... (*A part.*) Que dire?

STRATONICE.

Achevez.

ANTIOCHUS.

Vous épousez mon père.

STRATONICE, vivement.

Ne parlons pas d'hymen dans ces jours de douleur.

ANTIOCHUS, avec trouble.

En vous je dois voir une mère.

STRATONICE, baissant les yeux.

Ce titre est tendre, mais sévère;
(*Le regardant.*)
Nommez-moi plutôt votre sœur;
Soyez confiant comme un frère,
Et sans réserve, ouvrez-moi votre cœur.

ANTIOCHUS.

Ah! princesse!

STRATONICE.

Parlez.

ANTIOCHUS.

Combien je suis à plaindre!

STRATONICE.

Eh bien! expliquez-vous.

ANTIOCHUS.

Non..

STRATONICE.

Que pouvez-vous craindre?

ANTIOCHUS.

Ne m'interrogez pas..... mon sort serait affreux..

STRATONICE, avec timidité.

Croyez-vous le mien plus heureux?

ANTIOCHUS.

Que dites-vous? quoi! lorsque sur le trône....

STRATONICE.

Eh! que me fait l'éclat d'une couronne?
Ah! que j'aurais de plaisir à céder,
Pour le droit d'obéir, celui de commander.

ANTIOCHUS, très-vivement.

Quoi! madame, mon père.....

STRATONICE, en rougissant.

A toute ma tendresse,
Seigneur! (*A part.*) O ciel! j'allais dévoiler ma faiblesse..

ANTIOCHUS, avec douleur.

Eh bien! vos vœux seront comblés.

STRATONICE.

A quelques biens souvent que de maux sont mêlés!

ANTIOCHUS.

Des maux! eh! quels sont-ils? ah! rompez le silence,
Parlez, vous me glacez d'effroi.

STRATONICE.

Méritez-vous ma confiance,
Quand vous en manquez avec moi?
(*Le médecin entre sans être vu.*)

ANTIOCHUS, résolu, avec beaucoup de feu.

Puisque vous m'y forcez, je ne puis m'en défendre.
Dussent tous les malheurs sur moi se rassembler,
Mon secret me tourmente, il faut le révéler;
Mais que penserez-vous, quand vous allez apprendre
Que vous-même.....

STRATONICE, l'arrêtant vivement.

(*Avec crainte et trouble.*)

Seigneur, on pourrait vous entendre;
Un secret important doit se dire plus bas.

ANTIOCHUS, troublé.

(*Le médecin s'avance.*)

Oui, vous avez raison.....

STRATONICE.

On vient, n'achevez pas.

SCÈNE XI.

ANTIOCHUS, STRATONICE, ÉRASISTRATE.

ÉRASISTRATE.

(*Il approche lentement et observe Antiochus.*)
Eh bien! seigneur, que faut-il que j'espère?

Ce grand secret enfin peut-il m'être connu?
Vous vous taisez? souvent c'est parler que se taire.

STRATONICE, à part, ET ANTIOCHUS.

Qu'entends-je?

ÉRASISTRATE.

Et vous, princesse, avez-vous obtenu
Qu'on vous dévoilât ce mystère?
Vous vous taisez aussi : que dois-je en concevoir?

STRATONICE, avec embarras.

J'ai prié, j'ai pressé, je n'ai rien pu savoir.

ÉRASISTRATE.

Eh bien! moi qui sais tout, je vais vous en instruire.
                    (Après les avoir regardés.)
Vous vous aimez tous deux, et n'osez vous le dire.
(Antiochus et Stratonice se détournent avec confusion.)

STRATONICE, avec un courroux affecté.

Que dites-vous?

ÉRASISTRATE.

Qu'en vain vous travaillez tous deux
A cacher un secret qui se lit dans vos yeux.

STRATONICE.

Songez-vous que le roi...

ÉRASISTRATE.

Je sais bien qu'il vous aime.
Mais aussi, pour son fils, sa tendresse est extrême.
Et pour le conserver, il se peut qu'en ce jour
La nature, chez lui, triomphe de l'amour.
    (En souriant.)
Prince, répondez-moi, sais-je bien m'y connaître?
                                                II.

ANTIOCHUS, regardant Stratonice.

Vous pourriez vous tromper; mais quoi qu'il en puisse être,
Mon cœur ressent déjà bien du soulagement;
   (*En souriant.*)
Et je crois que c'est votre ouvrage.

ÉRASISTRATE, souriant.

   Et vous, madame, en ce moment,
Ignorez-vous encor quel était son tourment?

STRATONICE hésite, puis regarde le prince avec amour.

Ah! peut-on ignorer des maux que l'on partage?

ANTIOCHUS, dans l'ivresse de la joie.

O ciel! qu'ai-je entendu?

ÉRASISTRATE.

                  Cachez vos sentimens;
De les faire éclater il n'est pas encor temps.
Je dois de votre état instruire votre père.

ANTIOCHUS.

Mon père, y songez-vous?

STRATONICE.

                  Craignez.

ÉRASISTRATE.

                  Laissez-moi faire.
Eloignez-vous: cherchez l'ombre de ces bosquets.
   Reposez-vous sous leur feuillage épais,
Vous en respirerez la fraîcheur salutaire:
Autrefois la nature excitait vos regrets,
   A présent elle doit vous plaire.
Gardes!   (*Les gardes du prince paraissent.*)

Suivez le prince, et ne le quittez pas.
Vous, madame, daignez accompagner ses pas,
Et de ses maux cherchez à le distraire.

*(Les gardes soutiennent le prince, et Stratonice sort
avec lui.)*

SCÈNE XII.

ÉRASISTRATE, seul.

Ils s'aiment; mais pour leur bonheur
C'est peu de s'être fait l'aveu de leur faiblesse;
D'un père encor il faut toucher le cœur,
Et lui faire approuver un amour qui le blesse.
Sur le sort de son fils effrayons sa tendresse;
Qu'il donne tout pour le savoir heureux.
Et par un adroit artifice,
Du vieil amant de Stratonice
Faisons un père tendre, un rival généreux.

AIR.

O des amans déité tutélaire,
Belle Vénus, entends mes vœux.
En faveur d'un fils malheureux
Daigne attendrir le cœur d'un père,
Et d'un couple charmant viens couronner les feux.
Des malheurs d'un prochain naufrage,
Toi seule tu peux les sauver;
De leur bonheur j'ai commencé l'ouvrage,
C'est à l'amour à l'achever.
O des amans déité tutélaire,
Belle Vénus..... etc.....

Pourrais-tu n'être pas sensible
Aux maux de ces tendres amans?

Verras-tu d'un œil inflexible
Et leur amour et leurs tourmens ?
　　Ah ! de l'affreuse jalousie,
Fais qu'un père irrité ne sente pas les traits :
Qu'il rompe sans regret la chaîne qui le lie,
　　Qu'il soit heureux par ses bienfaits.

　O des amans déité tutélaire,
　　Belle Vénus, entends mes vœux ;
　En faveur d'un fils malheureux,
　Viens attendrir le cœur d'un père.

SCÈNE XIII.

ÉRASISTRATE, SÉLEUCUS.

ÉRASISTRATE.

Le roi s'avance, il faut dissimuler.

SÉLEUCUS.

Eh bien ! que dois-je craindre, et qu'allez-vous m'apprend
Des dieux, ou de vos soins, quel secours dois-je attendr
Vous ne répondez pas : vous me faites trembler.
Mon fils.....

ÉRASISTRATE.

　　De ses douleurs j'ai pénétré la cause ;
Mais de les apaiser je n'ai pas le pouvoir.

SÉLEUCUS.

Comment ?

ÉRASISTRATE.

　　A son bonheur un obstacle s'oppose.

SÉLEUCUS.

Eh ! quel est son tourment ?

ÉRASISTRATE.

   Un amour sans espoir.

SÉLEUCUS.

L'amour! ô ciel! est-il possible?
Aux vœux d'Antiochus qui peut être insensible!
Ah! s'il m'eût confié le secret de son cœur,
Il m'aurait vu bientôt souscrire à son bonheur.
Quelle fière beauté ne serait pas jalouse
D'obtenir son hommage et d'être son épouse?
  Amoureux, jeune, fils de roi,
Aimable, à ses désirs qui peut s'opposer?

ÉRASISTRATE.

     Moi.

SÉLEUCUS.

Vous!

ÉRASISTRATE.

Seigneur, vous allez en convenir vous-même.
  Le devoir, l'amour et l'honneur
Me forcent, malgré moi, de vouloir son malheur,
  C'est mon épouse enfin qu'il aime.

SÉLEUCUS.

Votre épouse! qu'entends-je?

ÉRASISTRATE.

    Il m'en a fait l'aveu,
  Et de cet étrange délire
  Rien ne peut éteindre le feu.

SÉLEUCUS.

Votre épouse! eh! comment?

ÉRASISTRATE.

    Je vais vous en instruire.

Deux ans sont écoulés depuis qu'en votre cour,
Par votre ordre, seigneur, je fis quelque séjour.
J'amenai mon épouse; elle est jeune, elle est belle;
Antiochus la vit, il soupira pour elle :
La voir, l'aimer, brûler du plus ardent amour,
En gémir, tout cela fut l'ouvrage d'un jour.

SÉLEUCUS.

O malheureux effet d'un naturel trop tendre !
Fatal amour !

ÉRASISTRATE.

Jugez s'il a dû me surprendre.

SÉLEUCUS, après un silence.

Mon cher Erasistrate, aimez-vous votre roi ?

ÉRASISTRATE.

Seigneur, vous connaissez et mon zèle et ma foi,
Vous pouvez les mettre à l'épreuve.

SÉLEUCUS.

Ah ! je vous en demande une bien grande preuve.
Par un divorce heureux, sauvez, sauvez mon fils,
Qu'il s'unisse à l'objet dont son cœur est épris.

ÉRASISTRATE.

Quoi ! céder une épouse ! une épouse que j'aime ?
Ah ! seigneur ! pourriez-vous me faire cet affront ?

SÉLEUCUS.

Votre bienfait serait extrême,
Mais les miens le surpasseront.

ÉRASISTRATE.

Non, seigneur, cessez d'y prétendre.

SÉLEUCUS.

Rendez-moi mon cher fils, sauvez-le du trépas.
Voulez-vous mes trésors? ne vous contraignez pas;
 De moi vous devez tout attendre.

ÉRASISTRATE.

Seigneur, gardez votre or, je n'y puis consentir.

SÉLEUCUS, avec impatience.

Tu veux donc le laisser périr?

ÉRASISTRATE.

Eh! qui peut d'un époux compenser la tendresse?
 Qui peut égaler sa tristesse,
 Quand il perd l'objet de ses feux?
Je ne descendrai point à ce marché honteux.

SÉLEUCUS, avec colère.

Ta femme.....

ÉRASISTRATE.

 Voudrait-on me la ravir de force?

SÉLEUCUS.

Je n'en ai pas la cruauté,
Mais choisis dans ma cour une jeune beauté,
 Et consens qu'un heureux divorce
 Fasse notre félicité.

ÉRASISTRATE.

Mais, seigneur, feriez-vous un pareil sacrifice?

SÉLEUCUS.

Comment?

ÉRASISTRATE.

Supposons entre nous
Qu'Antiochus aimât la belle Stratonice,
Dites, seigneur, que feriez-vous?

SÉLEUCUS, à part.

Que veut-il?

ÉRASISTRATE.

Décidez vous-même.

SÉLEUCUS, après avoir observé le médecin.

Je vous entends, je vois votre détour;
Stratonice est l'objet de ce fatal amour;
Oui, c'est elle que mon fils aime.

ÉRASISTRATE.

Eh bien! vous l'avez dit. Prononcez sur leur sort.
Choisissez, ordonnez leur bonheur ou leur mort.
Sur ce malheur peut-être il eût fallu me taire;
Mais je vous crois sensible et généreux,
Maintenant c'est à vous à faire
Ce que vous désiriez que je fisse pour eux.

SÉLEUCUS, d'un air rêveur.

Ils s'aiment.

ÉRASISTRATE.

Pourriez-vous regarder comme un crime
Cette discrète ardeur qu'il n'osait découvrir?
D'un tourment qu'il cachait déplorable victime,
Par respect pour son père, il se laissait périr.

SÉLEUCUS, d'un air sombre.

Gardes!   (*Les gardes paraissent.*)
Faites venir mon fils et la princesse.
(*Il s'assied, et paraît rêver profondément.*)

ÉRASISTRATE.

O ciel! quelle sombre tristesse!
Le monarque irrité songe-t-il à punir?
Ai-je perdu son fils en voulant le servir?

SCÈNE XIV.

SÉLEUCUS, ÉRASISTRATE, ANTIOCHUS,
STRATONICE.

*(Stratonice et Antiochus s'avancent; mais à l'air sombre
du père, ils s'arrêtent avec crainte.)*

SÉLEUCUS, avec sévérité.

Vous, mon fils, approchez... Venez. Et vous, madame,
Préparez-vous enfin à répondre à ma flamme.
Déjà les autels sont parés.
Mais, fidèle à celui que vous épouserez,
Jurez-lui qu'au fond de votre âme
Aucun faible penchant, aucun secret désir
N'ont troublé votre cœur par le moindre soupir.

STRATONICE, vivement troublée.

Seigneur, tout vous répond de mon obéissance.
Et vos bienfaits et vos bontés
Ne laissent point de borne à ma reconnaissance.
Tous vos désirs pour moi seront des volontés.....
Je jure donc..... que lorsque l'hyménée
Unira....., notre..... destinée,
Si jamais dans mon lâche cœur
Je souffrais qu'il entrât une coupable ardeur.....
Pour m'en punir, bientôt je cesserais de vivre.
(En cachant ses pleurs.)
A l'autel maintenant..... je suis..... prête à vous suivre.

SÉLEUCUS, ému, mais cachant son émotion.

Et vous, mon fils, ne daignerez-vous pas
A l'autel de l'hymen accompagner mes pas,
La fête m'en serait plus brillante et plus chère ;
Parlez, y viendrez-vous ?

ANTIOCHUS s'approche lentement de son père, il pose un genou en
terre, prend la main de Séleucus, la baise en pleurant, et dit :

Je vous suivrai, mon père.

SÉLEUCUS, attendri.

Vous me suivrez ? C'est trop prolonger vos douleurs,
Relevez-vous, mon fils, et tarissez vos pleurs,
Je n'exigerai point un si grand sacrifice :
Vous rendre malheureux, ce serait me punir.
Mon cher Antiochus, aimable Stratonice,
  (*Il prend leurs mains et les met l'une dans l'autre.*)
Je vous mène à l'autel, mais c'est pour vous unir.

ANTIOCHUS.

Qu'entends-je ?

ÉRASISTRATE.

Dieux !

STRATONICE.

Seigneur !...

SÉLEUCUS.

Epargnez-moi le reste,
Et ne réveillez pas une flamme funeste.
    (*A Stratonice.*)
Il faut plus d'un effort pour renoncer à vous.
Ne songeons qu'aux apprêts d'un hymen si prospère.

Je devais en être l'époux,
Mes enfans, j'en serai le père,
Et ce titre à mon cœur ne sera pas moins doux.

FINAL.

ÉRASISTRATE.

O prince généreux !

ANTIOCHUS ET STRATONICE.

O divine clémence !

TOUS TROIS.

Quelle reconnaissance
Peut égaler tant de bienfaits ?

ANTIOCHUS.

Un règne fortuné,

STRATONICE.

L'amour de vos sujets,

TOUS TROIS.

De vos vertus seront la récompense.

SÉLEUCUS.

O mon fils ! quel moment pour moi !
Accepte de ma main ta chère Stratonice ;
Mais par le prix du sacrifice,
Juge de tout l'amour que ton père a pour toi.

ANTIOCHUS.

O mon père !

ÉRASISTRATE ET STRATONICE.

Ah ! seigneur ! ô divine clémence !
Quelle reconnaissance
Peut égaler tant de bienfaits ?

ENSEMBLE.

ANTIOCHUS, STRATONICE, ÉRASISTRATE.

Des jours heureux, l'amour de vos sujets,
De vos vertus seront la récompense.

SÉLEUCUS.

Votre bonheur, l'amour de mes sujets,
Des jours heureux, seront ma récompense.

FIN DE STRATONICE.

MÉDÉE,

TRAGÉDIE LYRIQUE,

EN TROIS ACTES ET EN VERS,

REPRÉSENTÉE POUR LA PREMIÈRE FOIS SUR LE THÉATRE DE
FEYDEAU, LE 23 VENTÔSE AN V (13 mars 1797.)

PERSONNAGES.

MÉDÉE.

JASON.

CRÉON, roi de Corinthe.

DIRCÉ, fille de Créon.

NÉRIS, esclave Scythe.

Chef des Gardes.

Confidentes de Dircé.

Les deux Fils de Jason et Médée.

Femmes de Dircé.

Argonautes.

Gardes de Créon.

Peuple de Corinthe.

Prêtres.

La scène est à Corinthe dans le palais de Créon.

AVERTISSEMENT.

Chez les Grecs, Euripide et Néophron; chez les Latins, Ennius, Pacuvius, Accius, Ovide et Sénèque; chez les Italiens, Dolcé ; chez les Anglais, Glover; chez les Allemands, Gotter; chez les Français, Jean de la Péruse, Pierre et Thomas Corneille, Longepierre, l'abbé Pellegrin et Clément, avaient mis Médée au théâtre avant M. Hoffman; aussi, n'est-ce point sous le rapport de l'invention que nous parlerons de cet opéra, mais comme un essai de tragédie chantée et parlée, genre qu'on a imité depuis. Le caractère principal est tracé avec vigueur et parfaitement soutenu; l'entrée de Médée, au premier acte, est d'un effet très-dramatique, et peu d'ouvrages offrent un plus brillant spectacle. Quant à la musique, nous ne saurions mieux en parler qu'en reproduisant une lettre de Méhul dont nous garantissons l'authenticité. Cette lettre, publiée lors des premières représentations de Médée, sera nouvelle pour nos lecteurs; elle fut insérée dans un journal que l'année 1797 vit naître et mourir. Méhul y répond au rédacteur d'une autre feuille :

« Le hasard vient de me faire tomber entre les mains, un journal intitulé le Censeur; et j'y trouve, non sans une extrême surprise, la phrase suivante, à l'article Médée. *La musique, qui est de Chérubini, est souvent mélodieuse et quelquefois mâle.* Il me semble que l'auteur de cet article aurait dû ajouter, que cette musique est toujours riche, toujours grande, toujours belle et toujours vraie. Le Censeur continue, et dit: *Mais on y a trouvé des réminiscences et des imitations de la manière de Méhul.* Est-ce à Chérubini qu'un pareil reproche doit s'adresser? A Chérubini, le plus original, le plus fécond de nos musiciens! O censeur! tu ne connais pas ce grand artiste. Mais moi qui le connais et qui l'admire, parce que je le connais bien, je dis et je prouverai à toute l'Europe, que l'inimitable auteur de Démophoon, de Lodoïska, d'Eliza et de Médée, n'a jamais eu besoin d'imiter pour être tour à tour élégant ou sensible, gracieux ou tragique, pour être enfin ce Chérubini que quelques personnes pourront bien accuser d'être imitateur, mais qu'elles ne manqueront pas d'imiter *malheureusement* à la première occasion. Cet artiste, justement célèbre, peut bien trouver un censeur qui l'attaque; mais il aura pour défenseurs tous ceux qui l'admirent, c'est-à-dire tous ceux qui sont faits pour sentir et apprécier ses grands talens.

MÉHUL. »

Une pareille lettre n'a pas besoin de commentaire; elle prouve que le véritable talent est étranger à la jalousie, et que dans la noble carrière des arts, les rivaux peuvent être amis.

MÉDÉE.

ACTE PREMIER.

Le théâtre représente une galerie du palais de Créon.

SCÈNE PREMIÈRE.

DIRCÉ, FEMMES DE DIRCÉ.

MORCEAU D'ENSEMBLE.

UNE FEMME, à Dircé.

Quoi! lorsque tout s'empresse à remplir vos souhaits,
Vous conservez encor cette sombre tristesse!
De nos cœurs attendris partagez l'allégresse;
Le ciel va vous combler de ses plus doux bienfaits.

UNE FEMME.

Demain, quand la brillante aurore
A ces heureux climats annoncera le jour,
L'hymen présenté par l'amour
Rangera sous vos lois l'amant qui vous adore.

CHŒUR.

Quoi! lorsque tout s'empresse à combler vos souhaits,
Vous conservez encor cette sombre tristesse!
De nos cœurs attendris partagez l'allégresse;
Le ciel va vous combler de ses plus doux bienfaits.

DIRCÉ.

Hélas! je l'avoûrai, l'avenir m'épouvante :
Les dieux m'offrent en vain leurs plus chères faveurs;

12.

A mes regards troublés l'hymen ne se présente
Que sous les plus tristes couleurs.

UNE FEMME.

Chassez au loin ce funeste présage,
Sans trouble, sans effroi, livrez-vous à l'amour :
Tous ces pressentimens ne sont qu'un vain nuage
Qui ne peut obscurcir l'éclat d'un si beau jour.

DIRCÉ.

Jason me dit qu'il m'aime, et qu'il sera fidèle,
Et cependant Médée avait reçu sa foi :
S'il a pu la quitter pour moi,
Ne peut-il pas un jour m'abandonner comme elle ?

UNE FEMME.

Jason s'est dégagé d'un hymen odieux ;
Il fut contraint de fuir une épouse inhumaine :
Mais aujourd'hui que la vertu l'enchaîne,
Rien ne peut plus briser ses nœuds.

CHŒUR.

Chassez au loin ce funeste présage ;
Du plus charmant des dieux vos vœux sont écoutés.
Bientôt le tendre hymen effacera l'image
Des malheurs que vous redoutez.

DIRCÉ.

Je cède à ta voix consolante,
Douce amitié, tu soulages mon cœur ;
Et toi, qui me promets un destin enchanteur,
Amour, ne trompe pas mon âme confiante.

AIR.

Hymen ! viens dissiper une vaine frayeur;
La sensible Dircé t'abandonne son âme :
Viens, pénètre ses sens de ta divine flamme,
C'est de toi, de toi seul que j'attends le bonheur.
Ecarte loin de moi la barbare étrangère
Dont les enchantemens ont séduit un héros;
    Que son aspect, que sa colère,
    Ne trouble point notre repos.
Hymen ! viens dissiper, etc....

SCÈNE II.

Les Précédentes, **CRÉON**, **JASON**, suite.

CRÉON à Jason, en entrant.

Prince, rassurez-vous; son entreprise est vaine.
Mon palais, mes soldats protégeront vos fils :
Innocens des forfaits que leur mère a commis,
Je ne souffrirai point qu'ils en portent la peine.

DIRCÉ, à Créon.

Eh ! quel trouble, seigneur, alarme vos esprits?

CRÉON.

Le fils de Pélias, prompt à venger son père,
De Médée en ce jour poursuit les attentats :
Ignorant en quels lieux elle a porté ses pas,
Il voudrait sur ses fils étendre sa colère.
Il les fait demander, et d'un ton menaçant
Il prétend me forcer à répandre leur sang.

JASON.

Ah ! leur sort ne doit plus alarmer ma tendresse,
Si Créon et les dieux protègent leur faiblesse.

CRÉON.

Oui, je les défendrai, j'en ai donné ma foi;
Ces murs seront pour eux un temple tutélaire.
Punir dans les enfans les forfaits de leur mère,
Est digne d'un tyran, mais indigne d'un roi.

JASON.

Tandis que de l'hymen on prépare la fête,
   Belle Dircé, souffrez que nos guerriers
Vous offrent le tribut de leurs plus beaux lauriers,
Et portent à vos pieds le prix de leur conquête.

SCÈNE III.

CRÉON, DIRCÉ, JASON, Femmes de Dircé, Troupe
   des Argonautes, Femmes corinthiennes, Soldats,
   Peuple de Corinthe.

(*Créon et Dircé se sont placés sur un trône; toute la
   troupe passe devant eux, et porte en triomphe la
   toison d'or, et une image du vaisseau Argo.*)

CHŒUR pendant la marche.

Belle Dircé, l'invincible Jason
   Porte à vos pieds le prix de sa victoire :
Il vous offre en tribut ses lauriers et sa gloire,
   Et de Colchos la brillante toison.

UNE FEMME.

Quels que soient les lauriers que dispense Bellone,

Les myrthes de Paphos ont cent fois plus d'appas.
C'est des mains de Vénus que le dieu des combats
    Reçut sa plus belle couronne.

CHŒUR GÉNÉRAL.

Belle Dircé, l'invincible Jason
    Porte à vos pieds le prix de sa victoire,
Il vous offre en tribut ses lauriers et sa gloire,
    Et de Colchos la brillante toison.

DIRCÉ.

Colchos!... ô nom fatal! ô funeste présage!

JASON.

Que vois-je? Quel sombre nuage
    Obscurcit l'éclat de vos yeux?

(*A ces mots Dircé descend du trône, Jason et Créon la*
    suivent sur le devant du théâtre ; et le peuple témoigne
    de l'inquiétude sur l'effroi de Dircé.)

CRÉON.

Ma fille, un noir chagrin troublerait-il tes vœux?
Ah! tu n'as point de maux que mon cœur ne partage.
Pourquoi me les cacher? Parle.

DIRCÉ.

Ciel!

CRÉON.

Je le veux.

DIRCÉ.

(*A Jason.*)

Ah! mon père..... Ah! seigneur, pardonnez si des larmes
Se mêlent au bonheur que l'hymen me promet:

Mais sans cesse un trouble secret
  M'agite et me remplit d'alarmes.
Plus les nœuds de l'hymen ont pour moi de douceurs,
Plus je dois redouter la fortune jalouse.
Le dirai-je, seigneur? vous avez une épouse,
  Et son nom seul inspire la terreur.
Tout l'univers connaît les fureurs de Médée;
Chaque jour, chaque instant m'en retrace l'idée,
Je crois toujours la voir, l'œil ardent de courroux,
Venir, le fer en main, réclamer son époux....
Dieux!

JASON.

  Ah! ne craignez rien de sa rage impuissante;
En proie à ses remords, infortunée, errante,
Elle expie aujourd'hui tous les maux qu'elle a faits,
  Et ses malheurs surpassent ses forfaits.

DIRCÉ.

Mais elle est votre épouse; elle est abandonnée.....

JASON.

Depuis que j'ai rompu ce fatal hyménée,
Dans des déserts lointains, elle a porté ses pas,
Et peut-être le ciel, par un juste trépas,
  A mis fin à sa destinée.

DIRCÉ.

Vous connaissez son art; quoique loin de ces lieux,
Un seul jour, un moment peut l'offrir à nos yeux,
Les élémens, l'enfer sont soumis à ses charmes:
Pour reprendre ses droits, elle va tout tenter,
  Son art, sa fureur et ses larmes,
Si je m'unis à vous, j'ai tout à redouter.

CRÉON.

Ah! c'est trop s'occuper d'un présage funeste,
Ma fille, espérons tout de la bonté céleste,
(*A tous deux.*)
Et laissons à ces dieux qui doivent vous unir,
Le soin de dévoiler le douteux avenir.

MORCEAU D'ENSEMBLE.

Dieux et déesses tutélaires,
Veillez sur mes enfans, je vous invoque tous :
Ne rejetez pas mes prières,
Qu'ils soient les plus heureux époux,
Et je serai le plus heureux des pères.

TOUS.

Tendre hymen, viens serrer les liens les plus doux,
Et daigne exaucer nos prières.

JASON et DIRCÉ.

Doux hymen, ta céleste voix
Porte le calme dans mon âme.
Nous ne connaîtrons que tes lois,
Nous n'éprouverons que ta flamme.
Doux hymen, etc.

TOUS.

Pénètre deux époux de ta divine ardeur ;
De myrtes immortels viens tresser leurs couronnes :
L'amour nous promet le bonheur,
Mais c'est toi seul qui nous le donnes.

SCÈNE IV.

LES PRÉCÉDENS, UN CORYPHÉE.

LE CORYPHÉE à Gréon.

Seigneur, une étrangère arrive dans ces lieux :
Du temple d'Apollon, elle se dit prêtresse ;
    Et sur l'hymen de la princesse,
Elle vient révéler les oracles des dieux.

DIRCÉ, à part.

Ciel !

LE CORYPHÉE.

    D'une seule esclave elle marche suivie,
Nous ignorons encor son nom et sa patrie.
     Tout en elle est mystérieux,
Un long voile la couvre et la cache à nos yeux,
Le peuple l'environne et la suit en silence.

CRÉON.

Conduisez-la vers nous.

LE CORYPHÉE.

         Seigneur, elle s'avance.

SCÈNE V.

LES PRÉCÉDENS, MÉDÉE *couverte d'un long voile.*

MÉDÉE, dans le fond et d'une voix forte.

Voici donc le palais où l'illustre Jason
Etale ses lauriers et l'or de la toison.

JASON.

Juste ciel ! quels accens !

DIRCÉ.

Ils me glacent de crainte.

CRÉON.

Que vois-je ? quel effroi !....

MÉDÉE fait quelques pas.

(*D'un ton noble et calme.*) Peuple et roi de Corinthe,
Je ne viens point ici répandre la terreur ;
Vous pouvez m'écouter sans trouble, sans frayeur.

JASON , à part.

Dieux !

MÉDÉE, au peuple, en s'avançant.

Ce n'est point vers vous que mon destin me guide,
Je n'en veux qu'à Jason....   (*Elle se dévoile.*)
Me connais-tu, perfide ?

JASON.

Médée !....

ARGONAUTES.

O ciel ! fuyons son aspect odieux.

PEUPLE.

Fuyons, fuyons son aspect odieux.

(*Le peuple fuit et se dissipe avec effroi ; Dircé tombe*
évanouie entre les bras de ses femmes ; Créon reste
étonné, Jason confus ; et Médée immobile fixe les
yeux sur son époux avec une fureur effrayante.)

SCÈNE VI.

MÉDÉE, JASON, CRÉON, DIRCÉ *soutenue par ses femmes.*

MÉDÉE, à Jason.

Tu croyais que l'exil m'écartait de ces lieux ;
Et menant à l'autel ta nouvelle conquête,
Oubliant mes bienfaits, brûlant de m'outrager,
De ton parjure hymen tu disposais la fête :
Mais je respire encore, et c'est pour me venger.

CRÉON.

De quel droit, de quel front, étrangère et coupable,
Osez-vous pénétrer au sein de mes états ?

MÉDÉE.

Du droit des malheureux que la fortune accable.

CRÉON.

Vos malheurs ? Ah ! plutôt, dites vos attentats.
Pensez-vous que Créon ne les punisse pas ?
Impunément croyez-vous qu'on m'offense ?

MÉDÉE.

Je vous ai déjà dit, seigneur, que ma vengeance
Ne prétend effrayer ni vos peuples ni vous.
Je sais trop dans ces lieux que je suis étrangère ;
Mais j'y viens réclamer un infidèle époux,
Et rompre un hymen adultère.

DIRCÉ.

O présages trop vrais ! Malheureuse ! Ah ! mon père.

CRÉON.

Ma fille, ne crains rien d'un impuissant courroux.
En vain notre ennemie affronte la tempête,
La foudre va bientôt éclater sur sa tête :
Avant que le soleil se cache dans les flots,
Elle ne pourra plus troubler notre repos.

MÉDÉE, à Créon.

Modérez-vous, seigneur, et d'une infortunée
Gardez-vous, croyez-moi, d'irriter la douleur.
Les biens sont passagers, respectez le malheur,
J'en suis un triste exemple. Une seule journée
Peut d'un règne brillant effacer la splendeur.
Si Jason, si Dircé sont chers à votre cœur,
Rompez, rompez, Créon, ce fatal hyménée.
Mais si vous ajoutez à mes ressentimens,
Si vous forcez Jason à trahir ses sermens,
Des plus noires horreurs mon âme possédée.....
Tremblez ! à ses fureurs vous connaîtrez Médée.

(*Dircé tombe entre les bras de ses femmes.*)

CRÉON.

Ma fille, calme ta frayeur,
Je saurai de Médée étouffer la fureur.
Au fils de Pélias il faut faire justice,
Acaste la demande, et son courroux vengeur
Fera de la coupable un affreux sacrifice.

MÉDÉE.

Cette lâche menace est indigne d'un roi.
Je pourrais d'un seul mot... Mais je sais me contraindre,
Les ennemis qui ne sont point à craindre
N'ont rien à redouter de moi,

CRÉON.

C'est à vous de trembler, femme impie et barbare,
Créon de vos forfaits arrêtera le cours.
Frémissez des tourmens que l'enfer vous prépare....
    (*En sortant.*)
    Médée a vu le dernier de ses jours.
    (*Créon sort avec Dircé que ses femmes soutiennent.*)

SCÈNE VII.

MÉDÉE, JASON.

MÉDÉE.

Eh bien, Jason, vous gardez le silence,
Vous détournez les yeux, vous fuyez mon aspect?....
    Ingrat, de tout ce que j'ai fait,
    Voilà donc la reconnaissance !
Dans les plus grands périls m'oser abandonner !
M'enlever mes enfans, choisir une autre épouse !
Ne redoutais-tu rien de ma fureur jalouse ?
Pensais-tu que mon cœur sût jamais pardonner ?
Mais, parle, à qui dois-tu tes lauriers et ta gloire,
La superbe toison qui brille en ce palais,
Tout enfin ?

JASON.

            Je vous dois une illustre victoire,
Je le sais; mais mon cœur rejette des bienfaits
Qui vous couvrent de honte et coûtent des forfaits.

MÉDÉE.

Parjure ! Oses-tu bien me reprocher mes crimes ?
Ne sont-ils pas les tiens ? Et n'est-ce pas pour toi
    Que j'immolai tant d'augustes victimes ?
Comme le tien mon cœur a-t-il manqué de foi ?

Pour toi seul je trahis, j'abandonnai mon père;
Pour toi j'assassinai, je déchirai mon frère,
Et lorsque Pélias descendit au tombeau,
Parle, était-ce pour moi qu'un pieux parricide
Au sein de ce vieillard enfonça le couteau?
Voilà mes attentats, je les connais, perfide,
Je n'en perdrai jamais le cruel souvenir :
Mais crains : la source encor n'en est point épuisée,
A les surpasser tous je mettrai mon plaisir.
Tu te repentiras de m'avoir abusée,
Et si j'ai tant osé pour te prouver ma foi,
Que n'oserai-je point pour me venger de toi?

JASON.

Vous vous plaignez que je vous ai trahie;
Vos transports, vos excès savent trop m'excuser;
Tout parle contre vous : en voulant m'accuser,
　　Votre fureur me justifie.
Oui, d'un honteux hymen j'ai brisé les liens,
J'ai cherché pour mes fils un asile à Corinthe;
Voilà mes trahisons, mes crimes, j'en conviens:
Ils ne m'inspireront ni repentir ni crainte.
Vengez-vous sur moi seul, blâmez mon nouveau choix;
Mais dans le monde entier, quand tout vous abandonne,
Tonnez contre Jason, mon cœur vous le pardonne :
Soyez humble à Corinthe et respectez ses lois.

MÉDÉE.

Ecoutez-moi, Jason, pour la dernière fois.

AIR.

Vous voyez de vos fils la mère infortunée,
Criminelle pour vous, par vous abandonnée.

Vous savez quel fut son amour;
Ingrat, il vous fut cher un jour.
Délaissée aujourd'hui, proscrite, malheureuse,
Avant de vous connaître elle était vertueuse.

Son cœur ignorait les chagrins
Enfans des passions terribles;
Toutes ses nuits étaient paisibles,
Et tous ses jours étaient sereins.

Je possédais alors une patrie, un père;
J'ai tout sacrifié pour vous :
A l'univers entier je deviens étrangère;
Pour tant de biens perdus rendez-moi mon époux.
Je ne veux que vous seul, j'abjure ma colère;
Médée en pleurs, Médée embrasse vos genoux,
Pour tout ce qu'elle a fait, rendez-lui son époux.

JASON.

Regrets tardifs! repentir inutile!
Vous avez de Créon excité le courroux.

MÉDÉE.

Si le roi courroucé nous refuse un asile,
Venez, fuyez pour moi, comme j'ai fui pour vous.
Mes malheurs m'ont laissé peu de momens à vivre;
Quelques jours seulement, si vous daignez me suivre,
Mon époux de ma vie adoucira la fin,
Et Médée en mourant bénira son destin.

JASON.

Que je quitte Créon et que je le trahisse !
De vos emportemens il me croirait complice.
Que j'expose mes fils à l'exil, à la mort !
Non, non, rien ne peut plus réunir notre sort;
Je connais vos fureurs et vos perfides charmes.

MÉDÉE.

Le traître! il méprise mes larmes!
Va! je n'implore plus la stérile pitié
 Dont ton lâche cœur est avare:
Je ne dis plus qu'un mot; choisis, choisis, barbare,
Ou l'amour le plus tendre, ou mon inimitié.

JASON.

Pourquoi faire éclater une plainte importune?
Vous ne devez qu'à vous toute votre infortune.
Pour vos enfans plutôt consultez votre amour.
Créon m'offre pour eux un asile en sa cour,
D'un si brillant hymen je dois chérir la chaîne.

MÉDÉE.

Tu la choisis? Eh bien! je te donne ma haine.
Fuis, laisse-moi; mais tremble, un monstre te poursuit:
Dans l'aveugle fureur qui seule me conduit,
Rien n'est sacré pour moi: va, ta perte est certaine.

DUO.

Perfides ennemis qui conspirez ma peine,
Du ciel et des enfers, j'en atteste les dieux,
Vous ne formerez point cet hymen odieux.

JASON.

Réprimez, justes dieux, sa fureur inhumaine,
Et ne permettez pas que d'horribles forfaits
Troublent mes bienfaiteurs, et souillent leur palais.

ENSEMBLE.

O fatale toison! ô conquête funeste!

Combien vous {nous coûtez / coûterez} {et de sang et de pleurs!

MÉDÉE.

O Colchos! pour punir l'ingrat que je déteste,
Colchos, inspire-moi tes plus noires horreurs.

JASON.

O comble de forfaits! ô criminelle audace!
Fuyez, dérobez-vous au coup qui vous menace.

MÉDÉE.

Moi fuir! moi craindre! Ingrat, si tel est son malheur,
Ton épouse, en fuyant, te percera le cœur.

ENSEMBLE.

O fatale toison! etc.....

JASON.

D'un roi puissant, d'un roi redoutez la colère.

MÉDÉE.

Mon père aussi régnait, et j'ai trahi mon père.

JASON.

Vous courez à la mort.

MÉDÉE.

            Mais avant de mourir,
Je saurai te laisser un amer souvenir.

ENSEMBLE.

JASON.

Réprimez, justes dieux, sa fureur inhumaine;
Ecartez les forfaits qui menacent ces lieux !

MÉDÉE.

Perfides ennemis, qui conspirez ma peine,
Vous ne formerez point cet hymen odieux.

FIN DU PREMIER ACTE.

ACTE II.

Le théâtre représente, d'un côté, une aile du palais de Créon: on en descend par un large escalier. A l'extrémité de cette aile, un portique élégant et vaste conduit au temple de Junon, qui est situé vis-à-vis, placé obliquement, de manière que la porte et la façade de ce temple soient en vue du spectateur.

SCÈNE PREMIÈRE.

MÉDÉE, seule, descend précipitamment l'escalier du palais.

O détestable hymen! ô fureur! ô vengeance!
O de tous mes forfaits indigne récompense!
Tu me défends, cruel, de revoir mes enfans!
Après une si longue, une si dure absence,
Je ne jouirai point de leurs embrassemens!
Ah! mon âme à ce coup ne s'est point attendue;
Cette horreur me surpasse, et Jason m'a vaincue.
Et je lui laisserais cette affreuse douceur!
Et Médée en mourant ne serait point vengée!....
Déployons tout notre art, marchons droit à son cœur:
Au fier ressentiment d'une épouse outragée,
Joignons le désespoir d'une mère en fureur.
Ce que l'affreux Caucase a vu de plus barbare,
Corinthe le verra sur son isthme embrâsé;
Je quitterai Jason, comme je l'épousai.
L'enfer m'unit à lui, que l'enfer nous sépare.
Accourez à ma voix, tristes divinités,
Du séjour de la mort infâmes déités:
O vous! depuis long-temps mes compagnes, mes guides,

Terribles Euménides,
Venez, semez partout et la mort et l'effroi;
Venez, dieux destructeurs, déités vengeresses,
          Seuls dieux, seules déesses
Que je puisse implorer, et seuls dignes de moi!
Et toi, cesse un moment d'épouvanter les ombres;
Sors, cruelle, Alecton, sors des royaumes sombres;
Agite tes serpens, accours le fer en main,
Telle que tu parus à mon fatal hymen.
Que le roi de Corinthe, et sa fille insolente,
Tombent, tombent frappés des plus terribles coups!
Qu'ils meurent par mes mains, et que leur mort soit lente.
          Aux yeux de mon parjure époux,
Poursuivez, accablez, déchirez son amante,
Sans pouvoir la sauver, qu'il la voie expirante;
Qu'il vive!....

SCÈNE II.

MÉDÉE, NÉRIS.

NÉRIS accourt, et dit entrant.

O jour affreux! ô déplorable sort!

MÉDÉE.

Qu'entends-je? Que me veut mon esclave fidelle?

NÉRIS avec la plus grande vitesse.

Hélas! tout vous trahit; une troupe cruelle
Entoure le palais, demande votre mort.
Le roi même, du peuple approuve le transport.
Il vous cherche, il menace, il veut un sacrifice;
Fuyez, dérobez-vous à l'horreur d'un supplice:

Dans un moment peut-être il n'en sera plus temps.
Eh quoi! vous hésitez? Ah! ma chère maîtresse,
Tout s'arme contre vous; l'heure fuit, le temps presse,
Suivez mes pas..... Ah! dieux! le roi vient.

MÉDÉE.

Je l'attends.

SCÈNE III.

MÉDÉE, CRÉON, NÉRIS, GARDES DE CRÉON.

CRÉON, à Médée.

O vous! dont l'œil farouche et dont la bouche impie
     Présage de noirs attentats,
Fuyez, je vous proscris; sortez de mes états.
Plus juste, je devrais vous arracher la vie;
Mais l'époux de ma fille obtient grâce pour vous,
Et ses pleurs généreux ont calmé mon courroux.
Hâtez-vous donc de fuir, abandonnez Corinthe,
Que votre aspect remplit et d'horreur et de crainte:
Allez, et rendez grâce au héros trop humain
Qui vous sauve un supplice et désarme ma main.

MÉDÉE.

Quand vous me proscrivez, quand mon époux me chasse,
Médée est trop heureuse, et Jason lui fait grâce.
Je croyais que l'exil était un châtiment,
Combien je me trompais! c'est un soulagement.
Oui, seigneur, j'en conviens, je suis trop fortunée,
Qu'à des tourmens si doux ma peine soit bornée.....
Mais pourtant, de quel droit m'osez-vous exiler?

CRÉON.

Je ne m'abaisse point à le dissimuler,
Je vous crains, vous, votre art et ses funestes charmes,
Vos noirs enchantemens; je crains jusqu'à vos larmes.
Armez-vous contre moi, déployez vos fureurs,
Je les redoute moins que vos fausses douceurs.
Vous tramiez contre nous quelque dessein perfide;
De Jason tôt ou tard vous voudrez vous venger :
        Meurtre, poison et parricide,
Il n'est aucun forfait qui vous soit étranger.

MÉDÉE.

Pourquoi de ces forfaits gardez-vous le salaire?
Ne leur devez-vous pas tous ces fameux héros
Dont vous êtes si vain, dont la Grèce est si fière?
Dites-moi si Médée eût respecté son père,
Que serait devenu le vainqueur de Colchos,
Et Castor et Pollux, et le divin Orphée,
Et de la toison d'or le superbe trophée,
Qui sont autant de fruits de ces mêmes forfaits,
Et qui..... Mais les ingrats rougissent des bienfaits.

MORCEAU D'ENSEMBLE.

Ah! du moins à Médée accordez un asile;
J'y finirai mes jours solitaire et tranquille :
Heureuse quelquefois de revoir mes enfans,
J'oublierai que Jason a trahi ses sermens.

CRÉON.

Par de feintes douleurs vous croyez me surprendre.

MÉDÉE.

J'embrasse vos genoux, Créon, daignez m'entendre.

Au nom de vos enfans, laissez-vous attendrir.

CRÉON.

Sortez de mes états; rien ne peut me fléchir.

MÉDÉE.

O rivages du Phase! ô ma chère patrie!
O, d'un bien qui n'est plus, douloureux souvenir!

CRÉON.

Sœur criminelle, fille impie,
Fuyez de mes états, rien ne peut m'attendrir.

ENSEMBLE.

MÉDÉE.

O Jupiter! que l'auteur de ma peine
Ne se dérobe pas à ton œil pénétrant!

NÉRIS, à Médée.

O ciel! d'un roi puissant n'irritez pas la haine,
Modérez, s'il se peut, son courroux menaçant.

CRÉON et CHŒUR.

Dieux! écartez de nous sa fureur inhumaine.
Détourne, ô Jupiter! ce présage effrayant.

MÉDÉE.

Je tombe à vos genoux, Créon, daignez m'entendre.

CRÉON.

Par de feintes douleurs vous croyez me surprendre?

MÉDÉE.

Au nom de vos enfans, laissez-vous attendrir.

CRÉON.

Sortez de mes états, rien ne peut me fléchir.

MÉDÉE.

Eh bien! je m'y soumets, puisque tout m'abandonne;
Je subirai l'exil que mon époux m'ordonne.
Mais d'un jour seulement daignez le différer,
Pour que mon triste cœur s'y puisse préparer.

CRÉON.

Vous demandez un jour pour quelque nouveau crime?

MÉDÉE.

Que puis-je contre vous, au comble du malheur?
Pouvez-vous refuser un jour à ma douleur?

CRÉON.

Quoique de ma bonté je puisse être victime,
Je sens que d'un tyran je n'ai pas la rigueur:
Je vous donne ce jour, quoiqu'il coûte à mon cœur.

MÉDÉE ET NÉRIS.

Que d'un si grand bienfait le ciel vous récompense!

CRÉON.

Vous triomphez de ma clémence:
Mais tremblez; je vous livre au plus cruel trépas,
Si le jour renaissant vous trouve en mes états.

MÉDÉE, avec une extrême douleur.

O mon père! ô Colchos! ô ma chère patrie!

CRÉON.

Retournez à Colchos que vous avez trahie.

CHŒUR DE GARDES.

Rendez, rendez le calme à nos heureux climats.

MÉDÉE.

O Jupiter! que l'auteur de ma peine
Ne se dérobe pas à ton œil pénétrant!

NÉRIS, à Médée.

ENSEMBLE.

Au nom des dieux, modérez votre haine;
N'irritez pas d'un roi le courroux tout puissant.

CRÉON ET CHŒUR, en sortant.

Justes dieux! étouffez sa fureur inhumaine.
Détourne, ô Jupiter! ce présage effrayant.
(*Médée les suit jusqu'à la porte du palais, et dit avec
plus de force.*)

MÉDÉE.

O Jupiter! que l'auteur de ma peine
Ne se dérobe pas à ton œil pénétrant!

SCÈNE IV.

MÉDÉE, NÉRIS.

(*Médée, après son imprécation, est tombée sur l'escalier du palais; elle y paraît absorbée dans une
profonde et sinistre rêverie. Néris s'en approche ti-
midement, et cependant à une certaine distance, et
n'osant interrompre le silence farouche de sa maîtresse, elle semble se dire à elle-même.*)

NÉRIS.

Malheureuse princesse! O femme infortunée!
Des mortels, d'un époux, des dieux abandonnée,

Combien de maux encor il vous reste à souffrir!
Dans des déserts lointains traînant votre misère,
Sous un ciel étranger il vous faudra mourir:
　　　Et quelle terre hospitalière,
　　Quelle maison voudra vous accueillir?
Je vous verrai donc fuir de rivage en rivage,
Sans trouver un ami qui vous tende la main:
　　　Oui, les malheurs de l'esclavage
　　　Sont moins durs que votre destin.

AIR.

　　　Ah! nos peines seront communes;
Le plus tendre intérêt m'unit à votre sort.
　　　Compagne de vos infortunes,
　　　Je vous suivrai jusqu'à la mort.
　　　Mais que vois-je? Quel noir délire
　　　Porte le trouble dans son sein?
　　　Elle s'agite, elle soupire;
Son œil est égaré, son esprit incertain:
Sans doute elle médite un funeste dessein.
　　　Chère et malheureuse princesse,
Qui pourrait refuser des larmes à ton sort?
　　　Oui, je te pleurerai sans cesse,
　　　Je te suivrai jusqu'à la mort.

MÉDÉE, à elle-même.

Je profiterai bien de ce jour qu'il me laisse.
　　　(*Elle se lève.*)
Ils mourront. Mais quel coup, quel art assez cruel
Peut assez me venger d'un époux criminel?
O Médée! est-ce assez pour ta fureur jalouse,
De déchirer le sein de sa nouvelle épouse?
Ah! s'il avait un frère? Eh! n'a-t-il pas des fils?

Que dis-je? Mes enfans! Dieux cruels! j'en frémis.
Loin de moi, loin de moi cette effroyable idée;
L'horreur de ce forfait épouvante Médée.

NÉRIS, à part, de loin.

Son œil est animé d'une sombre fureur.
　Sur qui, grands dieux! tombera sa colère?
　　Ce n'est point un crime vulgaire
　　Qu'elle médite dans son cœur.
　(*Elle s'approche.*)
O ma chère maîtresse! ô mère infortunée!

MÉDÉE, avec exaltation.

Ne pleure point mon sort, il est trop glorieux.
Je saurai bien troubler un hymen odieux.
O victoire! ô triomphe! ô brillante journée!
J'abattrai d'un seul coup trois mortels ennemis.
Ah! si de les punir je n'avais la pensée,
A flatter un tyran me serais-je abaissée?
O ma chère Néris! tous mes maux sont finis;
Tout mon éclat renaît, et ma gloire est certaine.
J'ai ce jour tout entier: il est à moi ce jour.
O mon cœur! mettrais-tu des bornes à ta haine?
　　Tu n'en mis point à ton amour.

NÉRIS.

Le palais s'ouvre. Ciel! c'est Jason qui s'avance.

MÉDÉE.

L'ingrat vient-il presser nos funestes adieux?
Ah! combien sa présence est horrible à mes yeux!
Mais en dissimulant, assurons ma vengeance.

SCÈNE V.

MÉDÉE, JASON, NÉRIS, *elle se retire dans le fond.*

JASON.

Vous voyez les effets d'un aveugle courroux ;
Vos fureurs, vos transports sont retombés sur vous.
Oubliant qu'en ces lieux vous êtes étrangère,
Vous ne prenez conseil que de votre colère.
Votre inflexible cœur, toujours prompt à haïr,
Menace mon repos, jure de me punir.
Vous désirez ma mort ; mais malgré votre haine,
Jason de vos malheurs ne peut se réjouir,
Et même en ce moment, sensible à votre peine,
Lorsque vous l'outragez, il songe à vous servir.
Oui, c'est votre intérêt qui près de vous m'amène,
Et je viens vous offrir tous les soulagemens
Qui peuvent de l'exil adoucir les tourmens.

MÉDÉE.

C'est donc peu qu'au mépris de la foi conjugale,
Le perfide Jason trahisse ses sermens !
C'est donc peu qu'il préfère une indigne rivale
    A la mère de ses enfans !
De paraître à mes yeux, le perfide a l'audace.
Par une offre honteuse, il ose m'outrager ;
    Que dis-je ? Il ose envisager
L'épouse qu'il trahit, qu'il délaisse, qu'il chasse.

JASON.

Ces reproches cruels....

MÉDÉE.

       Ils seront les derniers,

Seigneur, j'apprends enfin à céder à l'orage :
Les maux que j'ai soufferts ont brisé mon courage.
Mon triste cœur n'a plus les sentimens altiers
Que les fils du soleil reçurent en partage ;
Je sens qu'un esprit fier, sensible et généreux,
Convient mal aux mortels, quand ils sont malheureux,
Et dans l'abaissement où Médée est réduite,
Elle ne songe plus qu'à préparer sa fuite.
Vous voulez, dites-vous, adoucir mes tourmens :
Vous m'offrez des secours ! J'accepte vos largesses,
Mais je demande un bien plus cher que vos richesses.

JASON.

Que voulez-vous ? parlez.

MÉDÉE.

Laissez-moi mes enfans.

JASON.

Dieux ! que demandez-vous ?

MÉDÉE.

Soit grâce, soit justice,
A ce prix j'oublîrai les maux que j'ai soufferts.

JASON.

Vous laisser mes enfans ! Quel cruel sacrifice !

MÉDÉE.

Vous en aurez bientôt qui vous seront plus chers.

JASON.

Moi, les abandonner ! Ah ! cessez d'y prétendre.
Je n'y puis consentir.

MÉDÉE.

Jason, daignez m'entendre.
Je réclame mes fils : vous les voulez pour vous;
Que leur amour choisisse, et soit juge entre nous.
Si leurs cœurs innocens, touchés de ma misère,
Reconnaissent ma voix, veulent suivre leur mère,
Ah ! ne contraignez pas ce tendre mouvement !

JASON.

Je ne puis consentir à leur bannissement.

MÉDÉE.

Suis-je assez malheureuse ? O rigueur inouïe !
Mes fils ! mes fils !   :

JASON.

Non, rien ne peut m'en séparer,
Ne le demandez plus, cessez de l'espérer;
Je donnerais plutôt et mon sang et ma vie.

MÉDÉE.

(*A part.*)   (*Haut.*
Il les aime. Il suffit; je vous les laisserai.
Je partirai sans eux, loin d'eux je périrai.
Vous exigez ma mort, j'en fais le sacrifice.
   (*A part.*)
O clarté du soleil ! ô céleste justice !

JASON.

Les dieux me sont témoins que mon sensible cœur
Vous refuse à regret cette chère faveur.

DUO.

MÉDÉE, en pleurant.

Chers enfans, il faut donc que je vous abandonne !

Mes fils, c'est pour jamais que je vous ai perdus.
Je vivrai loin de vous, votre père l'ordonne,
Je mourrai loin de vous, je ne vous verrai plus !

JASON , avec émotion.

Vous jouirez encor de leur douce présence,
Jusqu'à votre départ je les laisse avec vous.

MÉDÉE.

Ah ! seigneur, un bienfait si doux
Ne sera pas sans récompense.
Quoi ! je les reverrai ces fruits de nos amours !
Ils me rappelleront ces jours, ces heureux jours...

JASON , à part.

Douloureux souvenir !

MÉDÉE, à part.

O justice éternelle !

JASON , à part.

Souvenir déchirant !

MÉDÉE, à part.

O contrainte cruelle !

JASON , à part.

Vainement de mon cœur je cherche à l'effacer.

MÉDÉE, à part.

Tu paîras cher les pleurs que je feins de verser.
(*Dans le moment des prêtres sortent du temple, et vont
au palais : Jason les voit.*)

JASON.

Le roi doit à l'autel offrir un sacrifice ;

Il veut à mes enfans intéresser les dieux.
J'y vais prier le ciel de vous être propice.

MÉDÉE.

Vous me quittez, Jason ? O funestes adieux !

JASON.

Vivez heureuse.

MÉDÉE.

Est-il possible,
Cruel, que je le sois sans vous ?

JASON.

Oubliez, oubliez un malheureux époux ;
Jouissez d'un destin paisible.

MÉDÉE.

C'en est donc fait, ô dieux ! son cœur est inflexible !

JASON.

Vivez heureuse.

MÉDÉE, à Jason.

Est-il possible,
Cruel, que je le sois sans vous ?

JASON, avec attendrissement, à part.

O larmes d'une mère !

MÉDÉE, à part.

O justice éternelle !

JASON, à part.

O touchant souvenir !

MÉDÉE, à part.

O contrainte cruelle !

JASON, à part, en sortant.

Vainement de mon cœur je veux vous effacer.

MÉDÉE, à part.

Tu paîras cher les pleurs que je feins de verser.

SCÈNE VI.

MÉDÉE, NÉRIS.

MÉDÉE, à Jason qui est sorti.

Fais des vœux pour tes fils, je vais les exaucer.
L'enfer signalera mon départ de Corinthe.
O ma chère Néris ! quelle affreuse contrainte !

NÉRIS.

Ah ! puisqu'on vous permet de revoir vos enfans,
Hâtez-vous de jouir de leurs embrassemens.

MÉDÉE.

Mes enfans? Je les hais, je ne suis plus leur mère,
Je ne connais plus d'eux que le nom de leur père.

NÉRIS.

D'où vous vient pour vos fils ce transport furieux?

MÉDÉE.

Cesse de m'en parler, ils me sont odieux.
    O toi ! mon esclave fidelle,
Ecoute mes projets, et seconde mes vœux :
Ton cœur va s'effrayer, ma vengeance est cruelle,
Mais il n'est plus pour moi de crime assez affreux.
Ecoute. Tu prendras cette robe brillante,
Cette riche couronne, et tous ces ornemens,

Du soleil, mon aïeul, magnifiques présens:
Mes fils les offriront à la nouvelle amante.

NÉRIS.

Pensez-vous que Dircé les accepte de vous?

MÉDÉE.

Les présens des dieux même apaisent le courroux;
Ma rivale craindra de me faire un outrage,
Sa fierté de mes dons acceptera l'hommage :
Heureuse qu'à ce prix je lui laisse un époux !

NÉRIS.

Quoi! vous voulez vous-même orner votre rivale?

MÉDÉE.

Néris, c'est pour Pluton que je veux la parer.
Ces perfides présens, cette robe fatale,
Cacheront des poisons qui la vont dévorer.
        Mais hâtons-nous de préparer
        Cette parure nuptiale.

NÉRIS.

Quoi! vous vous porterez à ces cruels excès?

MÉDÉE.

Peuvent-ils égaler tous les maux qu'on m'a faits?
Viens, Néris. Mais quels sons, quels chants se font entendre?

NÉRIS, après avoir regardé dans le fond.

Créon et votre époux au temple vont se rendre.

SCÈNE VII.

MÉDÉE, NÉRIS, *sur le devant de la scène;* CRÉON, JASON, DIRCÉ, Prêtres, Soldats, Femmes, Peuple *dans le fond.*

(*On voit passer sous le portique Créon, Jason, Dircé et tout le cortége. Ils entrent dans le temple; une partie du peuple reste devant la porte; on entend leurs chants, et on voit leur sacrifice.*)

FINAL.

CHŒUR au fond, et marche.

Fils de Bacchus, descends des cieux
Le front paré d'immortelles guirlandes;
   Doux hymen, écoute nos vœux;
   Hymen, accepte nos offrandes.

MÉDÉE, avec rage, sur le devant de la scène.

Ah! que j'aime ces chants! qu'ils plaisent à mon cœur!

LE CHŒUR dans le temple.

Des plus tendres époux viens hâter le bonheur;
Couronne, ô doux hymen! cette heureuse journée.

MÉDÉE.

Ecoute aussi ma voix, hymen : ô hyménée!

CRÉON dans le temple.

Ecoute ma prière.

DIRCÉ dans le temple.

Et reçois mes sermens.

14.

MÉDÉE.

Apportez à l'épouse un brillant diadème :
Que ne puis-je l'offrir et l'attacher moi-même !

JASON dans le temple.

Hymen, reçois mes vœux ; veille sur mes enfans.

MÉDÉE.

Chante, époux fortuné, signale ta tendresse ;
Le Tartare applaudit à ces chants d'allégresse.

CHŒUR dans le fond.

Le front paré de myrtes immortels,
Hâte-toi de descendre, ô céleste hyménée !

MÉDÉE.

Je viens aussi, j'accours à tes autels ;
J'y réclame la foi que Jason m'a donnée.

CHOEUR.

Reçois de deux époux les sermens solennels ;
Ils forment de leurs jours la trame fortunée.

MÉDÉE.

Tu les reçus pour moi ces sermens solennels.
Souris à ma vengeance, hymen, ô hyménée !

(*Tout le cortége repasse et rentre au palais ; Médée s'é-*
lance sur l'autel, y arrache un tison sacré, et sort
avec Néris en répétant avec rage le dernier vers, et
agitant le tison enflammé qui laisse dans l'air une
trace de feu.)

FIN DU SECOND ACTE.

ACTE III.

D'un côté et dans une partie du fond, le théâtre représente une montagne garnie d'arbres touffus. Une grotte paraît au pied ; il en sort une source qui tombe avec rapidité. Sur la croupe de la montagne, dans le fond, s'élève un temple dont la porte est ouverte, et où l'on voit brûler une lampe. Un escalier conduit à ce temple, et à la droite un chemin tortueux et escarpé, conduit du temple au sommet de la montagne. De l'autre côté s'élève une aile du palais de Créon, des jardins et des édifices.

SCÈNE PREMIÈRE.

(Le ciel est très-obscur; on entend gronder le tonnerre; le théâtre ne reçoit de lumière que celle des éclairs qui brillent par intervalle. Après un bruit d'orage, on voit Néris sortir du côté du roi avec les deux fils de Médée; ils portent la couronne et la robe destinées à Dircé. Quand ils sont devant le temple, ils s'arrêtent et le saluent; ils passent ensuite en silence au palais où ils entrent. L'orage continue, et après quelques momens, on voit Médée descendre lentement du sommet de la montagne. Sur sa tête est attaché un voile noir, parsemé d'étoiles d'argent, et qui flotte sur ses épaules; ses cheveux sont épars, sa tunique est rouge et noire; elle a les bras nus, et tient un poignard dans la main.)

MÉDÉE, seule devant le temple.

Dieux qui m'avez prêté vos secours destructeurs,
Dieux du Styx, hâtez-vous d'accomplir vos faveurs.

La mort sur ce palais va déployer ses ailes,
Et le couvre déjà des ombres éternelles.
Il me reste à frapper les plus terribles coups :
Venez, fils de Jason, je n'attends plus que vous.
C'est vous que j'ai choisi pour couronner mes crimes ;
Chers enfans, vous serez mes plus belles victimes :
Mais ne m'accusez point de verser votre sang ;
C'est Jason, c'est lui seul qui vous perce le flanc...
L'univers apprendra comment je fus vengée ;
Il saura ce que peut une femme outragée,
Et mon nom immortel va devenir l'effroi
Des indignes époux qui trahiront leur foi.
On vient... Filles du Styx, soutenez mon courage ;
D'un reste de faiblesse affranchissez mon cœur ;
    N'y laissez régner que la rage.
Juste ciel ! Quel frisson ! quelle subite horreur !
    O nature ! que vais-je faire ?
Que vois-je !...

    (*Le ciel s'éclaircit peu à peu, et le jour paraît.*)

SCÈNE II.

MÉDÉE, NÉRIS, LES DEUX FILS DE MÉDÉE.

NÉRIS, aux enfans.

Chers enfans, embrassez votre mère.

MÉDÉE recule.

Fuyez, fuyez....

NÉRIS, aux enfans.

    Non, non ; jetez-vous dans ses bras :
C'est elle. (*Les enfans courent à leur mère.*)

MÉDÉE veut s'éloigner.

Malheureux! vous courez au trépas.
Ah! ne me touchez pas de vos mains innocentes.

NÉRIS.

Chers enfans, pressez-la de vos mains caressantes.

MÉDÉE presse ses enfans d'une main et tient le poignard de l'autre.

Je sens mon cœur frémir et mon sang se glacer.
Ma vengeance est perdue; il faut y renoncer.

(*Le poignard tombe.*)

NÉRIS, voyant le poignard.

Qu'ai-je vu? justes dieux! Quel dessein sacrilége?

MÉDÉE.

Mes fils!

NÉRIS tombe à genoux.

Faibles enfans, que le ciel vous protège!

MÉDÉE.

Mes fils! c'en est donc fait: vous l'emportez sur moi.
La nature est plus forte, et je cède à sa loi.
O moment douloureux! ô moment plein de charmes!
Douceur inexprimable! ô mortelles alarmes!
Mon faible cœur en proie à mille sentimens,
S'ouvre à tous les plaisirs, souffre tous les tourmens.

AIR.

Du trouble affreux qui me dévore,
Rien ne peut égaler l'horreur:
O chers enfans! je vous adore,
Et j'allais vous percer le cœur.
Dieux immortels, sainte justice,

Vous avez désarmé mon bras.
Sauvez-moi; ne permettez pas
Ce détestable sacrifice.
Périsse le perfide époux,
Périsse le parjure auteur de mes souffrances!
Que sa mort, que son sang suffise à mes vengeances!
Le traître! ah! son nom seul réveille mon courroux!
Du trouble affreux qui me dévore,
Rien ne peut égaler l'horreur :
O chers enfans! je vous adore,
Et malgré moi je sens encore,
Je sens en vous voyant renaître ma fureur.

NÉRIS.

Ah! si vous fûtes outragée,
Votre haine triomphe, et n'est que trop vengée:
Votre rivale touche à ses derniers momens.

MÉDÉE.

Que dis-tu?

NÉRIS.

La princesse a reçu vos présens;
Elle s'en est parée au lever de l'aurore,
Et sans doute déjà le poison la dévore.
Que ce trépas suffise à vos ressentimens.

MÉDÉE.

Est-ce assez de son sang pour laver mon injure?
Est-ce assez d'une mort pour punir le parjure?

NÉRIS, à part.

Ah! cherchons le moyen de sauver ses enfans!
(*Haut.*)
O reine infortunée! ô ma chère maîtresse!

Tandis que vos enfans sont encore avec vous,

Livrez votre âme à la tendresse;

Je dois bientôt, hélas! les rendre à votre époux.

MÉDÉE, à voix basse.

Néris, mon œil s'égare, et ma raison se trouble;

Ma pitié s'est éteinte et ma rage redouble.

Si mes fils te sont chers, éloigne-les de moi.

(*Néris saisit les enfans et les tient serrés dans ses bras.*)

Leur aspect me tourmente; il me glace d'effroi.

Des plus noires fureurs mon âme dévorée,

Par l'amour maternel est trop mal rassurée,

Cache-les..... cache-les.....

NÉRIS.

Hélas! et dans quels lieux?

La mort dans ce palais va s'offrir à leurs yeux :

Vous les avez partout environnés d'abîmes.

MÉDÉE.

Éloigne-les de moi, le temps est précieux.

Redoute cette main accoutumée aux crimes :

Conduis-les dans ce temple, au pied des saints autels;

Obtiens-leur contre moi l'appui des immortels.

Cache-les.....

NÉRIS, emmenant les enfans.

Malheureux! hâtez-vous de me suivre.

Dieux! à ces innocens prêtez votre secours;

Couvrez-les de votre ombre, et défendez leurs jours.

(*Elle les conduit dans le temple et en referme la porte.*)

SCÈNE III.

MÉDÉE, seule.

Eh quoi! je suis Médée et je les laisse vivre!
Qu'ai-je fait? où sont-ils? mon œil ne les voit plus.
Pour les fils de Jason mes sens se sont émus!
Ce sont les tiens, dis-tu : mais n'est-il pas leur père?
Malheureuse! est-ce à toi de vouloir être mère?
Est-ce à toi de sentir ces doux frémissemens?
Est-ce à toi d'écouter la voix de la nature?
Eh quoi donc! je vais fuir, je quitte mes enfans,
Et je les abandonne au pouvoir du parjure.
Il peut me prévenir, les frapper le premier!
Non. Consommons le crime, et qu'il soit tout entier.

A I R.

O Tisyphone! implacable déesse,
Etouffe dans mon cœur tout sentiment humain.
  Rends-moi ce fer échappé de ma main;
Rends-le-moi; je saurai réparer ma faiblesse.
    Mon lâche cœur, mon faible bras
    Ne sera pas toujours timide;
L'épouse de Jason ne se réduira pas
    A regretter un parricide.
    Mon lâche cœur, mon faible bras
    Ne sera pas toujours timide;
  Un vain amour ne triomphera pas.
  O Tisyphone! implacable déesse,
Achève d'étouffer tout sentiment humain.
  Rends-moi ce fer échappé de ma main;
  Je saurai bien réparer ma faiblesse.

(*Elle ramasse avec fureur le fer qui était tombé de sa main, et dans le même moment on entend des cris dans le palais.*)

FINAL.

CHŒUR derrière le théâtre.

O crime! ô trahison! déplorable princesse!

MÉDÉE.

Les cris du désespoir pénètrent jusqu'à moi.

CHŒUR.

Peuple, versez des pleurs; vous n'avez plus de roi.

MÉDÉE.

O cris plus doux pour moi que des chants d'allégresse!

CHŒUR derrière le théâtre.

O crime! ô trahison! malheureuse princesse!

JASON.

Déplorable Dircé, quel est donc votre sort?

CHŒUR.

Infortuné Créon, malheureuse princesse!

JASON.

Quel horrible forfait vous condamne à la mort,
    Et vous ravit à ma tendresse?

MÉDÉE.

Tu pleures ta Dircé, perfide! et tes enfans?
Ne te souvient-il plus qu'ils sont en ma puissance?
    Réserve-leur ces longs gémissemens:
Tu ne sais point encor jusqu'où va ma vengeance.

Plus de faiblesse ! plus d'effroi !
Surpassons, couronnons mes crimes.
Euménides, précédez-moi ;
Courez, livrez-moi les victimes.
(*Elle court dans le temple avec le poignard qu'elle a
ramassé.*)

SCÈNE IV.

JASON, Peuple de Corinthe *en tumulte.*

JASON.

O ciel ! laisseras-tu ses forfaits impunis ?

PEUPLE.

Punissez, dieux vengeurs, ce monstre sacrilége.

JASON.

Dieux ! où sont mes enfans ? Dieux, rendez-moi mes fils ;
Que votre bonté les protège.

PEUPLE.

Déplorable monarque !

JASON.

O ma chère Dircé !

PEUPLE.

Poursuivons la coupable.

JASON.

Arrachez-lui la vie.

TOUS.

Que son sang odieux expie
Le sang que sa rage a versé !

SCÈNE V.

JASON, Peuple, NÉRIS.

(Néris sort du temple avec la plus grande précipitation, court à Jason, et lui dit d'une voix tremblante et entrecoupée :)

NÉRIS.

Ah ! seigneur, votre épouse.....

JASON.

Achevez ?

NÉRIS.

La cruelle !

Dans ce temple.... à l'instant....

JASON.

Justes dieux ! Que fait-elle ?

NÉRIS.

Elle poursuit vos fils pour leur percer le cœur.

JASON et CHŒUR.

O ciel ! ô mère criminelle !

JASON.

S'il en est temps encore, étouffons sa fureur.

(Il s'arme et court vers le temple.)

SCÈNE VI et dernière.

JASON, Peuple, NÉRIS, MÉDÉE, les Euménides.

(A peine Jason a prononcé le dernier vers, le temple s'ouvre ; on en voit sortir Médée qui tient encore le poignard, et entourée des trois Euménides qui se groupent avec elle sur l'escalier du temple ; Jason s'arrête consterné, et le peuple recule d'effroi.)

MÉDÉE, au milieu des Euménides.

Arrête, et reconnais ton épouse outragée.

JASON.

Qu'ai-je vu, justes dieux?

PEUPLE.

O spectacle d'effroi!

JASON, à Médée.

Barbare, où sont mes fils?

MÉDÉE.

Tout leur sang m'a vengée.

JASON, avec désespoir.

Que t'ont fait mes enfans?

MÉDÉE.

Ils étaient nés de toi.

JASON tombe à genoux.

Dieux!

MÉDÉE.

Va, fidèle époux, tendre et sensible père,
Cherche une jeune épouse, abandonne une mère.

JASON, levant les mains au ciel.

Malheureuse! ah! du moins dans ces affreux momens,
Laisse-moi la douceur de revoir mes enfans.
Que je puisse embrasser leurs dépouilles sanglantes,
Que je puisse apaiser leurs ombres gémissantes;
Que les derniers devoirs enfin leur soient rendus,
Et que dans le tombeau.....

MÉDÉE.

Tu ne les verras plus.

JASON.

Mes fils! rends-moi mes fils!

MÉDÉE.

Ils ont suivi mon frère.

Adieu! Dans Iolcos va traîner ta misère;
De rivage en rivage, errant, désespéré,
En tous lieux fugitif, en tous lieux abhorré,
Va cacher les remords de ton âme éperdue,
Et que les mers partout frémissent à ta vue!
Plus heureuse que toi, je vais dans les enfers
Par des chemins connus, pour moi toujours ouverts:
Après mille tourmens je t'y verrai descendre,
Et sur les bords du Styx mon ombre va t'attendre.

(*A ces mots elle s'enfonce avec les trois Euménides qui
la saisissent. Des flammes sortent du gouffre où elle
est descendue; le feu se communique au temple et au
palais; le tonnerre éclate; enfin le temple, la montagne même s'écroule et s'abîme; le peuple saisit
Jason et l'entraîne.*)

CHŒUR.

Juste ciel ! tout l'enfer se découvre à nos yeux !
Fuyons, fuyons de ces funestes lieux.

*Quand le chœur et Jason sont sortis de la scène, le
   palais achève de s'écrouler ; tout le théâtre est en feu,
   et n'offre plus que ruines et incendie.*

FIN DE MÉDÉE.

ADRIEN,

OPÉRA EN TROIS ACTES,

REPRÉSENTÉ POUR LA PREMIÈRE FOIS SUR LE THÉATRE DE
LA RÉPUBLIQUE ET DES ARTS, LE 16 PRAIRIAL AN VII.

PERSONNAGES.

ADRIEN.

FLAMINIUS, consul, ami d'Adrien.

SABINE, dame romaine, promise à Adrien.

RUTILE, tribun militaire.

COSROÈS, roi des Parthes.

EMIRÈNE, fille de Cosroès.

PHARNASPE, prince Parthe, amant d'Emirène.

SUITE DE SABINE.

SUITE D'EMIRÈNE.

PRÊTRES, SYRIENS, SACRIFICATEURS.

AVERTISSEMENT.

L'opéra d'Adrien devait être représenté en 1792. La commune de Paris s'y opposa, sous prétexte que l'ouvrage était dans des principes royalistes. On trouvera dans le volume des Mélanges, tome III de cette édition, la lettre que l'auteur écrivit, à ce sujet, à M. Pétion, alors maire de Paris. Cette réclamation ne fut point écoutée. Un autre motif de la ridicule réprobation des censeurs portait que les chevaux qui devaient traîner le char d'Adrien avaient appartenu à la reine Marie-Antoinette. Ainsi, voilà d'innocens quadrupèdes atteints et convaincus de conspiration contre la sûreté de l'Etat. Qu'on ne s'imagine pas que ces censeurs, qui mettaient des chevaux au nombre des suspects, fussent tous des juges ignorans ; ils comptaient parmi eux un très-grand artiste qui avait la faiblesse de regretter d'être peintre, ne se croyant né que pour être législateur. M. Hoffman lui porta sa pièce en le priant de l'examiner avec une attention particulière ; rien ne put le faire changer d'avis ; il alla même jusqu'à déclarer que la commune de Paris brûlerait l'opéra, plutôt que d'y voir triompher des rois. L'auteur d'Adrien sentant bien que toutes ses objections seraient inutiles, se contenta de lui répondre que le choix d'un sujet d'opéra ou de tableau ne prouvait rien contre le civisme d'un auteur, puisque dans l'un des chefs-d'œuvre de l'Ecole française,

15.

les Horaces jurent de combattre pour le *roi* Tullus.
« J'en conviens, répondit David, aussi ne suis-je pas
à me repentir d'avoir traité un pareil sujet. » Cette
anecdote nous a été plusieurs fois racontée par
M. Hoffman, qui n'en était pas moins l'un des admirateurs du plus célèbre de nos peintres.

Après la chute de Robespierre, M. Sageret, alors
directeur de Feydeau, manifesta l'intention de monter l'opéra d'Adrien. Le théâtre de la République
et des Arts, aujourd'hui Académie royale de Musique,
fit écrire dans quelques journaux pour revendiquer
l'ouvrage. A cette occasion, M. Hoffman publia la
déclaration suivante :

« L'opéra d'Adrien, dont la commune du 2 septembre a empêché les représentations, et auquel l'auteur n'a rien voulu changer, parce qu'il n'y avait
rien vu de coupable, appartient aujourd'hui au théâtre
Feydeau. Cet ouvrage, tant calomnié et tant désiré,
n'a mérité

Ni cet excès d'honneur, ni cette indignité.

» On a voulu me forcer à retrancher ou à refaire
quelques vers de cet ouvrage. Des conseils littéraires
m'auraient trouvé docile ; des ordres despotiques m'ont
trouvé inflexible. M'ordonner de travailler, c'est me
condamner à la paresse.

» Quand le public, qui seul est mon juge, désapprouvera quelques scènes de mon ouvrage, ces scènes
disparaîtront ; si l'autorité s'en mêle, les scènes resteront, fussent-elles mauvaises, et mon opiniâtreté
lassera même la tyrannie.

» Au théâtre Feydeau, cet ouvrage prouvera que ses admirateurs et ses détracteurs ont également eu tort de s'échauffer sur un si petit sujet; mais il prouvera du moins que l'auteur fera plutôt mille mauvais vers qu'une bassesse.

» On répand que l'Opéra a des droits sur cet ouvrage : oui, sans doute, il en a, si les mauvais procédés, l'esprit de jacobinisme et la barbarie sont encore des droits. Qu'il vienne les faire valoir, je l'attends.

» On a dit que les auteurs d'Adrien avaient reçu des avances sur cet ouvrage. Ceux qui répandent ce bruit sont aussi vils que les municipaux qui régnaient alors. Pour moi, je n'ai reçu de l'Opéra que de mauvais traitemens; je ne nie pas la dette.

» Pour Méhul, il est incapable de traiter avec un théâtre, s'il avait des engagemens avec un autre.

HOFFMAN. »

Adrien allait être représenté lorsque M. Sageret fut forcé d'abandonner son entreprise. Le théâtre Feydeau étant fermé, et l'administration de l'Opéra n'étant plus la même, les auteurs lui rendirent l'ouvrage, qui fut enfin représenté le 16 prairial an 7. Mais il était dans la destinée de cette pièce de provoquer sans cesse de nouveaux scandales. Geoffroy l'ayant attaquée avec une sévérité poussée jusqu'à l'injustice, M. Hoffman lui répondit, et cette guerre produisit les deux écrits qu'on trouvera dans le volume des Mélanges, à la suite de sa lettre au maire de Paris.

Mentionné honorablement dans le rapport sur les prix décennaux, Adrien y est mis immédiatement après la Vestale. L'opéra de M. Hoffman n'a pas été inutile à M. Esménard dans la composition du *Triomphe de Trajan.*

———

ADRIEN.

ACTE PREMIER.

Le théâtre représente une partie de la ville d'Antioche. On voit dans le fond un pont jeté sur le fleuve Oronte. A gauche s'élève le palais d'Adrien, et à droite un temple. Le tout est disposé et orné pour l'entrée d'Adrien. Le jour commence à poindre.

SCÈNE PREMIÈRE.

FLAMINIUS, PHARNASPE, COSROÈS *déguisé en soldat.*

FLAMINIUS, à Pharnaspe.

Prince, c'est dans ce jour à jamais glorieux,
Qu'Adrien triomphant du Parthe et de l'Asie,
D'un éclat immortel doit illustrer sa vie :
Aussitôt que l'aurore aura rougi les cieux,
Dans les murs d'Antioche il fera son entrée :
On l'attend; et déjà les ministres des dieux
     Disposent la pompe sacrée.
  Si vous voulez vous offrir à ses yeux,
Etrangers, c'est ici que vous devez l'attendre;
De sa gloire, pour vous, il daignera descendre,
Et vous honorera d'un accueil gracieux.
Il n'a point des tyrans les maximes cruelles;
Adoré des soldats, mais au sénat soumis,
Il porte la terreur chez les princes rebelles,
La paix et le bonheur chez les peuples amis.
               (*Il sort.*)

SCÈNE II.

COSROÈS, PHARNASPE.

COSROÈS.

Oh! des Césars combien l'orgueil m'offense!
Dieux! et vous permettez que sous leur glaive heureux,
L'univers fléchisse en silence!
Jusqu'à quand, Jupiter, combattras-tu pour eux?
Ah! si ma fille prisonnière
Par ses dangers n'enchaînait ma fureur,
Du triomphe moi-même effaçant la splendeur,
Au milieu de l'éclat dont son âme est si fière,
J'attendrais le tyran pour lui percer le cœur.

PHARNASPE.

Ah! seigneur, modérez ou cachez votre haine.
A ce noble ressentiment,
Cosroès se trahit sous ce déguisement.
Proposons aux Romains la rançon d'Emirène.
Mais si, comme on le dit, épris de ses appas,
Le vainqueur a juré de ne la rendre pas,
N'écoutons plus que notre rage;
Mettons tout notre espoir dans un dernier effort,
Ravissons au tyran ce trop précieux gage,
Cherchons aveuglément la victoire ou la mort.

COSROÈS.

O digne époux d'une fille chérie,
Ta noble audace a soulagé mon cœur.

PHARNASPE.

Pharnaspe à votre fille a consacré sa vie,
Il vivra son époux, ou mourra son vengeur.

ENSEMBLE.

O dieux! témoins de nos alarmes,
Si des Romains, toujours
Vous protégez les armes,
Epargnez mon épouse et terminez mes jours.

COSROÈS.

O dieux! auteurs de nos alarmes,
Si des Romains, toujours
Vous protégez les armes,
Epargnez mes enfans et terminez mes jours.

(*On aperçoit des troupes de soldats et de peuple qui passent de l'autre côté du fleuve, et l'on entend les instrumens qui annoncent la marche.*)

PHARNASPE.

Qu'entends-je?... du vainqueur le triomphe s'apprête.

COSROÈS.

Et nous serions témoins de cette indigne fête!

CHŒUR DU PEUPLE.

Ainsi toujours combats pour nous,
Vainqueur du Parthe et de l'Asie,
Et que le ciel qui prend soin de ta vie,
Te comble des biens les plus doux.

(*Le bruit redouble, et le peuple se rassemble sur la rive opposée et sur le pont, pour voir Adrien à son passage.*)

COSROÈS et PHARNASPE.

O Jupiter! seconde-nous!
Finis mon malheur ou ma vie;
Livre ma tête au vainqueur de l'Asie,
Ou fais qu'il tombe sous mes coups.

COSROÈS.

Sur l'Oronte déjà le peuple se rassemble ;
Je ne puis soutenir ces odieux apprêts ;
Pharnaspe, éloignons-nous, et concertons ensemble
Les moyens d'accomplir nos terribles projets.

. (*Ils sortent.*)

SCÈNE III.

ADRIEN, FLAMINIUS, ÉMIRÈNE, RUTILE, Peuple
d'Antioche, Soldats romains, Prêtres syriens, Prisonniers parthes, Femmes d'Émirène, Lutteurs,
Gladiateurs, Tibiaires, *et tout le cortége d'une pompe
triomphale.*

CHŒUR DE PEUPLE.

Sage héros, toujours grand, toujours juste,
Redoutable à l'Asie, et dans Rome honoré,
Soutiens les lois, et que ton front auguste
S'accoutume au laurier sacré.

(*Après le premier chœur on voit Adrien passer sur le
pont, porté sur un pavois.*)

CHŒUR.

Sage héros, etc.

(*Adrien descend. Les peuples vaincus viennent lui
rendre hommage, et les Syriens forment plusieurs
danses.*)

CHŒUR DE FEMMES, chanté et dansé.

Chéri de Mars et d'Apollon,
Des ennemis vaincus, César, reçois l'hommage,
Et que l'écho du plus lointain rivage,
Apprenne à répéter ton nom.

CHŒUR GÉNÉRAL.

Sage héros, toujours grand, toujours juste,
Redoutable à l'Asie, et dans Rome honoré ;
Soutiens les lois, et que ton front auguste
S'accoutume au laurier sacré.

ADRIEN.

Soldats, fiers soutiens de l'empire,
Vous voulez que mon bras dirige vos exploits.
Puissé-je des Romains justifier le choix !
C'est la seule gloire où j'aspire.
Ce n'est point moi que vous servez,
C'est Rome, Rome seule à qui vous vous devez.
Au faîte des grandeurs je saurai reconnaître
Que je suis votre chef, et non pas votre maître.
Respectons, vous les lois, et moi la liberté.
Général et soldats, ce saint nom nous rassemble,
Général et soldats nous servirons ensemble
Pour la gloire de Rome et sa prospérité.

CHŒUR, avec transport.

Sage héros, etc.

(*Le divertissement recommence, et il consiste en danses
voluptueuses formées par le peuple de Syrie, et en
jeux militaires des Romains.*)

ADRIEN interrompt le divertissement.

Dérobez aux captifs l'appareil d'une fête
Qui peut accroître leur douleur :
Qu'ils entrent au palais, et surtout qu'on les traite
Avec tout le respect que l'on doit au malheur.

(*Les captifs passent devant Adrien et le saluent, puis ils
entrent au palais. Émirène les suit avec ses femmes ;
mais au moment où elle passe, Adrien l'arrête.*)

ADRIEN.

Allez, belle Emirène ; embellissez l'asile
Que j'ai pris soin d'orner pour soulager vos maux,
Et puisse enfin votre âme plus tranquille,
Céder aux douceurs du repos !

ÉMIRÈNE.

Seigneur, depuis l'instant où vainqueur de mon père,
Vous m'avez sans pitié ravie à son amour,
Votre captive, en proie à sa douleur amère,
Gémit toute la nuit, et pleure tout le jour.

ADRIEN.

Belle captive, apaisez vos alarmes !
Je ne suis point un farouche guerrier :
Ah ! si mes soins ont pour vous quelques charmes,
Je mettrai mon plaisir à vous faire oublier
Qu'Adrien fit couler vos larmes.
Lorsqu'aux vaincus je donne ici la loi,
Ma puissance sur vous n'étend point son empire,
Et dans ces lieux où votre cœur soupire,
(*Plus bas.*) Vous êtes plus libre que moi.

FLAMINIUS, bas à Adrien.

O César ! d'un Romain est-ce là le langage ?

ADRIEN, à part.

O gloire trop sévère ! ô pénible combat !

RUTILE, à Adrien.

Un prince suppliant, et suivi d'un soldat,
De Cosroès vaincu vient vous porter l'hommage.

FLAMINIUS.

C'est Pharnaspe.

ÉMIRÈNE, à part.

Grands Dieux! soutenez mon courage.

ADRIEN.

Emirène, que vois-je? un funeste nuage
De vos yeux a terni l'éclat.

FLAMINIUS, à César.

Songez à votre gloire.

ADRIEN, à part.

O pénible combat!

(*à Emirène.*)
Allez, belle Emirène; embellissez l'asile
Que j'ai pris soin d'orner pour soulager vos maux;
Et puisse enfin votre âme plus tranquille,
Céder aux douceurs du repos!
(*Emirène passe dans le palais avec ses femmes.*)

SCÈNE IV.

ADRIEN, FLAMINIUS, RUTILE, Soldats, Peuple.

ADRIEN.

A mes yeux maintenant l'étranger peut paraître.
(*Rutile sort.*)

FLAMINIUS.

Dans ce jour de triomphe, une femme peut-être...

ADRIEN.

Ami, je vous entends, reposez-vous sur moi.

FLAMINIUS, à part.

Dieux! César à ce point peut-il se méconnaître?
Un Romain soupirer pour la fille d'un roi!

SCÈNE V.

LES PRÉCÉDENS, PHARNASPE, COSROÈS *en soldat*
Parthe; RUTILE *les précède.*

PHARNASPE, à Adrien.

Dans ces lieux tout brillans de ta magnificence,
Quand le ciel voit d'un œil jaloux
Le monde entier de Rome embrassant les genoux,
César, un ennemi vient avec confiance
De ton cœur magnanime implorer la clémence.
Adversaire inégal, j'ai voulu trop long-temps
Au héros des Romains disputer la victoire;
Mais vaincu par ton bras, ébloui par ta gloire,
Je dépose à tes pieds tous mes ressentimens.

ADRIEN.

Pharnaspe, espérez tout de Rome triomphante :
Oui, même ses rivaux, alors qu'ils sont soumis,
Accueillis dans son sein, deviennent ses amis;
Et Rome est généreuse autant qu'elle est puissante.

PHARNASPE.

Généreuse ! César, tu peux me le prouver;
C'est toi, c'est ta vertu que je viens éprouver.
Depuis un mois entier la princesse Emirène
Regrette sa patrie, et gémit sous ta chaîne;
Ordonne, et de ces murs qu'elle sorte avec moi,
Je t'offre une rançon digne d'elle et de toi.

ADRIEN, fièrement.

Comment à cet échange avez-vous pu prétendre?
Je mets toute ma gloire à combattre, et mes mains

Ne font point un commerce indigne des Romains.
César fait des captifs, et ne sait pas les vendre.

PHARNASPE.

Ainsi donc, sans rançon, tu consens à la rendre?

ADRIEN, avec dépit.

Du sort des prisonniers Rome doit décider :
Je veux les y conduire; et la belle Emirène,
Comme un autre, à ma suite, y portera sa chaîne;
C'est là, prince, qu'il faut la venir demander.

PHARNASPE.

Avant que jusqu'à Rome on la force à te suivre,
Emirène, seigneur, aura cessé de vivre.
Cette jeune beauté, captive de César,
Serait indignement attachée à son char!
Crois-tu que son amant souffre cette infamie?

ADRIEN.

Son amant? Quel est-il?

PHARNASPE.

Tu le vois devant toi.

ADRIEN, à part.

O ciel!

PHARNASPE.

A mon amour quand elle fut ravie,
Par les nœuds de l'hymen elle allait m'être unie,
Et dès long-temps le ciel a reçu notre foi.

FLAMINIUS, à part.

Quelle épreuve, César!

ADRIEN , à part.

O destin trop contraire !

(*A Pharnaspe.*)

Mais pourquoi dans ces lieux ne vois-je point son père ?
Respire-t-il encore ? A-t-il craint mon aspect ?
Quels sont ses sentimens ?

COSROÈS , qui s'avance.

Je les sais, il te hait.

ADRIEN.

Qu'entends-je ? Quel est donc ce soldat qui m'outrage ?

COSROÈS.

Je suis ton ennemi, je le serai toujours ;
Et si le ciel enfin seconde mon courage,
De tes prospérités j'interromprai le cours.

ADRIEN se lève.

Holà, gardes !... mais non, dans un jour si prospère,
Je puis bien d'un barbare excuser la colère.

COSROÈS.

Va ! cesse d'affecter une fausse vertu ;
Réponds-nous sans détour ; parle-nous sans mystère :
Rendras-tu la captive, ou la garderas-tu ?

ADRIEN.

Vous avez entendu ma volonté dernière,
Craignez que mes soldats, justement irrités,
Ne vous fassent connaître à qui vous insultez.

PHARNASPE, à Adrien.

Garde cette beauté qui te sera fatale,
Mais Cosroès un jour peut trouver un vengeur.

COSROÈS.

Et si sa force égale sa valeur,
Le deuil suivra de près ta pompe triomphale.

(*Il sort avec Pharnaspe.*)

SCÈNE VI.

ADRIEN, FLAMINIUS, Soldats, Peuple.

ADRIEN.

D'un barbare ennemi méprisons la fureur,
Mais dans son désespoir qui peut tout entreprendre;
Craignons en ce palais de nous laisser surprendre:
    Soldats, abandonnez ces lieux;
J'irai bientôt au camp me montrer à vos yeux.

(*Les soldats sortent sur une marche guerrière ; le peuple
les suit. Flaminius seul reste près d'Adrien et l'observe.*)

SCÈNE VII.

ADRIEN, FLAMINIUS.

FLAMINIUS.

César, vous m'évitez, ma présence vous gêne,
Et mon zèle importun fatigue votre cœur:
Un autre en ce moment flatterait votre erreur;
Mais dussent mes conseils m'attirer votre haine,
J'éclairerai l'abîme où l'amour vous entraîne,
Et je braverai tout pour vous sauver l'honneur!
    César, c'est Rome qui te prie;
    Quand la victoire obéit à tes lois,

Lorsque ton bras triomphe de l'Asie,
Ne trouble point le cours d'une si belle vie,
César, ne ternis point l'éclat de tes exploits.
Eh quoi! déjà ton cœur oublie
Que Sabine dans Rome avait reçu ta foi?
Tu la trahis pour la fille d'un roi!
César, c'est Rome qui te prie;
A l'époux qui reçut sa foi,
Rends une esclave trop chérie,
Cet effort est digne de toi;
Ne trouble point le cours d'une si belle vie;
Quand la victoire obéit à tes lois,
Lorsque ton bras triomphe de l'Asie,
César, ne ternis point l'éclat de tes exploits.

(*Il sort.*)

SCÈNE VIII.

ADRIEN, seul.,

Où suis-je? et que viens-je d'entendre?
Du trouble de mes sens je ne puis me défendre.
Eh quoi donc! jusque-là je me laisse avilir!
Lorsque Flaminius à l'honneur me rappelle,
Faible amant, je ne sais que me taire et rougir!
O douloureux combats! ô peine trop cruelle!
Témoins de ma faiblesse, achevez, justes dieux,
D'arracher le bandeau qui me couvre les yeux.
Déité des Romains, noble amour de la gloire,
Dissipe une trop douce erreur :
D'un funeste ascendant viens délivrer mon cœur,
C'est de toi que j'attends cette grande victoire;
Eclaire ma raison, prends soin de ma mémoire,
Et dirige mes pas dans les champs de l'honneur.

SCÈNE IX.

ADRIEN, EMIRÈNE.

ADRIEN, à part.

Justes dieux! je la vois..... Captive trop chérie,
Faut-il à mon rival que je te sacrifie?
Non, le courroux des dieux me dût-il menacer,
Mon cœur à tant d'attraits ne saurait renoncer.

ÉMIRÈNE.

Seigneur, je viens à vous, interdite et tremblante.

ADRIEN, à part.

Ciel!

ÉMIRÈNE se jette à genoux.

Laissez-vous toucher à ma voix suppliante.

ADRIEN la relève.

Emirène, que faites-vous?

ÉMIRÈNE.

Non, laissez-moi, seigneur, embrasser vos genoux.
On dit qu'à votre char indignement traînée,
Dans Rome, avec mépris, je dois être menée.
Plutôt que de souffrir cet outrage odieux,
Vous verriez Emirène expirer à vos yeux.

ADRIEN.

Pour abaisser l'orgueil d'un rival qui me brave,
A Pharnaspe, il est vrai, j'ai dicté cet arrêt,
Mais en le prononçant mon cœur en murmurait;
Je sens trop qu'en ces lieux vous n'êtes point esclave.
Connaissez mieux votre vainqueur,

16.

Rassurez-vous, belle captive;
Rendez le calme à votre âme craintive,
Jugez mieux de César, lisez mieux dans son cœur.
Avec moi l'aimable Emirène
Dans Rome doit porter ses pas,
Mais du vainqueur elle est la souveraine,
Ce sont les nœuds d'hymen que j'offre à ses appas.

ÉMIRÈNE

Que dites-vous, seigneur?

ADRIEN.

Ce que mon cœur m'inspire.

ÉMIRÈNE.

Captive de César.....

ADRIEN.

A vous plaire il aspire.

ÉMIRÈNE.

Que diront les Romains et leur orgueil jaloux?

ADRIEN.

Ils tomberont à vos genoux.

ÉMIRÈNE.

Quoi! César amoureux!

ADRIEN.

Vous consacre sa vie.

ÉMIRÈNE.

Et ses exploits?

ADRIEN.

Il vous les sacrifie.

ÉMIRÈNE.

Sa gloire?

ADRIEN.

Elle s'accroît par un lien si doux.

ÉMIRÈNE.

Sabine impunément sera-t-elle trahie?

ADRIEN.

Adrien ne connaît, ne voit, n'aime que vous.
    N'hésitez pas, belle princesse;
Ne craignez rien, cédez à ma vive tendresse...

ÉMIRÈNE.

Ciel!

ADRIEN.

Venez, suivez-moi, Rome vous tend les bras.

ÉMIRÈNE, vivement.

Seigneur, que dites-vous? non, ne l'espérez pas.
Fidèle à mon amant, à mon père fidèle,
Je ne formerai point une chaîne nouvelle;
Et Pharnaspe, l'objet de mon premier amour,
Conservera ma foi jusqu'à mon dernier jour.

ADRIEN.

N'abusez point du trouble de mon âme
En nommant un rival, objet de mon courroux;
    Si de César vous méprisez la flamme,
        Il peut s'oublier avec vous.

ÉMIRÈNE.

Je ne puis vous flatter d'une vaine espérance;
Seigneur, Pharnaspe seul peut être mon époux.

ADRIEN.

Eh bien ! vous connaîtrez ce que peut ma vengeance,
L'audacieux rival tombera sous mes coups.

ÉMIRENE.

Ayez pitié de moi, seigneur, apaisez-vous.

ADRIEN.

César impunément ne sera point jaloux.

ENSEMBLE.

ÉMIRÈNE.

Faites tomber sur moi toute votre colère,
Mais, hélas ! épargnez mon père, mon époux.

ADRIEN.

Ingrate, à ma fureur, rien ne peut le soustraire,
L'audacieux rival tombera sous mes coups.

SCÈNE X.

ADRIEN, ÉMIRÈNE, RUTILE, Peuple.

CHŒUR DU PEUPLE, derrière le théâtre.

Dieux ! justes dieux ! secourez-nous.

ADRIEN, à Emirène.

O ciel ! quels cris se font entendre ?

CHŒUR DU PEUPLE.

Dieux ! justes dieux ! secourez-nous.

ADRIEN.

Je l'ai prévu, le Parthe a voulu nous surprendre.

ENSEMBLE.

RUTILE.

(*Le peuple entre en désordre.*)

César, commandez-nous, et venez nous défendre.

CHŒUR.

Ah! venez nous défendre.

ADRIEN.

Aux armes! Syriens, Romains, accourez tous.

CHŒUR.

Aux armes!

ADRIEN.

Que le Parthe expire sous nos coups.

CHŒUR.

Dieux! protégez César, et combattez pour nous.

ADRIEN.

Aux armes! Syriens, Romains, accourez tous.

ÉMIRÈNE. —

Dieux! épargnez mon père, et saüvez mon époux.

(*Elle rentre au palais.*)

SCÈNE XI.

ADRIEN, RUTILE, COSROÈS, PHARNASPE, ROMAINS, PARTHES.

(Tandis que Rutile assemble sa troupe du côté du temple, et Adrien la sienne du côté du palais, on voit Cosroès et Pharnaspe qui repoussent Flaminius de l'autre côté du fleuve.)

ENSEMBLE.

PHARNASPE, de loin.

Le ciel seconde mon courage,
Oui, la victoire est en nos mains.

ADRIEN.

Dieux! le Parthe vainqueur repousse les Romains!

COSROÈS, de loin.

Frappez, redoublez le carnage.
Oui, la victoire est en nos mains.

CHŒUR DE PEUPLE, sur le devant de la scène.

Dieux! nous levons vers vous nos suppliantes mains,
Repoussez l'ennemi, sauvez-nous de sa rage.

(Pendant ce chœur, Cosroès et Pharnaspe ont chassé Flaminius, et sont maîtres de l'autre rive.)

ADRIEN à Rutile.

Ami, par l'autre pont, conduisez vos soldats,
Je vais par celui-ci leur fermer le passage;
Investis par nos fers, ils n'échapperont pas.

(Rutile sort avec sa troupe par la droite, entre le fleuve et le temple; Adrien avec la sienne monte sur le pont et attaque de front les ennemis.)

SCÈNE XII.

LES PRÉCÉDENS, FEMMES ET PRÊTRES.

(*Les prêtres ouvrent les portes du temple ; les femmes et une partie du peuple s'y précipitent ; le reste avec les prêtres se prosternent sur les marches et embrassent les statues des divinités.*)

ENSEMBLE.

PHARNASPE, de loin en combattant.

Le ciel seconde mon courage,
Oui, la victoire est en nos mains.

CHŒUR DE ROMAINS, en combattant.

Confondons leur orgueil sauvage,
Montrons que nous sommes Romains.

COSROÈS.

Frappez, redoublez le carnage.

PARTHES.

Frappons, redoublons le carnage.

COSROÈS.

Que la flamme et le fer, instrumens de ma rage,
Exterminent tous les Romains.

CHŒUR DE ROMAINS.

Confondons leur orgueil sauvage,
Montrons que nous sommes Romains.

CHŒUR DE PRÊTRES, FEMMES et PEUPLE devant le temple.

Dieux ! nous levons vers vous nos suppliantes mains ;
Confondez l'ennemi, sauvez-nous de sa rage.

(*Le combat continue et s'anime ; Cosroès et Pharnaspe
repoussent la troupe d'Adrien, et lui font repasser
le pont ; mais Flaminius qui revient par la rive qui
est entre le fleuve et le palais, s'unit à Adrien et l'aide
à repousser le Parthe. Cosroès repasse le pont, et il
est entraîné dans la fuite par ses soldats ; mais au
moment où il veut s'échapper par le côté droit de
l'autre rive ; Rutile arrive avec sa troupe et lui ferme
le chemin. Le combat redouble avec fureur de l'autre
côté du fleuve ; Pharnaspe, investi sur le pont par
Rutile, Adrien et Flaminius, s'y défend avec rage ;
mais enfin il est entraîné sur le devant, et, au moment
où sa troupe résiste encore, le pont sappé par les
Romains s'écroule avec fracas, et renverse dans le
fleuve tous les Parthes qui y restaient. Cosroès, qui
voulait le secourir, voit crouler le pont presque sous
ses pieds, et il est entraîné dans la fuite par les siens.
On entend les cris de victoire ; et le peuple et les femmes
sortent du temple pour voir le vainqueur qui tient
Pharnaspe prisonnier.*)

SCÈNE XIII.

ADRIEN, PHARNASPE *enchaîné*, PRISONNIERS PAR-
THES, FLAMINIUS, RUTILE, SOLDATS ROMAINS,
PEUPLE D'ANTIOCHE, FEMMES ET PRÊTRES.

ADRIEN.

Romains, enfin les Dieux vous donnent la victoire.

TOUS.

Victoire !

ADRIEN.

Cosroès en fuyant échappe à mon courroux,
Mais Pharnaspe est captif, et suffit à ma gloire.

CHŒUR GÉNÉRAL.

Les Dieux nous donnent la victoire,
Jupiter et César ont combattu pour nous.
Invincible Adrien, rien ne manque à ta gloire,
Non, rien ne peut résister à tes coups.
Les Dieux nous donnent la victoire,
Jupiter et César ont combattu pour nous.

ADRIEN.

Dans le temple des Dieux à nos armes propices,
Soldats, allons offrir nos vœux reconnaissans,
Qu'on prodigue partout les parfums et l'encens,
Et que tous nos autels fument de sacrifices.
Allez, et que le Parthe enchaîné sur vos pas,
Apprenne à respecter et Rome et ses soldats.

(*Sur une marche guerrière toutes les troupes défilent
devant Adrien, et rentrent dans le temple. Pendant
la marche; le peuple témoigne sa joie en chantant et
dansant autour des prisonniers.*)

CHŒUR.

Les Dieux nous donnent la victoire,
Jupiter et César ont combattu pour nous... etc.

FIN DU PREMIER ACTE.

ACTE II.

Le théâtre représente, dans le fond, une montagne qui l'occupe en entier et qui se prolonge sur tout le côté gauche, relativement aux spectateurs. Cette montagne, taillée presque perpendiculairement, paraît inaccessible; cependant, sur la droite, elle offre un peu de pente par une croupe hérissée d'arbres et de rochers. Une grande grotte, placée dans l'angle à gauche, sert d'entrée à un conduit souterrain très-long et très-obscur, et dont l'issue est fermée par une porte. A la droite, on voit une aile du palais, ou plutôt une porte avec un escalier qui est supposé aboutir au palais. Vis-à-vis, à gauche, une demi-voûte creusée dans la montagne sert de temple à la déesse Derceto, divinité de Syrie.

SCÈNE PREMIÈRE.

ÉMIRÈNE, RUTILE, *suivi de Soldats romains.*

RUTILE.

Oui, princesse, en ces lieux Adrien va se rendre,
C'est là qu'il doit passer, voilà le souterrain
Qui du palais au camp abrège le chemin,
   Et c'est ici que nous venons l'attendre.

(Rutile poste une partie de ses soldats à l'entrée de la grotte; puis il se place lui-même avec le reste de sa troupe à la porte du palais.)

ÉMIRÈNE, seule.

Que puis-je faire, hélas! et que dois-je espérer?
Pharnaspe est dans les fers d'un vainqueur en furie;
   Et quand je tremble pour sa vie,
C'est son persécuteur qu'il me faut implorer.

Pardonne, cher amant, pardonne à mes alarmes,
Si d'un cruel rival j'implore le secours;
Les dieux m'en sont témoins, c'est pour sauver tes jours
Que je veux essayer le pouvoir de mes larmes.
    Amour, toi qui sus l'attendrir,
A ma tremblante voix viens prêter tous tes charmes,
Et fais qu'à mes accens il se laisse fléchir.

SCÈNE II.

ÉMIRÈNE, ADRIEN, RUTILE, Soldats romains.

ÉMIRÈNE, à part.

Dieux! le voici. Je tremble, et je respire à peine.

ADRIEN, dans le fond.

Rutile, suivez-moi.... Ciel! je vois Emirène.
Eloignons-nous.

ÉMIRÈNE.

            Seigneur, où portez-vous vos pas?
Permettez....

ADRIEN.

        Je ne puis.

ÉMIRÈNE.

                Ah! ne me fuyez pas.
Si ma douleur vous importune,
N'en accusez, seigneur, que ma triste infortune.

ADRIEN.

Non, laissez-moi...

ÉMIRÈNE.

            Du moins décidez de mon sort,
J'attends, de votre bouche, ou la vie ou la mort.

ADRIEN.

Princesse, je n'ai point menacé votre vie.

ÉMIRÈNE.

Ah ! plût aux dieux, seigneur, qu'elle me fût ravie,
Et que, moins inhumain, César n'eût point, hélas!
De mon époux ordonné le trépas.

ADRIEN.

S'il subit le trépas, on lui fera justice,
Et je laisse aux Romains le soin de son supplice.

ÉMIRÈNE.

Son supplice !

ADRIEN.

Le traître ! il paraît devant moi
Sous le titre sacré d'envoyé de son roi;
Et sa lâche fureur me tend un piége infâme,
Et porte en mon palais et le fer et la flamme!
Il mérite la mort.

ÉMIRÈNE.

Mais il est malheureux,
Il est votre captif, vous êtes généreux.
S'il périt, hélas! s'il succombe
Victime de votre courroux,
Percez mon cœur des mêmes coups,
Et couvrez de la même tombe
Votre captive et son époux.
Ah ! s'il faut des Romains assouvir la colère,
Que je meure pour lui, victime volontaire;
C'est moi qui doit périr, ses crimes sont les miens :
Seigneur, tranchez mes jours, mais épargnez les siens.

S'il périt, hélas! s'il succombe
  Victime de votre courroux,
Percez mon cœur des mêmes coups,
Et couvrez de la même tombe
  Votre captive et son époux.

ADRIEN, à part.

O ciel!

ÉMIRÈNE, vivement.

  Vous m'écoutez, et votre cœur soupire.
César va pardonner; sensible à mes malheurs,
Sa clémence n'a pu résister à mes pleurs.

ADRIEN.

Oui, je veux arracher le trait qui vous déchire.
Que Pharnaspe soit libre et conserve le jour.

ÉMIRÈNE.

Dieux!

ADRIEN.

  J'épargne un rival, jugez de votre empire;
  Mais que, fuyant loin de ma cour,
Il ne se montre plus aux lieux où je respire.

ÉMIRÈNE.

O divine clémence! oui, c'est avec raison
Que l'univers respecte et bénit votre nom.

ADRIEN.

Rutile, de Pharnaspe allez briser la chaîne,
J'accorde son pardon aux larmes d'Emirène;
  Mais quand la nuit obscurcira les cieux,
Qu'il tremble, si César le retrouve en ces lieux.

              (*Rutile sort.*)

SCÈNE III.

ADRIEN, ÉMIRÈNE.

ADRIEN, à Emirène.

Eh bien! vous l'emportez, et mon cœur trop sensible,
    Epargne un rival odieux;
Vous seule à mes désirs serez-vous inflexible?
Et quand vous exigez une preuve d'amour,
César ne peut-il rien obtenir à son tour?

ÉMIRÈNE.

Ah! seigneur, quand votre clémence
    Sauve les jours d'un prince malheureux,
Qu'exigez-vous de moi? Votre cœur généreux
Veut-il un autre prix que la reconnaissance?

ADRIEN, avec transport.

Oubliez un barbare et couronnez mes feux;
Partagez mes honneurs, c'est tout ce que je veux.

SCÈNE IV.

ADRIEN, ÉMIRÈNE, FLAMINIUS, Soldats.

FLAMINIUS.

Seigneur, des bords du Tibre aux rives de l'Oronte,
Sabine est arrivée et vous cherche en ces lieux.

ADRIEN.

Sabine! juste ciel!

ÉMIRÈNE, à part.

Quel bonheur!

ADRIEN, à part.

> Quelle honte !

FLAMINIUS.

Elle vient vous offrir son amour et ses vœux.

ADRIEN.

De paraître à ses yeux je n'ai pas le courage ;
Mon cher Flaminius, éloignez-la de moi.

FLAMINIUS.

Quoi ! seigneur, pourriez-vous lui faire cet outrage ?
Sabine qui dans Rome a reçu votre foi !.....

ADRIEN.

De grâce, éloignez-la..... juste ciel ! je la voi !

SCÈNE V.

ADRIEN, ÉMIRÈNE, FLAMINIUS, SABINE,
SOLDATS.

SABINE, à Adrien.

Seigneur, enfin le ciel comble mon espérance,
Je revois Adrien : les Romains et les dieux
Ont orné de lauriers son front victorieux.
J'oublie en le voyant les tourmens de l'absence.
Que de momens cruels loin de vous j'ai passés !
Que les jours étaient longs à mon impatience !
Mais je vous vois enfin ; mes maux sont effacés.....
Vous détournez les yeux..... vous gardez le silence.....
Pourquoi cette contrainte, ou cette indifférence ?

ADRIEN, à part.

Hélas !

SABINE.

Vous soupirez..... quel accueil! quel maintien!
Sabine dans César ne voit plus Adrien.

ADRIEN.

Sabine!....

SABINE.

Expliquez-vous : quel chagrin vous dévore?

ADRIEN.

Ciel!

SABINE.

Ne déchirez pas un cœur qui vous adore.

ADRIEN, à part.

Rien ne peut égaler le trouble de mes sens.
(*Haut.*) De grâce, épargnez-moi.....

SABINE.

Cruel! je vous entends.
Il est donc vrai! brûlant d'une flamme nouvelle
De votre souvenir vous m'avez pu chasser?
On me l'a dit cent fois, je n'ai pu le penser :
Fidèle à mon amour, je vous croyais fidèle.
Mais tout ici confirme un funeste soupçon,
Et déjà dans mon cœur il verse le poison.

ADRIEN.

Oui, vous voyez mon trouble extrême,
Je ne le cache point, tous mes sens sont émus :
Frappé de mille objets confus,
Je rougis, je frémis, j'ai honte de moi-même,
Mes yeux sont égarés, je ne me connais plus.

Mon cœur ne cherche point à voiler sa faiblesse;
   Indigne de votre tendresse,
   Indigne de votre courroux,
Je ne dois plus songer qu'à m'éloigner de vous.
   N'attendez pas que je m'excuse,
   Je sens toute ma trahison,
Plus fortement que vous peut-être je m'accuse;
Mais un charme fatal a séduit ma raison.
Ce trouble me poursuit, me déchire, m'accable;
A vous, à mes amis, à moi-même odieux,
Je ne dois que vous fuir, et cacher à vos yeux
   La honte d'un amant coupable.
Mon cher Flaminius, venez, suivez mes pas,
Dans ce désordre affreux ne m'abandonnez pas.
(*Il entre sous la grotte, Flaminius le suit, ainsi que les
  soldats qui gardaient le palais et le souterrain.*)

SCÈNE VI.

SABINE, EMIRÈNE.

SABINE, à elle même.

Juste ciel! est-ce à moi que ce discours s'adresse?
Est-ce ainsi qu'il m'accueille? est-ce ainsi qu'il me laisse?
Des maux qu'on m'annonçait et dont j'ai tant douté,
J'éprouve donc enfin l'affreuse vérité!
   (*Haut.*)
A cet étrange accueil, je devine sans peine
Que j'ai devant mes yeux la superbe Emirène,
Et je m'étonne moins, depuis que je la voi,
Que César soit séduit et trahisse sa foi.
Qui peut à tant d'attraits disputer l'avantage?

ÉMIRÈNE.

Au lieu de m'adresser un discours qui m'outrage,
Plaignez plutôt le sort qui s'attache à mes pas;
Si vous le connaissiez, vous ne l'envîriez pas.

SABINE.

Croyez-vous me tromper à force d'artifice?
Votre vainqueur au moins se rend plus de justice.
Justes dieux! une esclave, et la fille d'un roi,
Triomphe de César et l'emporte sur moi!
Je sais tous vos desseins, captive ambitieuse;
Mais tremblez, votre orgueil a tout à redouter:
Oui, pour vous des honneurs la route est périlleuse,
Et la mort vous attend où vous voulez monter.
  De Rome craignez la colère,
Elle fixe sur vous ses terribles regards.
Rome souffrira-t-elle une esclave étrangère
Assise insolemment au palais des Césars?
  Déjà ma vengeance s'apprête.
Du peuple, des soldats j'armerai la fureur
Contre l'indigne esclave et son lâche vainqueur:
  Je leur demanderai ta tête;
Et quiconque est Romain deviendra mon vengeur.

ÉMIRÈNE.

Dans mon cœur malheureux si votre œil savait lire,
Vous vous repentiriez d'un injuste courroux;
Et... que vois-je? grands dieux! Pharnaspe! mon époux!

SABINE, à part.

Son époux! que veut-elle dire?

SCÈNE VII.

SABINE, ÉMIRÈNE, PHARNASPE.

PHARNASPE.

Oui, c'est lui que tu vois tomber à tes genoux.

ÉMIRÈNE.

Mon époux près de moi!

PHARNASPE.

    L'amour sut m'y conduire.

SABINE, à part.

Qu'entends-je?

PHARNASPE.

  On me défend de rester en ces lieux;
En m'ordonnant de fuir, on a rompu ma chaîne,
Mais Pharnaspe dût-il expirer à tes yeux,
Il n'a pu s'éloigner sans revoir Emirène.
Dieux! dont j'ai tant de fois imploré le secours,
Prolongez des momens, et si doux, et si courts.

ÉMIRÈNE, à Sabine.

De vos soupçons cruels connaissez l'injustice:
Vous voyez si mon cœur est rempli d'artifice.

SABINE.

Généreuse étrangère, excusez ma fureur;
L'affreuse jalousie a causé mon erreur:
Mais, sans vous fatiguer d'une excuse stérile,
Ecoutez mes desseins, je veux vous être utile.
Adrien est absent, fuyez loin de ce bord:
Vous êtes seuls ici, l'occasion est belle.

PHARNASPE ET ÉMIRÈNE.

Dieux!

SABINE.

Et je vais chercher un esclave fidèle
Qui guide votre marche et vous conduise au port.

PHARNASPE.

O ciel!

ÉMIRÈNE.

Que dites-vous?

SABINE.

Que tout vous favorise.
Qu'aux chaînes du vainqueur vous pouvez échapper,
Que j'ai trop d'intérêt à ne pas vous tromper,
Et que je vais chercher quelqu'un qui vous conduise.

(*Elle sort.*)

SCÈNE VIII.

PHARNASPE, ÉMIRÈNE.

PHARNASPE.

Quel est cette étrangère? et quel dieu dans son sein
A mis ce généreux dessein?

ÉMIRÈNE.

De César autrefois la main lui fut promise,
Elle a cru que sur lui j'aspirais à régner,
Et des yeux d'Adrien elle veut m'éloigner.

PHARNASPE.

Saisissons le bonheur que le ciel nous envoie.

ÉMIRÈNE.

Dieux puissans! exaucez nos vœux.

PHARNASPE.

Bonheur inespéré!

ÉMIRÈNE.

Que de larmes de joie
Mon père va répandre en nous voyant tous deux!

SCÈNE IX.

PHARNASPE, ÉMIRÈNE, SABINE, un esclave.

SABINE.

Pharnaspe, fiez-vous à ce guide fidelle.
Allez, prince, volez où l'amour vous appelle;
Les chemins sont ouverts: ce vaste souterrain
Et du fleuve et du port abrège le chemin:
D'un habitant des lieux je m'en suis informée;
Deux routes, en sortant, s'offriront à vos pas,
La gauche mène au fleuve, et la droite à l'armée,
Saisissez la première, et ne la quittez pas.

ÉMIRÈNE.

O ciel! avec Pharnaspe on pourra me surprendre!

SABINE.

Tandis que de la fuite il fera les apprêts,
Princesse, quelque temps il vous faudra l'attendre.

PHARNASPE.

Je vais tout disposer pour nos heureux projets:
Jusqu'à la nuit, au port, j'ai le droit de descendre;
Et quand tout sera prêt au gré de nos souhaits,
Dans ces lieux écartés je viendrai te reprendre.

TOUS TROIS.

O dieux ! daignez nous protéger :
Secondez un dessein que l'amour nous inspire ;
A ce larcin daignez sourire,
Et de nos pas écartez le danger.

(*Pharnaspe entre sous la grotte avec son guide, et Sabine rentre dans le palais.*)

SCÈNE X.

ÉMIRÈNE, seule.

Au milieu du bonheur que le sort me présente,
Je ne sais quel pressentiment
Trouble mon cœur et l'épouvante....
Et je tremble pour mon amant.
Eloignons de nos yeux cette funeste image,
Concevons, s'il se peut, un plus heureux présage,
Espérons tout des immortels :
Oui, Pharnaspe, les dieux prendront soin de ta vie ;
Nous reverrons bientôt notre chère patrie,
Mon père, nos amis, nos temples, nos autels,
Et l'hymen serrera la chaîne qui nous lie....
J'entends des cris affreux, et des gémissemens...
Le bruit s'apaise.... Il recommence....
Au haut de ces rochers quelle foule s'avance ?
Dieux ! ce sont des Romains qui courent aux combats.
Fuyons. A leurs regards ne nous exposons pas.
Grands dieux ! de mon époux écartez les alarmes.

(*Elle sort.*)

SCÈNE XI.

COSROÈS, PARTHES, *sur la montagne.*

(*On voit sur la montagne Cosroès avec une troupe de*
Parthes. Ils poursuivent des Romains, et en égor-
gent plusieurs: Cosroès a pris la dépouille d'un Ro-
main et s'en est revêtu.)

COSROÈS.

Poursuivez, arrêtez, frappez tous les Romains,
Point de grâce! Qu'aucun n'échappe de vos mains,
Et prenez comme moi leur dépouille et leurs armes.
Sous ce déguisement nous nous cacherons mieux,
Et de nos ennemis nous tromperons les yeux.

(*Les soldats Parthes dépouillent les morts et prennent*
leurs casques, leurs épées, leurs boucliers.)

COSROÈS, au bord du rocher.

Mes amis, c'est ici qu'il nous faudra descendre.
La route est difficile et le péril certain:
Mais pour la gloire il faut tout entreprendre;
Suivez-moi, Cosroès vous montre le chemin.

(*Ils descendent péniblement de rochers en rochers, et*
en se suspendant aux arbres et aux broussailles: ceux
qui sont en bas les premiers élèvent leurs boucliers
pour faciliter la descente des autres.)

COSROÈS, au bas de la montagne.

Oh! mes amis, le ciel protége mon dessein.
Retirons-nous sous cette grotte sombre;
Marchons sans bruit, et cachons-nous dans l'ombre,
Et lorsque le tyran passera près de nous,

Qu'il tombe au même instant percé de mille coups.
(*A voix basse.*)
Dieux des enfers, Pluton! sois-nous propice!
Je te prépare un brillant sacrifice;
Va! nous ne mourrons point sans nous être vengés.

CHŒUR.

Dieux des enfers, Pluton! etc.

COSROÈS.

Percé de mille coups que le tyran périsse,
Et que le fer des Romains égorgés
Soit l'instrument de son supplice.

CHŒUR.

Percé de mille coups, etc.

(*Il se retire en silence sous la caverne.*)

SCÈNE XII.

ÉMIRÈNE revient seule, lentement et avec crainte.

Le tumulte a cessé, je n'entends plus de bruit,
A l'horreur des combats un calme affreux succède.
O cher époux, c'est toi que j'appelle à mon aide,
Viens dissiper la frayeur qui me suit....
Il ne vient point... Hélas!.. chaque moment m'accable.
Tout se tait.... Nul mortel ne paraît à mes yeux.
Ah! puisse-t-il choisir ce moment favorable
Pour hâter notre fuite, et sortir de ces lieux.
Peut-être de la grotte on a fermé l'issue,
Voyons....   (*Elle s'approche de la grotte.*)

COSROÈS.

Frappez, soldats, frappez, il est à nous.

ÉMIRÈNE.

Qu'entends-je ! cette voix ne m'est point inconnue ?

COSROÈS.

Frappez, et redoublez les coups.

ÉMIRÈNE.

Juste ciel ! je me meurs....

(*Elle tombe évanouie derrière un rocher qui est à droite
à l'entrée de la grotte, de manière qu'en sortant du
souterrain on ne peut l'apercevoir.*)

SCÈNE XIII.

ÉMIRÈNE *évanouie*, COSROÈS, SOLDATS PARTHES,
ADRIEN *dans la grotte*.

COSROÈS, en sortant de la grotte.

C'en est fait, il expire,
Grands dieux ! j'obtiens enfin le prix que je désire.
(*Aux soldats.*) Fuyez, nos desseins sont remplis.

ADRIEN, dans la grotte.

Vous n'échapperez pas, perfides ennemis.

COSROÈS.

Dieux ! quelle voix !...

(*Les Parthes fuient avec précipitation en jetant leurs
armes, et ils remontent de rochers en rochers comme
ils sont descendus. Cosroès reste seul.*)

ADRIEN, dans la grotte.

Romains, achevez votre ouvrage.
Poursuivez, égorgez, n'écoutez que la rage ;
Sondez tous les détours, cherchez dans tous les lieux.

*(On entend un grand tumulte et un cliquetis d'armes
dans la grotte.)*

COSROÈS.

Ciel! il respire encore! impitoyables dieux,
Vous égarez mes coups, vous trompez ma vengeance.
Que vois-je? c'est lui qui s'avance.
Que faire?... en ce réduit tentons encor le sort;
Si le tyran m'y cherche, il trouvera la mort.

*(Il se cache sous le petit temple qui est du côté gauche;
Emirène, qui est revenue à elle, le voit, et croit, à
son déguisement, que c'est un Romain.)*

ÉMIRÈNE.

Je tremble! quel Romain dans ce lieu se retire?
Il tient un fer sanglant! quel sang a-t-il versé?
O cher époux!....

(Elle retombe.)

SCÈNE XIV.

LES PRÉCÉDENS, ADRIEN, SOLDATS ROMAINS.

ADRIEN.

Enfin le traître est repoussé;
Il a cru me frapper, grâce au ciel! je respire.
Quand j'ai sauvé ses jours, ce perfide assassin
Pour prix de mes bienfaits veut me percer le sein.

SCÈNE XV.

Les Précédens, RUTILE, PHARNASPE *conduit par des Soldats romains.*

RUTILE, montrant Pharnaspe.

César, voici l'auteur de l'attentat impie.

COSROÈS, dans le temple.

Pharnaspe entre leurs mains !

ADRIEN, à Pharnaspe.

Traître, lâche et cruel,
Quand je brise tes fers, quand j'épargne ta vie,
Tu me veux pour adieu porter un coup mortel.

PHARNASPE.

Moi vouloir te frapper ! c'est une calomnie.

CHŒUR DE SOLDATS ROMAINS.

A la mort qu'il n'échappe pas.
Laissez-nous à vos yeux lui donner le trépas.

ÉMIRÈNE accourt.

Barbares, arrêtez, épargnez la victime.

COSROÈS, à part.

Ma fille !

ÉMIRÈNE.

Mon époux n'est point l'auteur du crime,
Le meurtrier est un Romain.

ADRIEN, et tous les Romains.

Ciel !

ÉMIRÈNE.

Je l'ai vu sortir de cette grotte sombre,

J'ai vu le fer sanglant qu'il tenait dans sa main,
Il a fui dans ce temple, il s'y cache dans l'ombre.

COSROÈS, se montrant.

Ne cherche pas plus loin, tu vois le criminel.

ADRIEN.

Un Parthe déguisé !

ÉMIRÈNE.

Dieux ! c'est mon père !

PHARNASPE.

O ciel !

Cosroès !

ADRIEN.

Cosroès !

COSROÈS.

Oui, tyran, c'est lui-même ;
Il a soif de ton sang, il veut s'en abreuver.
(*Il court sur Adrien ; mais les Romains lui arrachent
le fer et le saisissent.*)

ADRIEN.

Traître, connais des dieux la justice suprême ;
Ils ont trompé ta rage, ils m'ont su préserver.
Mais ton supplice est prêt, et ta mort est certaine.

ÉMIRÈNE.

Ah ! seigneur, écoutez....

ADRIEN.

Je n'écoute plus rien.

ÉMIRÈNE.

Verrez-vous sans pitié la tremblante Emirène ?

ADRIEN, à Cosroès.

Tu désirais mon sang, je verserai le tien.

COSROÈS.

Ne crois pas m'effrayer.

ADRIEN.

Soldats, qu'on les entraîne.

ENSEMBLE.

ÉMIRÈNE.

Ah! cruels, rendez-moi mon père, mon époux.

PHARNASPE.

Dieux! sauvez Cosroès, je me livre à vos coups.

ADRIEN.

Qu'ils meurent! rien ne peut apaiser mon courroux.

COSROÈS.

Cosroès en mourant bravera ton courroux.

CHŒUR DE SOLDATS.

Qu'ils périssent tous deux, qu'ils tombent sous nos coups.

(*Les soldats entraînent Cosroès et Pharnaspe, Emirène
s'attache à son père et ne veut pas le quitter, Adrien
rentre au palais.*)

FIN DU SECOND ACTE.

ACTE III.

Le théâtre représente un vaste péristyle du palais d'Adrien. Le fond est un jardin qui s'étend jusqu'au fleuve Oronte. Des montagnes couronnent l'horizon.

SCÈNE PREMIÈRE.

SABINE, DAMES ROMAINES, MATELOTS.

SABINE, en entrant.

Ah! ne me parlez plus de l'ingrat qui m'outrage;
Fuyons, abandonnons ce funeste rivage.
Vous, pour un prompt départ allez tout préparer.

(*Les matelots prennent le chemin du fleuve, et montent sur un vaisseau qu'ils ont l'air d'apprêter pour le départ.*)

Puissent les vastes mers qui nous vont séparer,
Effacer de mon cœur cette cruelle injure,
Et me faire oublier jusqu'au nom du parjure!

UNE ROMAINE.

Ah! plutôt....

SABINE.

C'est assez. Qu'avant la fin du jour,
Tout soit prêt pour quitter cet odieux séjour.
Allez.

(*Les femmes de Sabine s'éloignent.*)

SCÈNE II.

SABINE, seule.

O jour affreux! ô comble de misère!
J'ai donc quitté ma patrie et mon père;
Des flots et des combats j'ai bravé le danger,
Pour chercher un affront sous un ciel étranger!
   Dieux de l'hymen, dieux que j'atteste,
    Venez, vengez-vous, vengez-moi,
    Et frappez du courroux céleste
L'époux qui m'abandonne et qui trahit sa foi.
    Il est donc vrai! je suis trahie.
Ma douleur, mon amour, rien n'a pu le fléchir.
Je l'aimais: pour l'ingrat j'aurais donné ma vie.....
Ah! plus il me fut cher, plus je dois le haïr.
    Quittons ces lieux que je déteste;
Remontons sur ces mers, et chassons de mon cœur
L'image de l'ingrat qui cause mon malheur.
Perdons le souvenir d'un amour si funeste,
    Chassons, effaçons de mon cœur
L'image de l'ingrat qui cause mon malheur.
    On vient..... ciel! c'est lui qui s'approche!

SCÈNE III.

SABINE, ADRIEN.

ADRIEN vient lentement d'un air pensif.

Dieux! Sabine! évitons un trop juste reproche.
           (*Il veut s'éloigner.*)

SABINE.

Pourquoi me fuyez-vous, seigneur? ne craignez rien:
Je vous dispenserai d'un fâcheux entretien,

Vous n'aurez pas long-temps à souffrir ma présence,
Et votre amour.....

ADRIEN.

Cessez un discours qui m'offense:
Je n'ai point oublié tout ce que je vous doi,
Et croyez que mon cœur.....

SABINE.

Perfide, laisse-moi.
Il n'est plus temps d'employer l'artifice.
Redoute les Romains, ils me feront justice.
Souviens-toi que plus grand, plus chéri des soldats,
Titus se vit contraint à chasser Bérénice,
Et qu'Antoine en Afrique a trouvé le trépas.

(*Elle sort.*)

SCÈNE IV.

ADRIEN, seul.

Redoute les Romains!..... Eh! que pourront-ils dire?
Sans doute de l'amour ils connaissent l'empire?
Voudraient-ils me forcer à dicter mon malheur?
Ne pourrai-je à mon gré disposer de mon cœur,
Et de mon sort enfin ne suis-je pas le maître?
Oui.....

SCÈNE V.

ADRIEN, RUTILE.

RUTILE.

Seigneur, devant vous Cosroès va paraître.

(*Il se retire.*)

ADRIEN.

Poursuivons mes desseins, et tâchons en ce jour
D'accorder, s'il se peut, ma gloire et mon amour.
Faisons fléchir l'orgueil du père d'Emirène;
Voyons si son courroux..... mais c'est lui qu'on amène.

SCÈNE VI.

ADRIEN, COSROÈS, RUTILE, Gardes.

COSROÈS, enchaîné.

Que me veut-on? combien ai-je encore à souffrir?
Cosroès est captif, il est prêt à mourir:
Qu'exiges-tu de lui?

ADRIEN.

J'exige qu'il m'entende,
Qu'il réprime sa haine, ou du moins la suspende.
Les dieux entre mes mains ont remis votre sort,
Vous m'avez offensé, j'ai juré votre mort :
A son gré mon pouvoir ou punit ou pardonne.
Ici, tout m'obéit, et tout vous abandonne.
Sans crainte, sans remords, je puis trancher vos jours,
Vous êtes sans appui, sans espoir, sans secours,
Le sort vous ravit tout..... César veut tout vous rendre.

COSROÈS.

Que dis-tu?

ADRIEN.

Ce discours a droit de vous surprendre,
Mais notre inimitié peut finir à jamais.
A vous solliciter c'est moi qui veut descendre,
Et c'est votre vainqueur qui demande la paix.

18.

COSROÈS.

Tu mets sans doute un prix à de si grands bienfaits?

ADRIEN.

Oui, la main d'Emirène est le bien où j'aspire,
Je vous rends à ce prix et la vie et l'empire.

COSROÈS.

J'ai prévu ta réponse. Eh quoi donc! un Romain
De la fille d'un roi désirerait la main?
Jusqu'à la demander sa majesté s'abaisse?
Justes dieux! les héros ont-ils tant de faiblesse?

ADRIEN.

Prince, c'en est assez, vous m'avez entendu;
A ces conditions tout vous sera rendu.

COSROÈS.

(*Haut,*)

César, mon choix est fait. Qu'on appelle Emirène.

ADRIEN.

(*A Rutile.*) (*Aux gardes.*)
Allez. Et vous, soldats, qu'on détache sa chaîne.

COSROÈS.

Non, laissez-moi mes fers, je n'en sens plus le poids.

ADRIEN.

Pourquoi les conserver?

COSROÈS.

Je le veux, je le dois.

ADRIEN.

Vous refuseriez-vous au nœud que je désire?

COSROÈS.

Qui pourrait refuser et la vie et l'empire?

ADRIEN, à part.

Accepte-t-il mes dons? Veut-il dissimuler?
(*Haut.*)
Emirène paraît.

COSROÈS

Laisse-moi lui parler.

SCÈNE VII.

ADRIEN, COSROÈS, ÉMIRÈNE, Soldats.

ÉMIRÈNE, voyant Cosroès enchaîné.

O mon père!

COSROÈS.

Ma fille, apaise tes alarmes;
Nous triomphons : taris la source de tes larmes.

ÉMIRÈNE.

O ciel! que dites-vous?

COSROÈS.

Tu vois quel est mon sort;
J'ai bravé le Romain, il a juré ma mort:
A son gré son pouvoir ou punit ou pardonne,
Tout le craint, tout l'adore, et tout nous abandonne,
Sans scrupule, sans crainte, il peut trancher mes jours,
Nous sommes sans appui, sans espoir, sans secours.....

ÉMIRÈNE.

Eh bien!

ADRIEN,

COSROÈS.

Ce changement a droit de te surprendre;
Le sort me ravit tout, César veut tout me rendre.

ÉMIRÈNE.

O ciel!

ADRIEN, à Emirène.

Et c'est de vous que dépend son destin.

ÉMIRÈNE.

Ah! s'il dépend de moi, son bonheur est certain.

COSROÈS.

Ma fille, consens-tu d'obéir à ton père?

ÉMIRÈNE.

Sans doute.

COSROÈS.

Promets donc d'accomplir mes souhaits.

ÉMIRÈNE.

Pour conserver vos jours que ne dois-je point faire?

COSROÈS.

Eh bien! écoute donc ma volonté dernière :
Déteste ce tyran autant que je le hais.

ÉMIRÈNE.

Grands dieux !

ADRIEN.

Qu'ai-je entendu? quelle fureur barbare?

ÉMIRÈNE, à son père.

Hélas! ignorez-vous le sort qu'on vous prépare?

COSROÈS.

J'ai tout prévu.

ÉMIRÈNE.

Mon père, ah! daignez m'écouter.

COSROÈS.

Quand on attend la mort, que peut-on redouter?
(*A Adrien.*) Faible Romain, as-tu pu croire
Que je m'abaisserais à flatter tes amours,
Et que pour conserver quelques malheureux jours,
   Je voudrais souiller ma mémoire?
Par l'aspect des tourmens ne crois pas m'ébranler.
Au milieu des bourreaux je conserve ma gloire,
Et mon dernier soupir peut te faire trembler.

ÉMIRÈNE, avec effroi.

O mon père!

ADRIEN, à Cosroès.

Barbare!

COSROÈS.

         Exerce ta vengeance,
Je brave ton orgueil et ta vaine puissance;
Ni le fer ni le feu ne me feront pâlir.
Viens, suis-moi, Cosroès veut t'apprendre à mourir.

ÉMIRÈNE.

O funeste fierté!

ADRIEN.

Rutile, qu'on l'entraîne.

ÉMIRÈNE.

Ciel!

ADRIEN, aux soldats.

Et vous, dans ces lieux retenez Emirène.

(*Rutile emmène Cosroès avec une partie des gardes, les
autres empêchent Emirène de suivre son père.*)

SCÈNE VIII.

ÉMIRÈNE, Soldats.

ÉMIRÈNE.

Ah! barbares, du moins ne nous séparez pas :
O ciel! on me retient, on arrête mes pas.
Mon père va périr.... je n'ai plus d'espérance,
Grands dieux! par mon trépas terminez ma souffrance.

SCÈNE IX.

EMIRÈNE, PHARNASPE, Soldats *dans le fond.*

PHARNASPE.

Emirène!

ÉMIRÈNE.

Ah! Pharnaspe en ces lieux?

PHARNASPE.

Oui, j'accours
Pour te rendre ton père, et conserver ses jours.

ÉMIRÈNE.

Hélas! il n'est plus temps, César veut qu'il périsse,
Il a déjà peut-être ordonné son supplice.

PHARNASPE.

Tu peux l'en préserver, tu n'as qu'à le vouloir.

ÉMIRÈNE.

Par quel moyen, grands dieux?

PHARNASPE.

Par un grand sacrifice;
Oublions notre amour, ne songeons qu'au devoir.

ÉMIRÈNE.

Que dis-tu?

PHARNASPE.

Ce Romain est épris de tes charmes,
Il t'adore, il peut tout accorder à tes larmes.
Offre-lui cette main promise à mon amour,
Et ton père à ce prix conservera le jour.

ÉMIRÈNE.

Que me conseilles-tu?

PHARNASPE.

Ce que l'honneur m'inspire.

ÉMIRÈNE.

Et tu pourras vivre sans moi?

PHARNASPE.

Ne me demande pas quel sera mon martyre,
Mais sauver Cosroès est ma première loi.

ÉMIRÈNE.

Pardonne, cher amant, pardonne:
D'un si pénible effort mon cœur s'est alarmé.
Quand il faut que je t'abandonne.
Pourquoi te montres-tu si digne d'être aimé?

PHARNASPE.

Renonçons pour jamais aux momens pleins de charmes,
Dont nous avons conçu l'espoir:

Ne m'affaiblis point par tes larmes,
En te voyant pleurer, j'oublîrais mon devoir.

ÉMIRÈNE.

O cruel sacrifice !

PHARNASPE.

Hélas! trop nécessaire.

ÉMIRÈNE.

Il faut donc te quitter ?

PHARNASPE.

Il faut sauver ton père.

ÉMIRÈNE.

Et toi, qu'espères-tu ?

PHARNASPE.

M'éloigner.... (*à part.*) et mourir.

ÉMIRÈNE.

Tu vas m'abandonner ?

PHARNASPE.

Ton père va périr.

ENSEMBLE.

O trouble affreux qui me dévore !
Dans ce moment où je reçois
L'adieu de {celui/celle} que j'adore,
Hélas! lorsque sa douce voix
Dans mon cœur retentit encore,
C'est donc pour la dernière fois,
Que je l'entends, que je {le/la} vois.
O trouble affreux qui me dévore! etc.

SCÈNE X.

PHARNASPE, EMIRÈNE, ADRIEN, RUTILE.

ADRIEN, sortant du palais.

J'ai tardé trop long-temps à punir son forfait,
Allez de ce barbare ordonner le supplice.

(*Rutile sort avec les gardes.*)

ÉMIRÈNE.

Ah! seigneur, arrêtez, que ma voix vous fléchisse!

ADRIEN.

Non.

ÉMIRÈNE.

Daignez m'écouter, vous serez satisfait.

PHARNASPE.

Ton épouse à tes pieds implore ta clémence.

ADRIEN.

Mon épouse!

PHARNASPE.

Seigneur, Emirène est à toi.
Elle t'offre sa main, elle renonce à moi:
Puisse-t-elle à ce prix désarmer ta vengeance!

ADRIEN.

Qu'entends-je?

PHARNASPE.

Je lui rends sa foi.
Oui, dussé-je en perdre la vie,
Pour sauver Cosroès, je te la sacrifie.

ADRIEN.

O générosité qu'à peine je conçois!
Emirène!

ÉMIRÈNE.

Seigneur!

ADRIEN.

Vous gardez le silence?

ÉMIRÈNE.

Pharnaspe vous répond de mon obéissance.
Je subirai la loi que vous m'imposerez:
   Et pourvu que mon père vive,
   Votre épouse, ou votre captive,
Je vous suivrai partout où vous me conduirez:
   Ah! ne craignez pas qu'Emirène
Vous accuse jamais de causer son malheur;
Elle vous chérira comme un libérateur,
Et son cœur oublîra qu'il eut une autre chaîne.
Je vous suivrai, etc.

SCÈNE XI.

LES PRÉCÉDENS, SABINE, FLAMINIUS, FEMMES DE
SABINE.

SABINE.

Seigneur, lorsque je vais abandonner ces lieux,
Daignerez-vous au moins recevoir mes adieux?

ADRIEN.

Vous partez?

SABINE.

Pouvez-vous en ignorer la cause?

Vous n'osiez m'ordonner l'exil que je m'impose,
Et de cet embarras je vous ai soulagé.

ADRIEN.

O ciel!

SABINE.

Ne craignez rien d'un amour outragé;
Je ne médite point une indigne vengeance;
Et quand vous m'accablez de votre indifférence,
Autant que votre cœur le mien n'a point changé.
Jouissez d'un destin prospère;
Que vos jours soient heureux comme ils sont éclatans:
Oui, j'impose silence à mes ressentimens,
Je force mon cœur à se taire,
Et j'oublierai bientôt, j'espère,
Que j'avais reçu vos sermens.

ADRIEN.

A fuir si promptement qui vous a donc réduite?

SABINE.

Je n'ai d'espoir, seigneur, que dans la fuite,
Et c'est Flaminius qui doit m'accompagner.

ADRIEN.

Flaminius! Eh quoi! mon ami m'abandonne!
(*A part.*)
Qu'ai-je entendu, grands dieux! quelle horreur m'environne!

FLAMINIUS.

Tout m'avertit, seigneur, que je dois m'éloigner.

ADRIEN.

Vous me quittez aussi, vous, ami si fidèle?

Vous qui m'avez donné tant de preuves de zèle?
Vous que j'aimais enfin! qui m'aimiez....

FLAMINIUS.

                    Oui, seigneur;
Mais vous aimiez alors vos devoirs et l'honneur.

ADRIEN, à part.

O reproche cruel! ô honte insupportable!

SCÈNE XII et dernière.

ADRIEN, PHARNASPE, FLAMINIUS, EMIRÈNE,
COSROÈS, RUTILE, Gardes, Peuple de Syrie,
Licteurs.

(*Les licteurs conduisent Cosroès enchaîné.*)

RUTILE.

César, les sénateurs ont jugé le coupable.

ÉMIRÈNE et PHARNASPE.

Dieux!

RUTILE.

   Ils ont condamné Cosroès à la mort;
Ordonnez, les licteurs vont terminer son sort.

ADRIEN, à part.

De triompher de moi, suis-je seul incapable?
  (*Haut.*)
Oui, je veux me venger, oui, je veux vous punir,
Vous qui conspirez tous à me faire rougir.
  (*A Flaminius.*)
Je te rends grâce, ami, dont l'austère sagesse
Osa, pour me sauver, éclairer ma faiblesse:

Et je bénis la main qui vient de m'arrêter
Aux bords du précipice où j'allais me jeter:
Cosroès, recevez la liberté, l'empire;
Avec votre amitié promettez-nous la paix,
Je ne l'exige point, prince, je la désire.
Que nos ressentimens s'effacent pour jamais;
Qu'Emirène et Pharnaspe, unis par l'hyménée,
Me doivent de leurs jours la trame fortunée;
Et vous, fière Sabine, acceptez un époux
Que Rome et vos vertus rendront digne de vous.

SABINE, EMIRÈNE et PHARNASPE.

O clémence! ô grandeur! ô bonté tutélaire!

ADRIEN, à Sabine.

Pardonnez à mon cœur une erreur passagère.

ÉMIRÈNE.

Heureux par vos bienfaits, nous allons vous bénir.

PHARNASPE.

Et ton nom va régner dans le vaste avenir.

SABINE.

Dieux! je revois enfin l'Adrien que j'adore.

ADRIEN.

Eh bien! Flaminius, me quittez-vous encore?

FLAMINIUS.

A cet heureux retour je m'étais attendu,
César, je n'ai jamais douté de ta vertu.

COSROÈS, à qui on a ôté les chaînes.

Je ne puis résister au transport qui m'anime.
Oui, César m'a vaincu. Jadis, par sa valeur,

Il avait conquis mon estime,
Par ses vertus il a gagné mon cœur.

(*Ils se donnent la main.*)

CHŒUR GÉNÉRAL, à Adrien.

Les dieux veilleront sur ta vie,
Jeune héros, ton nom ne périra jamais.
Par tes exploits, tu subjuguas l'Asie,
Mais tu règnes par tes bienfaits.

ADRIEN.

Que les Parthes captifs soient libres désormais :
De l'olivier sacré couronnons notre tête,
Sur les autels jurons la paix,
Et que d'un double hymen on célèbre la fête.

CHŒUR.

Les dieux, etc.

(*La pièce finit par un divertissement, dans lequel on célèbre le double mariage d'Adrien et de Sabine, de Pharnaspe et d'Émirène.*)

FIN D'ADRIEN.

ABEL,

TRAGÉDIE LYRIQUE EN TROIS ACTES,

REPRÉSENTÉE POUR LA PREMIÈRE FOIS
SUR LE THÉATRE DE L'OPÉRA,
LE 23 MARS 1810.

PERSONNAGES.

ADAM.

EVE.

CAÏN.

ABEL.

MÉALA, femme de Caïn.

TIRSA, femme d'Abel.

ANAMALEC.

SATAN.

BÉELZÉBUTH.

MOLOCH.

BÉLIAL.

UN ANGE.

ENFANS D'ADAM, DE CAÏN ET D'ABEL.

AVERTISSEMENT.

—

Reçu bien avant l'opéra de la Mort d'Adam, l'opéra de la Mort d'Abel ne fut représenté qu'un an plus tard. L'apparition du premier de ces ouvrages donna lieu à une réclamation de la part de M. Hoffman. Nous l'avons placée à la suite de cet avertissement, comme pouvant servir à l'histoire des querelles littéraires. Plusieurs écrits pour et contre furent publiés dans le temps à l'occasion de l'apothéose dont chacun des auteurs revendiquait l'invention. Après la première représentation de la pièce de MM. Guillard et Lesueur, un plaisant improvisa les vers suivans. Il suppose que c'est l'auteur qui parle :

Ma pièce, je l'avoue, est d'un ennui mortel;
    Mais au séjour de l'Éternel
    (Si beau qu'on n'a rien vu de tel)
Je transporte à la fin Adam avec Abel,
    Et je réussis, grâce *au ciel !*

La Mort d'Abel ne dut pas tout son succès à l'apothéose; plusieurs scènes bien écrites, tout le second acte imité de Milton, et la musique de M. Kreutzer, contribuèrent autant que les décorations à la réussite de cet opéra, qui, depuis que les ballets sont devenus partie essentielle des représentations de l'Académie royale de Musique, a été remis en deux actes. Néanmoins, nous l'imprimons tel qu'il a été d'abord représenté, persuadés qu'on sera bien aise de lire l'acte de l'enfer.

19.

Réponse à MM. Guillard et Lesueur.

Paris, le 21 mars 1809.

« Messieurs, puisque vous voulez que j'articule les reproches que je suis en droit de vous faire, et que je précise tous les faits, je vais les exposer clairement; mais n'oubliez pas que c'est vous qui le voulez.

» L'opéra d'Abel, dont je suis auteur, est reçu depuis le commencement de l'an 3. J'ai eu le premier l'idée de réunir le *Pandémonion* de Milton au trait de la Genèse, et mon ouvrage finit par une espèce d'apothéose d'Abel, où se trouve ce que vous avez jugé à propos d'ajouter, depuis un an, à votre Mort d'Adam. M. Lesueur, qui a tenu et lu mon Abel, en l'an 3, ne s'est que trop rappelé ce qu'il contenait. Je vais en fournir la preuve.

» Dans une brochure de cent pages, que M. Lesueur a fait paraître en l'an 10, sous le titre de *Lettre à Guillard*, il donne l'analyse, scène par scène, de la Mort d'Adam. Cette analyse se trouve renfermée dans l'espace compris entre la page 17 et la 25ᵉ inclusivement. M. Lesueur y trace tous les tableaux, y expose toutes les situations, et cependant il n'y est question ni des démons, ni de l'apothéose; et Abel, dont on parle beaucoup dans cet exposé, n'est point un personnage de la pièce. Aujourd'hui, messieurs, vous avez fait de grands changemens à votre ouvrage; vous y avez admis des démons comme dans Abel; vous faites voir Abel même comme un personnage, et vous terminez votre opéra par le magnifique spectacle d'une apothéose pareille à celle qui fait mon dénouement; de manière que vous m'enlevez la seule chose nouvelle que j'aie pu introduire dans ce sujet, et que vous vous emparez de tout ce qui m'avait fourni une fin brillante et nécessaire au théâtre de l'Opéra.

» En l'an 10, vous finissiez sans apothéose, sans démons, sans Abel, et *la dernière action de votre Adam était de bénir le genre humain, en mourant debout contre le rocher qui se brise, au moment même où le soleil disparaît de l'horizon pour faire place à la nuit. La nature prend le deuil.....* Telles sont les propres expressions de M. Lesueur, dans sa *Lettre à Guillard*, page 25, ligne 3 et suivantes. Mais comme il connaissait mon dénouement d'Abel, il a depuis trouvé bon de le prendre; c'est-à-dire de me l'ôter.

» Je sais trop qu'un beau dénouement et un beau spectacle font plus de la moitié du succès des meilleurs opéras, et qu'ils font tout le succès des médiocres; j'ai trop de raisons pour croire que le mien est du nombre de ces derniers : ainsi vous m'avez peut-être tout ôté, tandis que votre ouvrage, déjà si riche d'intérêt et d'effets, pouvait bien se passer de ce qui m'était nécessaire.

» Je viens de prouver par l'écrit de M. Lesueur même, que son ouvrage n'a pas toujours contenu ce qui a toujours été dans le mien; je vais maintenant prouver par un écrit de M. Lesueur même, que sa pièce n'a pas dix-huit ans de réception, comme on l'a faussement dit dans une feuille publique. Dans une autre brochure, intitulée : MÉMOIRE POUR J. F. LESUEUR, le verso du premier feuillet présente ces mots : « *J'affirme et je garantis l'exactitude de tous les* » *faits consignés dans ce Mémoire. Signé* LESUEUR. »

Nous pouvons donc regarder comme certain ce que nous trouverons dans cette brochure, car M. Lesueur est incapable de mentir. Or, je lis à la page 93, ligne 10, cette phrase qui décide la question : « Ce » ne fut qu'après la représentation des Mystères » d'Isis, et vers la fin de l'an 9, que, fatigué de tant » d'injustices, il songea sérieusement à réclamer les » droits de la Mort d'Adam, REÇU DEPUIS QUATRE » ANNÉES, etc..... » Voilà donc un aveu formel que cet opéra ne fut reçu que quatre ans avant la fin de l'an 9, c'est-à-dire vers la fin de l'an 5. Le mien, au contraire, date du commencement de l'an 3, comme je l'ai fait voir à M. Guillard, en présence de témoins : que faut-il donc penser des dix-huit ans de réception dont on s'est vanté depuis que je réclame? N'oublions pas surtout que je n'oppose à M. Lesueur que les écrits de M. Lesueur, ou ceux garantis par lui et signés de sa main.

» Maintenant, que l'on consulte mon premier poëme reçu au théâtre Feydeau en l'an 3; ou sa copie, transportée à l'Opéra en l'an 8; ou sa seconde copie, relue et reçue de nouveau à l'Opéra en 1806; ou, ce qui formera une autorité plus respectable, une autre copie que M. Kreutzer a eu l'honneur de remettre à S. M. l'Impératrice, en 1805, et que S. M. a bien voulu garder; on y verra le même poëme, sans changemens, sans additions, et l'on y trouvera tout ce que M. Lesueur a mis, depuis un an, dans son ouvrage. Vous m'avez demandé une explication, messieurs; la voilà. Vous pouviez éviter ce scandale. M. Guillard se trouvant chez moi avec M. Nicolo, compositeur de musique, et M. Rolland, artiste du théâtre Feydeau, je lui dis que je ne réclamerais point dans les journaux, s'il voulait lui-même déclarer publiquement qu'*il reconnaissait l'antériorité de mon ouvrage, et l'impossibilité où je m'étais trouvé de piller le sien.* C'était sans doute me contenter de peu; aussi M. Guillard me répondit-il : *Cela est si juste, que si Lesueur ne le fait pas, je le ferai, moi; je vous en donne ma parole d'honneur.* Je somme MM. Nicolò et Rolland de déclarer ce qu'ils ont entendu. Malgré la *parole d'honneur,* M. Guillard a refusé d'écrire : je ne suis donc plus l'agresseur, et je ne fais que me défendre du soupçon de plagiat.

» Ici se terminera ce procès ridicule, à moins que ces messieurs ne nient et leur parole et leurs écrits. D'ailleurs, M. Lesueur est trop redoutable pour que je puisse long-temps guerroyer contre lui. Il a appris à toute la France, dans une brochure volumineuse, qu'il avait toujours eu des querelles, et qu'il avait toujours eu raison; qu'il en a eu notamment une très-vive avec des chanoines de Notre-Dame, mais que les chanoines ont eu tort, et qu'il a eu raison; qu'il en a eu une scandaleuse avec le Conservatoire de Musique, mais que tout le Conservatoire a eu tort, et que lui M. Lesueur a eu seul raison. Or, moi qui n'ai jamais eu de procès avec personne, je ne puis espérer de gagner ma cause contre un homme qui a toujours raison. Je déclare donc qu'il m'a battu, qu'il est mon vainqueur, et que pour preuve de sa victoire, il emporte mes dépouilles.

HOFFMAN. »

ABEL.

ACTE PREMIER.

Le théâtre représente un site riant et pittoresque ; dans le fond, on voit deux coteaux entre lesquels un fleuve tombe en cascade. Les habitations d'Adam et de ses enfans sont sur le côté droit. Le devant du théâtre offre un paysage agréable ; deux autels de gazon sont au milieu. Un pont d'une structure très-simple paraît dans le fond au-dessus de la cascade.

SCÈNE PREMIÈRE.

ADAM.

L'aurore a dissipé les ombres des campagnes,
Elle rougit déjà le sommet des montagnes ;
Un doux zéphyr s'élève, il m'annonce un beau jour ;
Et Dieu jette un regard sur cet heureux séjour.
Ces rochers imposans, ces masses de verdure,
Ces arbrisseaux en fleurs, cette onde qui murmure,
Tout ravit, tout enchante, et porte dans nos sens
Des plaisirs toujours purs et toujours renaissans.

AIR.

Charmant séjour, lieu solitaire,
Des campagnes d'Eden vous avez les douceurs.
J'y devrais être heureux... mais, hélas! je suis père ;
Et c'est un fils qui fait couler mes pleurs.
O mes enfans, un père trop coupable
Appesantit sur vous la main de l'Eternel.
Ah! j'en suis trop puni, je suis trop misérable,
Puisque mon fils Caïn n'aime pas mon Abel.

Dieu puissant, source de lumière,
Fais qu'à mes sens le calme soit rendu;
Fais qu'un frère en ce jour veuille embrasser son frère;
Et des plaisirs du ciel je n'aurai rien perdu.

SCÈNE II.

ADAM, ABEL.

ABEL.

Quoi! mon père, en ces lieux vous devancez l'aurore?

ADAM.

J'adorais l'Eternel, je le priais encore...

ABEL.

Quoi! vous songez toujours à ces temps malheureux
Où l'Ange...

ADAM.

C'est pour toi que je faisais des vœux.
Je l'avouerai, mon fils, ma désobéissance
Du Dieu que j'offensai mérita la vengeance.
Le premier des humains fut rebelle à sa loi,
Et je serais heureux s'il n'eût puni que moi :
Mais ton frère te hait; pour mon âme sensible,
N'est-ce pas, cher Abel, un châtiment terrible?

ABEL.

Mon frère m'aimera, j'ose encor l'espérer;
Il sera mon ami, j'irai l'en conjurer.
Peut-on haïr long-temps? haïr est une peine,
Et ma tendre amitié fatiguera sa haine.

ADAM.

Cher Abel, comme toi que n'est-il généreux!

ABEL.

Mon père, il faut le plaindre, il est bien malheureux.

AIR.

Unissons-nous pour le rendre sensible,
Nous obtiendrons ce fortuné retour :
    Son cœur serait-il inflexible ?
Il est aimé ; qu'il nous aime à son tour.
    Quand il verra couler nos larmes,
D'un doux transport son cœur va s'animer :
    Pourrait-il trouver plus de charmes
A me haïr que j'en trouve à l'aimer ?

ADAM.

Mais si ton espérance est vaine...

ABEL.

Ne croyez pas qu'Abel le haïsse à son tour.

ADAM.

Et s'il est constant dans sa haine...

ABEL.

Je le serai dans mon amour.

ENSEMBLE.

Dieu juste, à qui tout est possible,
Pour un infortuné j'implore ton secours ;
    Le jour qu'il deviendra sensible
    Sera le plus beau de nos jours.

SCÈNE III.

ADAM, ÈVE, ABEL, TIRSA, MÉALA, Enfans.

ADAM.

Approchez, mes enfans, l'heure de la prière
Nous appelle en ces lieux.

ABEL.

Je ne vois point mon frère.

ÈVE.

Il soupire sans cesse, il se plaint, il gémit,
Et semble nous haïr autant qu'on le chérit.
Insensible aux tourmens que cause son absence,
Des plus sombres forêts il cherche le silence;
Les lieux les plus affreux ont pour lui plus d'appas
Que ceux où chaque jour nous lui tendons les bras.
Ah! quand je vois Abel, quand je pense à son frère,
Je sens qu'il est bien doux, bien cruel d'être mère.

MÉALA.

Encore cette nuit, agité, furieux,
Appelant le sommeil qui fuit loin de ses yeux,
Il écartait ma main, quand j'essuyais ses larmes;
Mes caresses semblaient redoubler ses alarmes.
J'attendais que l'aurore, en ramenant le jour,
Ramenât dans son cœur et la paix et l'amour:
Vain espoir! du soleil l'éclatante lumière
Semblait le tourmenter et blesser sa paupière;
Puis poussant tout-à-coup de longs gémissemens,
Il sortit sans vouloir embrasser ses enfans.

ADAM.

Je vais le ramener; l'autorité d'un père...

ABEL.

Ah! c'est à l'amour seul que doit céder un frère:
Respectons ses chagrins, il en a plus que nous;
Bientôt il reprendra des sentimens plus doux.
J'ai l'espoir qu'en ces lieux il va bientôt se rendre,
C'est en priant pour lui que nous devons l'attendre.

ADAM.

Eh bien! je l'attendrai, mon Abel, tu le veux...
Quand il fuit loin de nous, faisons pour lui des vœux.

PRIÈRE.

TOUS.

O toi, dont la main bienfaisante
Nous rend plus heureux chaque jour,
De notre âme reconnaissante
Daigne agréer l'hommage et le timide amour.

ADAM.

Des dons que la nature étale
Tu nous laisses jouir en paix;
Que jamais ta main libérale
Ne tarisse pour nous la source des bienfaits.

ABEL.

Grand Dieu! si ma voix t'importune,
Tu le sais, ce n'est pas pour moi:
D'un frère adoucis l'infortune;
C'est le plus grand des biens qu'Abel attend de toi.

ADAM embrasse Abel, Caïn le voit.

Que je reconnais bien ton cœur sensible et tendre!

ÈVE, de même.

Caïn, sans s'émouvoir, aurait-il pu t'entendre?
Que n'est-il dans ces lieux?

MÉALA.

Ma mère, le voici.
Ciel! des mêmes chagrins son front semble obscurci.

SCÈNE IV.

Les Précédens, CAÏN.

ABEL.

Il revient près de nous. Grand Dieu ! je vous rends grâce.

TIRSÂ , retenant Abel.

Ses yeux me font frémir.

ABEL.

Il faut que je l'embrasse.
(*Caïn le repousse et recule.*)

ADAM , à Caïn.

Mon fils, voilà ton frère.

CAÏN.

Oui, c'est lui que je voi :
Les caresses pour lui, les reproches pour moi.

ÈVE.

De quoi vous plaignez-vous ?

CAÏN.

De toute la nature,
Du Dieu qui m'a créé les tourmens que j'endure...

ADAM.

Des tourmens ! quels sont-ils ?

ÈVE.

Qui peut les causer ?

CAÏN.

Vous.

ÈVE.

Moi !

CAÏN.

Vous dont la tendresse, inégale entre nous,
Réserve pour moi seul les peines les plus rudes,
Tandis qu'Abel, objet de vos sollicitudes,
Sans cesse est caressé dans vos bras attendris.
Je ne suis que Caïn, Abel est votre fils.

ÈVE.

Vous êtes mes enfans. Par mes mains, la nature
Vous paya de mes soins une égale mesure ;
Mais Abel les reçoit d'un cœur reconnaissant,
Quand vous les rejetez d'un regard menaçant.
Pour vous, comme pour lui, j'ai l'amour d'une mère ;
Mais d'Abel dans Caïn je ne vois point le frère.

CAÏN.

Toujours Abel ! toujours ce nom m'est répété !
Et vous aimez vos fils avec égalité,
Lorsque j'entends toujours cet arrêt détestable !
Abel seul est mon fils, Abel seul est aimable.

ADAM.

Ah ! n'accusez que vous des maux que vous souffrez :
Accusez votre envie et vos sens égarés.

CAÏN.

Oui, vous avez raison ; je m'égare, mon père ;
Et c'est avec vos yeux que je dois voir mon frère.
Sans me plaindre, je dois dévorer mes douleurs.
Un monstre, dès long-temps, m'a prédit mes malheurs.
Un fantôme, un démon échappé des abîmes
Où Dieu l'avait plongé pour expier ses crimes,
M'obsède, m'environne à toute heure, en tous lieux ;

Il me parle; j'entends cet arrêt odieux;
Il me dit, comme vous : Caïn est misérable,
Abel seul est mon fils, Abel seul est aimable.

ABEL.

Mon frère...

CAÏN.

Laisse-moi.

ABEL.

Ne me repoussez pas;
C'est Abel qui vous aime et qui vous tend les bras.

CAÏN.

AIR.

Quoi! toujours ton image
Est offerte à mes yeux!
Ta présence m'outrage,
Ton nom m'est odieux.
Errant et solitaire,
J'irai dans les forêts
Y cacher ma misère,
Y vivre loin d'un frère,
D'un frère que je hais.
Le plus affreux asile
Y sera doux pour moi;
J'y serai plus tranquille,
S'il est plus loin de toi.
Grand Dieu, dont la puissance
M'a donné l'existence,
Quel funeste présent!
Dans l'horreur qui m'oppresse,
Porterai-je sans cesse

Un fardeau si pesant?
Dès le matin, l'aurore
Me voit baigné de pleurs;
Le soleil, que j'abhorre,
Eclaire mes malheurs,
Et la nuit vient encore,
Du mal qui me dévore,
Redoubler les fureurs.
A peine je sommeille,
Ce fantôme qui veille
Vient effrayer mes yeux;
Il m'agite, il me presse,
Il répète sans cesse
Cet arrêt odieux:
Caïn est misérable,
Abel seul est aimable,
Abel seul est heureux.

ADAM.

O mon fils, ce démon qui trouble votre vie,
Ce serpent qui vous parle est celui de l'envie;
Notre amour pour Abel, dont vous êtes jaloux,
Cet amour qu'il mérite est un crime pour vous.
Chaque vertu d'un frère ajoute à votre peine.

ABEL.

Mon père, n'allez pas justifier sa haine.
De son reproche, hélas! je sens la vérité,
Et vous voyez Abel avec trop de bonté.
Ma mère, joignez-vous à ma voix suppliante,
Et posez sur son cœur votre main caressante.
Mes sœurs, volez à lui. Non, il ne peut haïr:
Le trouble qu'il ressent commence à le trahir.

ÈVE.

O mon fils! nous t'aimons.

CAÏN, pleurant.

Laissez-moi.

ÈVE.

Douces larmes,
Coulez sur une mère, apaisez ses alarmes.

MÉALA.

Cher époux, de toi seul dépend notre bonheur.

TIRSA.

Et l'épouse d'Abel est aussi votre sœur.

CAÏN.

Que faire?

ADAM.

N'écoutez que la seule nature;
Sa voix est consolante, elle est sensible et pure.

ABEL.

Elle vous dit d'aimer celui qui vous chérit.

ÈVE.

Ton cœur n'est point cruel, fais ce qu'il te prescrit.

ABEL.

Abel, trop faible encor, dans le printemps de l'âge,
N'a pu de tes travaux supporter le partage;
Mais dès ce jour il veut accompagner tes pas,
Son amour va prêter des forces à son bras.
Pour soulager un frère, est-il rien de pénible?
A la chaleur, au froid, aux douleurs insensible,

Et fier de partager tes plaisirs et tes maux,
Je dirai : Mon travail ajoute à son repos.

CAÏN.

Je n'y puis résister, la nature est plus forte.

ADAM et ÈVE.

Mon fils !

CAÏN.

Soyez contens ; c'est Abel qui l'emporte.

ABEL.

Mon frère ?

ADAM.

Mes enfans ?

ÈVE les embrasse.

Ah ! venez sur mon cœur.

ADAM, à genoux.

Grand Dieu ! protège un fils qui nous rend le bonheur.

FINAL.

TOUS.

O moment plein de charmes !
Bonheur si long-temps attendu !
Aimable ivresse ! douces larmes !
Un frère à son frère est rendu.

ADAM.

Pour rassurer notre tendresse,
Pour couronner notre allégresse,
Mes fils, jurez-vous en ce jour
Une éternelle paix ; jurez-la sans retour.

ABEL,

ABEL et CAIN.

Dieu puissant, suprême sagesse,
Devant toi nous jurons la paix.

ADAM.

La paix durable.

ABEL et CAIN.

La paix durable.

ADAM.

Inaltérable.

ABEL et CAIN.

Inaltérable;
Et nous la jurons pour jamais.

UNE VOIX SOUTERRAINE.

La paix!
Jamais,
Non, jamais.

ADAM et ÈVE.

Quels accens!

TOUS LES ENFANS.

Quelle voix terrible!

CAÏN.

Vous l'entendez ce monstre horrible,
Vous l'entendez.

ADAM et ÈVE.

Ah! mes chers fils!

TOUS, excepté Adam.

Quels accens! quelle voix terrible!
D'horreur tous mes sens sont saisis.

ADAM

Pour tromper les enfers, pour confondre leur rage,
    Allez tous deux à l'Eternel
    Offrir de pieux sacrifices,
Et de vos pures mains posez sur son autel,
De vos fertiles champs les heureuses prémices.

TOUS, en sortant.

O Dieu ! sauve-nous du danger.
Si nous avons failli, nous te demandons grâce.
    Ah ! daigne au moins nous protéger
    Contre l'enfer qui nous menace.

SCÈNE V.

ANAMALEC, sortant de terre.

Va préparer tes dons ; c'est là que je t'attends.
De tes fleurs, de tes fruits apporte les offrandes.
J'écraserai l'autel, je souillerai l'encens ;
Et mon souffle de mort flétrira tes guirlandes.
L'homme espérerait-il triompher des enfers ?
    Non, il n'aura pas cette joie.
    L'homme a péché, l'homme est ma proie.
L'homme ne peut échapper à nos fers.
    Sortez, sortez du noir abîme,
    Ennemis de l'homme et de Dieu ;
    Accourez tous, et dans ce lieu
    Vomissez la haine et le crime.

CHŒUR SOUTERRAIN.

Sortons, sortons du noir abîme, etc.
        (Les démons paraissent.)

ANAMALEC.

Bannis de la céleste sphère,
Démons, verrez-vous l'homme heureux
Insulter à votre misère?

CHŒUR.

Non.

ANAMALEC.

Dans ce séjour odieux,
Un frère embrassera son frère;
Ils jurent la paix à nos yeux!

CHŒUR.

Qu'ils éprouvent notre colère.
Un tyran nous chassa des cieux,
Nous devons régner sur la terre.

ANAMALEC.

J'entends leurs chants religieux,
Je vois approcher la victime.

ENSEMBLE.

Fuyons, et laissons dans ce lieu
Le trouble, la haine et le crime.

ANAMALEC.

Rentrez, rentrez au noir abîme,
Ennemis de l'homme et de Dieu.

(*Ils disparaissent.*)

SCÈNE VI.

ADAM, ÈVE, CAÏN, ABEL, TIRSA, MÉALA,
LES ENFANS.

MARCHE.

(*Ils apportent les présens et les placent sur les deux
autels.*)

ABEL.

Mon Dieu, de l'amour le plus tendre
Mon frère a resserré les nœuds,
Du haut du ciel daigne l'entendre.
Pour lui, plus que pour moi, je t'adresse mes vœux.
(*La flamme du ciel descend sur l'autel d'Abel.*)

TOUS.

Que vois-je? quel heureux présage!

ADAM.

Dieu de clémence, achève ton ouvrage;
Confirme un espoir aussi doux,
Et confonds les enfers conjurés contre nous.

CAÏN.

Toi qui peux lire dans mon âme,
Tu sais quels sont mes sentimens;
Grand Dieu! confirme mes sermens,
Et du ciel sur mes dons fais descendre la flamme.
(*On entend un grand bruit, et l'autel de Caïn se
renverse.*)

TOUS.

Dieu! que vois-je?

CAÏN.

Le ciel rejette mes présens,
Il accepte ceux de mon frère.
Eh bien ! de ma fureur suivons les mouvemens.
Rendons à Dieu guerre pour guerre ;
Maudissons le ciel et la terre.

TOUS.

Apaisez-vous.

CAÏN.

Fuyons de ces lieux que je hais.
Je vous dis adieu pour jamais.

TOUS.

Tu veux nous fuir.

CAÏN.

Oui, je vous quitte.

TOUS.

Reste avec nous.

CAÏN.

Soins superflus.
Les lieux qu'Abel habite
Ne me reverront plus.

ADAM.

De Dieu redoute la colère.

CAÏN.

Je lui rendrai guerre pour guerre.

ENSEMBLE.

CAÏN.	TOUS.
Je rends à Dieu guerre pour guerre,	Ah ! malheureux ! que vas-tu faire ?
Je maudis le ciel et la terre.	Du ciel redoute la colère.

FIN DU PREMIER ACTE.

ACTE II.

Le théâtre représente les enfers. Dans le fond, deux gouffres vomissent des fleuves de feu ; le pont qui traverse le chaos, et qui unit la terre aux enfers, sert de voûte à l'habitation des démons. Ceux-ci se groupent, en arrivant, sur des rochers brûlans et sur des monceaux de cendres. Leurs chefs sont seuls debout.

SCÈNE PREMIÈRE.

SATAN, MOLOCH, BÉLIAL, BÉELZEBUTH, ET TOUS LES DÉMONS.

SATAN.

Immortels habitans des gouffres de l'abîme,
Indignés comme moi du joug qui nous opprime,
Les droits et les malheurs sont égaux entre nous ;
Mais en haine pour Dieu je vous surpasse tous.
Vaincus, précipités de la sphère céleste,
Nous avons tout perdu, mais la haine nous reste.
Le tyran, qui sur nous exerce sa fureur,
De le haïr au moins nous laissa la douceur.
Sommes-nous abattus ? contre son injustice
N'osons-nous employer la force ou l'artifice ?
Celui qui nous vainquit, tyran de l'univers,
Ne peut-il à son tour éprouver des revers ?
Il le peut. La victoire est toujours imparfaite,
Quand le vaincu n'a pas avoué sa défaite.
L'arme du désespoir est encor dans ma main ;
Qui triomphe aujourd'hui peut succomber demain.

Mais dans la fureur même il faut de la prudence.
Et sans prendre pour guide une aveugle vengeance,
Nous faudra-t-il choisir la guerre et ses travaux,
Ou la honteuse paix et l'ignoble repos ?
Béelzébuth, Bélial, Moloch, vous qui des Anges
Vîtes fuir devant vous les superbes phalanges,
Parlez, éclairez-nous de vos sages avis :
Plus ils seront affreux, mieux ils seront suivis.

MOLOCH.

Je réponds d'un seul mot; et ce mot, c'est la guerre.

CHŒUR.

Armons-nous, déclarons la guerre ;
Rompons la paix, brisons nos fers ;
Opposons aux feux du tonnerre
Les feux terribles des enfers ;
Ebranlons les cieux et la terre ;
Que l'antique chaos règne sur l'univers.

BÉLIAL.

Illustres compagnons de mes maux, de ma gloire,
Autant et plus que vous j'aspire à la victoire.
Dans les plaines de l'air, terrible et menaçant,
J'osai lever le bras contre le Tout-Puissant.
J'ai vu notre ennemi s'étonner de ma rage :
L'Eternel m'a vaincu, sans vaincre mon courage.
Mais dans quel temps, hélas! oserions-nous tenter
De détrôner celui que rien n'a pu dompter?
Nos membres, sillonnés et meurtris de la foudre,
Si Dieu parle, bientôt vont se réduire en poudre :
Ce Dieu peut d'un seul mot, vous le savez trop bien,
Faire que rien soit tout, et que tout ne soit rien.

MOLOCH.

Eh bien ! qu'il nous détruise.

SATAN.

Ou plutôt qu'il succombe ;
Sur son trône ébranlé qu'il chancelle et qu'il tombe.
Est-il donc tout-puissant ? dois-je ainsi le nommer ?
Non, car il ne peut pas me forcer à l'aimer.
Et toi, vaillant guerrier que la foudre épouvante,
Va montrer à ton Dieu ton âme repentante :
De tes tristes exploits demande-lui pardon ;
De lui tu l'obtiendras, on dit qu'il est si bon !

AIR.

Mais nous que la vengeance anime,
Sortons des gouffres de l'abîme ;
Ebranlons l'univers jusqu'en ses fondemens ;
Portons jusques aux cieux et l'horreur et le crime,
Et confondons les élémens.
Et toi, qui te dis notre maître,
Si tu peux tout, fais-le connaître ;
Frappe, déchire, détruis-nous,
Et que l'affreux néant nous engloutisse.

TOUS LES DÉMONS.

Tous.

(*Ici un moment de silence.*)

SUITE DU CHŒUR.

Au tyran déclarons la guerre ;
Rompons, rompons d'indignes fers :
Au tyran déclarons la guerre,
Dans ses mains brisons le tonnerre.

Dans les cieux portons les enfers,
Et que l'affreux chaos règne sur l'univers.

BÉELZÉBUTH.

Vous demandez la guerre, et pourquoi l'entreprendre?
Quelle est la gloire enfin où vous osez prétendre?
Remonter dans les cieux, y réclamer les droits
Qu'auprès de l'Éternel vous aviez autrefois?
Servir Dieu, l'adorer, et le louer sans cesse?
Dans votre ambition que je vois de bassesse!
Reconquérir les cieux pour reprendre des fers!
Nous servions dans le ciel, régnons dans les enfers.
A l'homme, à l'homme seul il faut faire la guerre.
Le brave Anamalec est déjà sur la terre;
Il observe, il épie, il prépare nos coups:
Avec lui contre l'homme il faut nous liguer tous.

AIR.

Jurons à ces humains une haine éternelle;
Condamnons au malheur cette race nouvelle:
Empoisonnons leurs cœurs, divisons-les entre eux;
Trompons l'espoir du ciel, qui veut les rendre heureux,
Soufflons sur eux la mort, la misère, le crime;
Et l'homme, malgré Dieu, sera notre victime.

CHŒUR.

Il faut le frapper;
L'homme à notre rage
Ne peut échapper.
Courage! courage!
Il faut le frapper.
L'homme est la victime
Digne de nos coups;

Qu'au fond de l'abîme
Il tombe avec nous.

SATAN.

Sur le pont du chaos quel bruit se fait entendre ?

UN DÉMON.

Anamalec revient.

SATAN.

Silence ! il faut l'attendre.

CHŒUR, à voix basse.

Il revient, nous allons le voir ;
Il va ranimer notre espoir.

SCÈNE II.

LES PRÉCÉDENS, ANAMALEC.

ANAMALEC.

Ah ! l'aspect des enfers soulage ma souffrance.

SATAN.

Eh bien ! apportes-tu la rage ou l'espérance ?

MOLOCH.

Parle.

ANAMALEC.

Modérez-vous ; mon récit est affreux.
J'ai parcouru la terre, et j'ai vu l'homme heureux.

TOUS.

Heureux !

ANAMALEC.

J'en ai frémi de honte et de colère.
Mon courage pourtant n'en fut point abattu.

Dans le cœur de Caïn j'étouffai la vertu;
Je lui soufflai l'envie, il haïssait son frère,
Je triomphais; mes vœux allaient être exaucés....
Mais ces frères....

MOLOCH.

Achève.

ANAMALEC.

Ils se sont embrassés.

TOUS.

Embrassés! Ah!

MOLOCH.

La guerre! une éternelle guerre!

CHŒUR.

O honte! ô supplice! ô douleur!
Armons-nous; portons sur la terre
Le désespoir et le malheur.

ANAMALEC.

Ils ne jouiront point de leur intelligence;
De cette affreuse paix je tirerai vengeance.
Déjà dans ma fureur j'ai renversé l'autel
Où Caïn préparait ses dons à l'Eternel;
Et déjà dans son cœur j'ai vu rentrer la haine.

SATAN, d'un ton concentré.

L'homme serait heureux!

ANAMALEC.

Non, sa perte est certaine.
Ce n'est point ce Caïn que je veux accabler;
Tourmenter un méchant est un crime vulgaire;
C'est Abel innocent qu'il nous faut immoler.

SATAN ET MOLOCH.

Que dis-tu?

ANAMALEC.

Je veux que la terre
S'abreuve aujourd'hui de son sang,
Du sang d'un frère et du sang innocent.

MOLOCH.

Ah! brave Anamalec, pour l'enfer quelle joie!

SATAN.

Mais qui peut nous promettre une si riche proie?

ANAMALEC.

Moi, moi seul en ce jour.

MOLOCH.

O généreux effort!

ANAMALEC.

L'homme verra le sang, il connaîtra la mort.

TOUS LES DÉMONS.

La mort! la mort! la mort! la mort!
Quel plaisir! quelle douce ivresse!
O gloire! ô triomphe! ô transport!
Retentissez, chants d'allégresse!
L'homme va connaître la mort.
Du sang! du sang! la mort! la mort!

SATAN.

Qu'à la voix de son roi tout l'enfer se ranime.
Brisez les portes de l'abîme;
Démons, hâtez-vous d'accourir,
L'homme va succomber; venez vous réjouir.
(*Une multitude de démons accourent, et ils témoignent*
leur joie par une danse barbare.)

ANAMALEC.

Point de retard ! allons ! courage !
Forgeons un instrument de rage :
Du feu ! du fer ! et mettez dans mes mains
L'arme qui doit frapper le premier des humains.

(*Les demons forgent une massue.*)

CHŒUR.

A l'ouvrage ! à l'ouvrage !
Forgeons un instrument de rage.
O gloire ! ô triomphe ! ô transport !
Du sang ! du sang ! la mort ! la mort !

(*Les autres démons dansent autour de la forge.*)

SUITE DU CHŒUR.

Démons, à l'ouvrage !
Forgeons de nos mains
L'instrument de rage :
La mort des humains
Sera notre ouvrage.

(*Quand la massue est faite, Anamalec la prend et remonte sur le pont ; les démons applaudissent à son dévouement.*)

FIN DU CHŒUR.

O gloire ! ô transport !
Quels chants d'allégresse !
Quelle douce ivresse !
Du sang et la mort !

(*Ils rentrent dans leurs gouffres, et l'acte finit.*)

FIN DU SECOND ACTE.

ACTE III.

Site aride et sauvage. Montagne dans le fond. Deux cavernes au pied de la montagne. Forêt sur le devant.

SCÈNE PREMIÈRE.

CAÏN.

Où vais-je ? demeurons en ce lieu solitaire.
J'y puis pleurer en paix, y cacher ma misère :
Ces épaisses forêts, ces antres ténébreux,
Ces stériles rochers pour moi n'ont rien d'affreux.
Non, rien. Je te salue, asile aride et sombre !
Dieu t'a fait pour Caïn ; couvre-le de ton ombre :
Ta triste obscurité convient à ma douleur ;
Abel est loin de toi, tu plairas à mon cœur.
Et vous que j'ai maudits, épouse, père, mère,
Conservez votre Abel, mais oubliez son frère.
Soyez heureux sans moi, je ne m'en plaindrai pas ;
La haine dans ces lieux n'a point suivi mes pas.
Jouissez du bonheur que le ciel vous apprête ;
Adieu ; mais gardez-vous de troubler ma retraite.
Je suis seul sur la terre ; et mon cœur, sans fierté,
N'a plus qu'un sentiment, l'insensibilité.
Toi, que j'ai cru long-temps exilé de la terre,
Sommeil, viens me prêter ta langueur salutaire ;
Sois le Dieu de Caïn, il t'adresse ses vœux ;
Tu ne dois plus le fuir, il n'est plus malheureux.

AIR.

Doux sommeil, dans ce lieu paisible
Verse-moi l'oubli de mes maux;
Doux sommeil, un cœur insensible
N'est heureux que par-ton repos.
Je sens déjà ton charme inexprimable.
Ta douce ivresse a pénétré mes sens:
Mon âme est calme, un voile impénétrable
S'appesantit sur mes yeux languissans.

SCÈNE II.

CAÏN, ANAMALEC.

(*Caïn s'endort au pied d'un buisson. Anamalec s'élève derrière lui, tenant en main la massue forgée dans les enfers.*)

ANAMALEC.

Tu dors, Caïn, tu dors; mais ton ennemi veille.
Hâte-toi de jouir, ce n'est pas pour long-temps.
Je t'apprendrai bientôt, par de nouveaux tourmens,
    Que jamais l'enfer ne sommeille.
Démons, emparez-vous de son cœur agité;
Tourmentez son esprit par un horrible songe:
    Et sous le voile du mensonge,
Découvrez-lui l'affreuse vérité.

(*La montagne s'ouvre, et l'on découvre dans la vapeur un horizon immense. Anamalec fait voir dans un tableau magique tous les maux réservés à la postérité de Caïn. Dans tout ce tableau, la musique accompagne les différentes images qui s'offrent à Caïn.*)

Caïn, de l'avenir perce l'obscurité;
Vois à quel prix tes fils couvriront cette terre,
   De leur triste postérité.
L'homme partout à l'homme a déclaré la guerre.
   Vois sa longue calamité,
   Orgueil, avarice, colère,
   Artifice, méchanceté,
   Trahison, désespoir, misère...
Caïn, de l'avenir perce l'obscurité.

CAÏN, en dormant.

O douleur! ô tourment! tout mon cœur se déchire!

ANAMALEC.

Jetons ce malheureux dans un nouveau délire;
Frémis, Caïn, frémis : contemple tour à tour
Les maux qui vont pleuvoir sur ta race coupable,
   Et le bonheur inaltérable
Dont les enfans d'Abel doivent jouir un jour.

(*Le tableau change; il présente un site agréable, et une
pantomime analogue offre l'image d'un peuple heureux.*)

CHŒUR DE BERGERS, dans le lointain.

   Tout ici nous offre l'image
   Des plaisirs les plus enchanteurs.
   Nous avons un ciel sans nuage,
   Nos oiseaux ont un doux ramage,
   Tous nos champs s'émaillent de fleurs;
   Nous dansons gaîment sous l'ombrage;
   Nous coulons des jours sans orage,
   Rien n'en peut troubler les douceurs:
   Tout ici nous offre l'image
   Des plaisirs les plus enchanteurs.

ABEL,

CAÏN.

O supplice!

ANAMALEC.

O triomphe!

CAÏN.

O soif de la vengeance!

ANAMALEC.

Eveille-toi, saisis ce fer;
En ces lieux ton frère s'avance...
Voilà le présent de l'enfer.

(*Il jette la massue près de Caïn, et il disparaît.*)

SCÈNE III.

CAÏN, éveillé.

Qu'ai-je vu? quelle horreur l'avenir me prépare ?
Le ciel me punit donc jusque dans mes enfans?
    Ceux d'Abel seront triomphans!
Jusque dans mon sommeil tu me poursuis, barbare!
    Abel! Abel!... je voulais l'oublier.
Mon cœur peut-être un jour aurait fait davantage:
Avec lui j'aurais pu me réconcilier.
Avec lui? non, jamais. Je suis tout à la rage;
    Caïn ne peut point se trahir.
Son cœur n'est qu'amertume, il est fait pour haïr.
        (*Il voit la massue.*)
Quel objet! quel rapport! je le voyais en songe.
Ah! ce présage affreux n'était point un mensonge.
    Il me disait : Tiens, prends ce fer;
Ce fer!... Ah! saisissons ce présent de l'enfer.

(Dès que Caïn a touché la massue, il chante le même
air que les démons ont chanté en la forgeant.)

AIR.

Tremble, indigne frère,
Tremble d'approcher
Ce lieu solitaire ;
Rien à ma colère
Ne peut t'arracher.
Quoi donc ! ton image importune
Vient troubler mes plus doux instans !
Je te devrai mon infortune,
Et le malheur de mes enfans !
Tremble, indigne frère, etc.

(Fin du morceau de musique.)

SCÈNE IV.

CAÏN, ABEL.

CAÏN.

Que vois-je ? Abel ! Abel ! Ah ! ma rage redouble.

ABEL.

Enfin je te retrouve. Eh quoi ! ton œil se trouble.....

CAÏN.

Fuis, malheureux !

ABEL.

Te fuir ?

CAÏN.

Ote-toi de mes yeux.

Je te hais.

ABEL.

Moi, je t'aime.

ABEL,

CAÏN.

Abandonne ces lieux.

ABEL.

Moi fuir! je te cherchais.

CAÏN.

Quelle est ton espérance?

ABEL.

De vivre près de toi, d'adoucir ta souffrance.

CAÏN.

Tu l'augmentes encor.

ABEL.

J'espère te fléchir.

CAÏN.

Va-t-en, je t'ai maudit.

ABEL.

Moi, je viens te bénir.
Je devance en ces lieux et mon père et ma mère,
Le ciel m'en récompense en me rendant un frère.

CAÏN.

Un frère!

ABEL.

Je le suis.

CAÏN.

Non, tu ne m'es plus rien.

ABEL.

Rien?

CAÏN.

Moi, ton frère?

ABEL.

Abel sera toujours le tien.

CAÏN.

Tu veux donc m'obséder, me poursuivre sans cesse,
M'irriter?

ABEL.

Non, je veux mériter ta tendresse.

CAÏN.

Il est donc vrai qu'Abel est né pour mon tourment.

ABEL.

Il veut te rendre heureux, on ne l'est qu'en aimant.

AIR.

Cède à l'amitié d'un frère;
Ne déchire pas son cœur.
Songe aux larmes d'une mère
Dont tu causes le malheur.
Cède à l'amitié d'un frère,
Ne consulte que ton cœur.
Ah! pourquoi faut-il que la haine
Vienne briser d'aussi beaux nœuds?
Résister à l'amour est sans doute une peine,
Il t'en coûterait moins pour devenir heureux.
Cède à l'amitié d'un frère,
Son cœur est ouvert au tien :
Epargne une tendre mère.
Cède à l'amitié d'un frère;
Ton bonheur fera le sien.

CAÏN, d'une voix concentrée.

Quelle horreur me saisit. Je frémis..... je m'égare.....
Abel! un grand malheur aujourd'hui se prépare.
Dans mon cœur irrité d'affreux pressentimens,.....
Un avenir funeste..... Ah! fuis, il en est temps.
Cache-toi, cache-toi; c'est l'enfer qui m'anime.....
Il a parlé de sang, il veut une victime!.....
Cache-toi.

ABEL.

Sur mon sein laisse-moi te presser;
Viens dans mes bras.

CAÏN.

Serpent, tu voudrais m'enlacer?

ABEL.

Je veux toucher ton cœur.

CAÏN.

Il est tout à la haine.

DUO.

ABEL.	CAÏN, égaré et furieux.
Toi qui peux tout sur lui, Dieu, qui connais sa peine, Par des signes certains montre-lui ton pouvoir; Apprends-moi si mon cœur doit s'ouvrir à l'espoir. Ne permets pas, grand Dieu, qu'un frère soit barbare.	Tout l'enfer m'environne, il me pousse, m'entraine, Il s'empare de moi, cédons à son pouvoir: Plus de Dieu pour Caïn, plus de paix, plus d'espoir! C'en est fait, j'obéis au démon qui m'égare.

(*L'éclair brille, le tonnerre gronde.*)

CAÏN.

Eh! quoi! toujours le ciel pour Abel se déclare!

Eh bien! injuste Dieu, puisqu'Abel t'est si cher,
Tiens, qu'il reçoive aussi ce présent de l'enfer.

(Il le frappe.)

FINAL.

(Le final commence au coup de massue.)

ABEL.

Ah! je tombe..... Mon Dieu, pardonnez à mon frère.

(Il expire.)

SCÈNE V.

CAÏN.

Que vois-je? Abel! Abel! Son sang rougit la terre!

*(Caïn reste immobile d'étonnement et d'horreur; il fixe
les yeux sur Abel, et pendant cette scène muette on
entend un chœur souterrain des démons, qui chantent
leur victoire sans être aperçus.)*

CHŒUR SOUTERRAIN DES DÉMONS.

O gloire! ô transport!
Quelle douce joie!
L'enfer tient sa proie,
Du sang et la mort.
L'homme est la victime
Digne de nos coups;
Qu'au fond de l'abîme
Il tombe avec nous.

CAÏN.

Qu'ai-je fait? Malheureux! j'ai consommé le crime.
Abel! mon cher Abel! mon frère, éveille toi.
Dieu! que vois-je? mon père! O foudre! écrase-moi.

(Il fuit.)

SCÈNE VI.

ADAM, ÈVE, TIRSA, MÉALA, leurs Enfans.

ADAM.

Nous approchons de lui, sa voix s'est fait entendre.

ÈVE.

Je ressens un effroi que je ne puis comprendre.

MÉALA.

Je frémis.

TIRSA.

En tremblant j'approche de ces lieux.

MÉALA.

Je l'aperçois.

TIRSA.

Il dort. Son sommeil est tranquille.

ADAM.

O ciel! comme il est immobile!

ÈVE.

Je frissonne. Mon fils! Abel! ouvre les yeux.
Que vois-je?

ADAM.

Quel objet horrible!

MÉALA.

Son front est déchiré.

TIRSA.

Ciel! il est insensible.

TOUS.

O ciel! il ne nous entend plus.

ÈVE.

Cher Abel! ouvre la paupière;
Reconnais la voix de ta mère.
O mon fils! regrets superflus!
Mon cher Abel ne m'entend plus.

TOUS.

O ciel! il ne nous entend plus.

ADAM, après un silence.

(*A Eve.*)　　　　(*Aux autres.*)
Eve, tu perds ton fils. — Vous n'avez plus de frère.
De Dieu le décret s'accomplit.
La voilà cette mort que l'ange nous prédit.

TOUS.

Dieu!

ADAM.

Notre cher Abel va rentrer dans la terre.

TOUS.

C'est la mort! grand Dieu! c'est la mort!

ADAM.

Ainsi chacun de nous doit terminer son sort.

TOUS.

C'est la mort! ah! qu'elle est affreuse!

TIRSA.

Epouse infortunée!

ÈVE.

O mère malheureuse!

TOUS.

C'est la mort! grand Dieu! c'est la mort!

ADAM.

Mais quel monstre a frappé cette tendre victime?

SCÈNE VII.

LES PRÉCÉDENS, CAÏN.

CAÏN.

C'est moi, moi seul.

TOUS.

Caïn!

CAÏN.

Moi, j'ai commis le crime.

ADAM.

Malheureux!

CAÏN.

A l'enfer tout mon cœur s'est livré.
Des plus affreux remords je me sens dévoré.
O Dieu! déchire-moi, rends Abel à sa mère;
Et pour prix de ce sang si cher et si sacré,
Prends celui d'un indigne frère.

TOUS.

C'est la mort! ô Dieu! c'est la mort!
Et c'est la main d'un frère
Qui du sang innocent a fait rougir la terre!
Cher Abel! quel funeste sort!
Ton frère t'a donné la mort.

CAÏN.

Quittons ce lieu funeste,
Allons finir des jours que je déteste.
Caïn n'existe plus pour vous.
Adieu !

MÉALA.

Je te suivrai.

CAÏN.

Laisse-moi.

MÉALA.

Cher époux !

Je veux soulager ta misère.
Mes enfans, suivez-moi, consolons votre père.

(*Caïn fuit, sa femme et ses enfans le suivent.*)

SCÈNE VIII.

ADAM, ÈVE, TIRSA, LEURS ENFANS.

TOUS.

O toi, qui vois couler nos pleurs,
Nous t'invoquons encor pour un frère coupable.
N'ajoute pas à nos malheurs :
Le meurtrier d'Abel est assez misérable.

SCÈNE IX ET DERNIÈRE.

LES PRÉCÉDENS, L'ANGE *qui descend dans une gloire.*

(*Le théâtre se couvre de nuages, une gloire descend du ciel.*)

ADAM.

O mes fils ! à nos vœux le ciel est favorable :
Un Ange bienfaisant vient calmer nos douleurs.

L'ANGE, tenant la palme immortelle.

Oui, je viens ramener le calme dans vos cœurs.
Votre Abel va quitter sa dépouille mortelle,
Et dans le firmament s'élever avec moi.
Dans le sein du bonheur l'Eternel le rappelle.
Adam, ton fils coupable est séparé de toi.
Dans un désert, en proie à sa peine cruelle,
Qu'il sente les horreurs d'un entier abandon,
Jusqu'à ce que les pleurs d'une épouse fidelle
Et qu'un long repentir obtiennent son pardon.
     (*L'Ange descend de la gloire.*)
Abél, éveille-toi.
    (*Il touche Abel avec la palme, et Abel se lève.*)
      La justice divine
Fait briller à tes yeux l'éternelle clarté.
    (*Abel veut aller à son père : l'Ange l'arrête.*)
Regarde le séjour que le ciel te destine.
    (*Les nuages se séparent et laissent voir le ciel ouvert.*)
Vous, mortels, pour jouir de la félicité
    Que le ciel promit à la terre,
De l'homme conservez le sacré caractère ;

Dieu laisse près de vous un guide salutaire,
La voix de la nature et de l'humanité.
Que dans l'homme toujours l'homme retrouve un frère.

*(Un chœur d'Anges paraît par l'ouverture du ciel, et
l'on entend une musique céleste.)*

CHŒUR D'ANGES.

Viens dans le sein de l'innocence,
Sois le premier de nos élus ;
Abel, reçois la récompense
Que le ciel doit à tes vertus.

*(La gloire s'élève. Abel, en y montant, tend les bras à
sa mère et à sa famille ; et quand il commence à se
perdre dans les nuages, on aperçoit dans le fond
Caïn, sa femme et ses enfans, qui ont gagné le
sommet de la montagne, et qui gravissent sur les
rochers.)*

FIN D'ABEL.

CALLIAS,

OU

NATURE ET PATRIE,

DRAME HÉROÏQUE,

EN UN ACTE ET EN VERS, MÊLÉ DE MUSIQUE,

REPRÉSENTÉ POUR LA PREMIÈRE FOIS SUR LE THÉATRE DE
L'OPÉRA-COMIQUE NATIONAL, LE 19 SEPTEMBRE 1794.

PERSONNAGES.

CALLIAS, premier magistrat des Phocéens.

MÉGÈS, citoyen de Crissa.

CLÉONE, fille de Mégès.

ANTÉNOR, fils de Callias, amant de Cléone.

LÉONTÉE, général des Phocéens.

DORIS, amie de Cléone.

SAPOR, ambassadeur de Xercès.

Un Soldat phocéen.

Peuple.

Soldats.

La scène est à Crissa, ville de la Phocide, sous le
  pérystile du palais du peuple, et devant le temple de
  Mars.

AVERTISSEMENT.

A l'époque où cet ouvrage fut représenté, tout auteur dramatique était obligé de payer son tribut à l'esprit du jour, et de donner un gage public de ses sentimens patriotiques. Compris dans la loi commune, M. Hoffman chercha long-temps à s'y soustraire; mais ses amis, craignant qu'une plus longue résistance n'eût pour lui des dangers réels, le déterminèrent à faire cet acte de civisme littéraire. Toutefois, en cédant à leurs conseils. M. Hoffman sut encore trouver le moyen de ne pas sacrifier à l'hydre révolutionnaire. Il célébra l'amour de la patrie, amour qui est de tous les temps et de tous les pays, et ne mit dans la bouche de ses personnages que des discours conformes à leurs mœurs et à leurs caractères. Ce sont de véritables Grecs de Marathon et de Salamine, et non des Français de l'an 2 de la république une et indivisible.

L'action du drame de Callias ne présente aucune intrigue; mais la situation des deux amans est intéressante, et le dénouement, aussi terrible qu'imprévu, offre un tableau d'un effet très-touchant et très-dramatique. Le style de cet ouvrage a de la force, de la couleur, et s'élève souvent jusqu'aux images les plus poétiques. De légers changemens suffiraient pour replacer ce drame au répertoire. Le sujet et le dialogue sont absolument analogues à la situation des

22.

Grecs modernes. Tout Hellène, chargé de répondre
à l'un des pachas du sultan de Stamboul, ne lui di-
rait-il pas comme Callias à l'envoyé de Xercès :

> Vous ne m'étonnez pas : en vous la servitude
> Fait de l'obéissance une utile habitude ;
> Mais chez nous la valeur peut seule décider
> Si l'esclave à des Grecs a droit de commander.
> Quand vous pourriez sur nous usurper la victoire,
> Vous n'aurez, croyez-moi, qu'une stérile gloire.
> Cessez de nous tenter, vos soins sont superflus :
> Quand nous serons soumis, nous n'existerons plus.

Ce dernier vers est très-beau.

La musique de Grétry contribua au brillant succès
de la pièce.

CALLIAS,

OU

NATURE ET PATRIE.

Le théâtre représente un portique, au travers lequel on aperçoit le temple et la statue de Mars.

SCÈNE PREMIÈRE.

ANTÉNOR, seul.

AH ! qu'un premier amour sur nos cœurs à d'empire !
Tout semble partager un si doux sentiment;
Avec moi tout s'enflamme, avec moi tout soupire;
Tout me dit qu'un mortel n'est heureux qu'en aimant.
Ah ! qu'il est doux d'aimer ! Vers un objet charmant
    Un pouvoir inconnu m'attire;
    Je ne l'ai vu qu'un seul moment,
Et depuis ce moment je brûle, je désire,
Je l'entends me parler, je le vois me sourire;
Tout l'univers prend part à mon ravissement.
Tout aime dans le monde, et tout semble le dire.
Mon cœur jouit déjà du bonheur qu'il attend.
Je ne suis plus enfant; le voile se déchire,
    A mes yeux l'horizon s'étend:
Tout ce qui m'environne ajoute à mon délire,
Tout est amour pour moi; son charme se répand
    Jusque dans l'air que je respire.

AIR.

Amour, je m'abandonne à toi.
Mes yeux ont vu briller ta flamme,
Mon cœur s'est soumis à ta loi;
Tu régneras seul sur mon âme;
Amour, tu seras tout pour moi.

Pour peindre celle qui m'est chère,
Il suffirait de la nommer.
Je n'ose encore aspirer à lui plaire,
Jusqu'à présent je n'ai su que l'aimer.

O toi pour qui tout est possible,
Fais-lui connaître tes attraits!
Agite doucement son âme encor paisible,
Fais-lui sentir le pouvoir de tes traits;
Ne permets pas qu'elle soit inflexible.
Ingrate je la chérirais,
Combien l'aimerais-je sensible?

Amour, je m'abandonne à toi.
Mes yeux ont vu briller ta flamme,
Mon cœur s'est soumis à ta loi:
Tu régneras seul sur mon âme;
Amour, tu seras tout pour moi.

Mais j'aperçois mon père; il faut à sa tendresse
Confier le secret qui pèse sur mon cœur.
Pourrait-il blâmer mon ivresse?
Il fut amant, il doit approuver mon ardeur.

SCÈNE II.

ANTÉNOR, CALLIAS.

CALLIAS.

Mon fils, il est venu ce temps où la patrie
Vous prescrit des devoirs nouveaux;

L'heure a sonné pour vous, et toute votre vie
Doit être consacrée à de nobles travaux.
La Grèce est menacée; en ce péril extrême
Armez-vous, remplacez un père qui vous aime,
Surpassez-moi, mon cœur n'en sera pas jaloux.
L'éclat qu'on tient d'un fils doit paraître aussi doux
    Que celui qu'on tient de soi-même.
Vous n'êtes plus à moi, vous vous devez à tous.
Vous êtes, dès ce jour, un soldat de la Grèce.
Vous n'êtes plus à moi que par votre tendresse,
    Et par l'amour que j'ai pour vous.

ANTÉNOR.

  Je confirmerai, je l'espère,
Les sentimens qu'un fils a pu vous inspirer.
Mais quel danger pressant m'éloigne de mon père?
Pourquoi, dans ce moment faut-il m'en séparer?

CALLIAS.

Les ennemis, mon fils, inondent la Phocide.
Ce satrape orgueilleux, ce fier Mardonius,
Rassemble les soldats que nous avons vaincus.
Les Perses sont nombreux, le Grec est intrépide.
Opposons à la force un courage indompté.
Si nous ne l'obtenons, arrachons la victoire;
N'ayons de guide enfin que l'amour de la gloire,
    De gloire que la liberté.

AIR.

Entends la voix de la patrie;
Arme-toi, vole à son secours.
C'est à cette mère chérie
Que tu dois consacrer tes jours.
Déjà les enfans de la Grèce

S'élancent dans le champ d'honneur;
Tout s'émeut, s'agite, se presse,
Tout brûle de la même ardeur,
Et le Grec au danger mesure sa valeur.

   Celui qui combat sous un maître
   A-t-il cette mâle fierté?
   Un esclave peut-il connaître
   Le pouvoir de la liberté?
   L'homme libre est seul intrépide;
   La noble fureur qui le guide
   Double la vigueur de son bras;
   Et si sa force l'abandonne,
   S'il meurt victime de Bellone,
   Il tombe et ne s'étonne pas.

ANTÉNOR.

Vos sublimes accens ont passé dans mon âme;
Mon être s'agrandit, et la gloire l'enflamme.
O mon père! Anténor sera digne de vous.
Mais dans ce jour, hélas! un sentiment bien doux.....

CALLIAS.

Expliquez-vous, mon fils.

ANTÉNOR.

          Dans mon cœur faible et tendre,
Du dieu qui séduit tout la voix s'est fait entendre.
   Ce cœur n'a pu lui résister,
Il ne sait qu'obéir, et se laisse emporter.

CALLIAS.

Vous aimez?

ANTÉNOR.

       Oui, je fais un aveu qui vous blesse,
L'amour.....

CALLIAS.

L'amour, mon fils, n'est point une faiblesse.
Connaissez mieux celui qu'en tout temps, en tout lieu,
L'homme reconnaissant adora comme un dieu.
Que je plains les mortels nés pour l'indifférence!
La sensibilité double notre existence.
L'amour, ce feu divin, source de tout plaisir,
Par un lien sacré nous attache à la vie;
Sans lui plus de parens, sans lui plus de patrie,
Et vivre sans aimer, ce n'est qu'un long mourir.
Moi-même que tu crains de trouver trop sévère,
Ne fus-je pas amant avant d'être ton père?
Que d'austères parens, esclaves de l'erreur,
Condamnent dans un fils ce qui fit leur bonheur!
Je n'imiterai point cette vertu farouche :
Ton bonheur, Anténor, est tout ce qui me touche.
    Mon fils est mon unique bien;
Ce qui peine ton cœur, peine encor plus le mien;
    Ce qui te blesse me déchire,
    Et mon désir est dans le tien.
Cède donc au transport qu'un noble amour t'inspire;
Sois amant, sois époux, et surtout citoyen.

ANTÉNOR.

Je serai votre fils.

CALLIAS.

        A l'amitié d'un père
    Ne cache rien de ton secret.
    Nomme-moi celle qui t'est chère;
De ton amour dis-moi quel est l'objet.

ANTÉNOR.

La fille de Mégès.....

CALLIAS.

Cléone?

ANTÉNOR.

A ma tendresse.

CALLIAS.

O mon fils! conçois-tu toute mon allégresse?
Mégès lui-même dans ce jour
Pour toi me proposait sa fille,
Et les nœuds de l'hymen, assortis par l'amour,
A la mienne aujourd'hui vont unir sa famille.
Je vais accélérer ce fortuné moment.
Ton père ne craint point qu'un si beau sentiment
Nuise jamais à ceux où ton devoir t'engage;
De ta gloire, mon fils, que l'hymen soit le gage,
Et montre aux ennemis que le plus tendre amant
Porte dans les combats le plus mâle courage.

(*Il sort.*)

SCÈNE III.

ANTÉNOR, seul.

L'ai-je bien entendu? N'est-ce point une erreur?
Je vais posséder ce que j'aime!
Dans ce jour, dans ce moment même,
Tout conspire pour mon bonheur.
O charme trop puissant! délicieuse ivresse!
Mon cœur est oppressé de sa vive allégresse.
Dieux! si de mon bonheur vous n'êtes point jaloux,
Inspirez à Cléone une égale tendresse;
Faites qu'elle confirme un espoir aussi doux.

AIR.

O ma chère patrie !
Ne crains pas qu'en ce jour
Mon cœur te sacrifie
Aux plaisirs de l'amour.
Non, non, mère chérie,
Ne crains pas qu'en ce jour
Aux plaisirs de l'amour
Mon cœur te sacrifie.
Si le plus doux des nœuds
Me fait chérir la vie,
La chaîne qui me lie
A l'objet de mes feux,
En me rendant heureux,
M'attache à la patrie.
J'en atteste les dieux,
La Grèce dans mes vœux
Ne sera point trahie.
Non, non, mère chérie,
Ne crains pas qu'en ce jour
Mon cœur te sacrifie
Aux plaisirs de l'amour.

Oui, je te consacre ma vie.
Ce n'est point un pénible effort
De combattre et mourir en servant sa patrie ;
Et si bientôt une flèche ennemie
Au champ d'honneur vient terminer mon sort,
O mes amis ! dites avec transport :
Qu'Anténor est digne d'envie !
Il eut la plus heureuse vie,
Et la plus glorieuse mort.

Mais quelqu'un dans ces lieux s'avance.
C'est elle.... Je désire et tremble tour à tour....
Ah ! je sens que la crainte accompagne l'amour.

Non, je ne puis soutenir sa présence.
Est-ce à la crainte, à l'espérance,
    O mon cœur, que tu dois céder!
Sortons, rassurons-nous avant de l'aborder.

                                    (*Il sort.*)

SCÈNE IV.

CLÉONE, DORIS.

CLÉONE.

Conduite dans ces lieux par l'ordre de mon père,
Dis-moi, chère Doris, que faut-il que j'espère?
    Pourquoi, près du temple des dieux,
Me fait-il devancer le peuple qui s'assemble?
L'ordre qu'il m'a donné.... son air mystérieux....
Ici seule avec toi.... je ne sais.... mais je tremble.

DORIS.

Le père d'Anténor habite dans ces lieux.

CLÉONE.

Ces lieux?.... Tout m'y paraît aimable.
Pourquoi m'inspirent-ils ce trouble inconcevable!
Ils n'ont rien d'effrayant.

DORIS.

                        Sans doute qu'à vos yeux
Se montrera bientôt celui qui les habite.

CLÉONE.

Ah! ne me quitte pas.

DORIS.

                    Quel effroi vous agite?

Anténor....

CLÉONE.

Anténor ? Mais à chaque moment
Pourquoi me répéter ce nom ?

DORIS.

Il est charmant.

CLÉONE.

Et pourquoi pensez-vous qu'il faille m'en instruire ?

DORIS.

Je ne vous l'apprends pas, je ne fais que le dire.

CLÉONE.

Expliquez-vous, Doris; je ne vous comprends pas.

DORIS.

Pour que vous m'entendiez, je parlerai plus bas.
Dans ce jour, m'a-t-on dit, les nœuds de l'hyménée,
Vont du jeune Anténor fixer la destinée.
J'ignore la beauté qui recevra ses vœux;
Mais au sort de l'époux mon âme s'intéresse,
    Il est brave, beau, généreux :
Jouissez comme moi de sa vive allégresse :
C'est un heureux de plus.

CLÉONE.

Doris, ils seront deux.

DORIS.

Vous dites....

CLÉONE.

Laisse-moi.

DORIS.

Vous m'avez entendue.

CLÉONE.

Ah ! laisse-moi : je dois me cacher à ta vue.

DORIS.

Je me retire.

CLÉONE.

Attends.

DORIS.

Je dois vous obéir ;
Et vous laisser ici, ce n'est point vous trahir.

SCÈNE V.

CLÉONE, seule.

D'où vient que je frémis ? De quoi suis-je coupable ?
   Pourquoi ce trouble inexprimable ?
   En vain je voudrais m'abuser ;
J'éprouve que l'amour ne peut se déguiser.
Eh ! pourquoi chercherai-je à me tromper moi-même ?
Ma crainte, mon maintien, mes yeux me trahiront ;
Il semble autour de moi que tout me dit : elle aime ;
Et le nom d'Anténor est écrit sur mon front.
Qu'il est nouveau pour moi cet effroi plein de charmes !
Ne m'abandonne pas, trouble délicieux ;
   Ce cœur que tu remplis d'alarmes,
Ce cœur obéissant ne t'en chérit que mieux ;
Tout est plaisir pour moi, tout, jusques à mes larmes,
Et je sens que l'amour est un présent des cieux.

AIR.

Eh quoi ! d'une flamme si pure
Mon cœur devrait-il s'alarmer ?
Oui, tout aime dans la nature ;
Oui, tout me dit qu'il faut aimer.

Contre l'amour vouloir s'armer,
Au ciel même c'est faire injure.
Oui, tout aime dans la nature;
Oui, tout me dit qu'il faut aimer.

Amour, tu sais tout enflammer !
Tu fais souffrir, tu sais charmer :
Tu nous fais chérir ta blessure.
Quand l'onde doucement murmure,
Quand l'air nous paraît s'animer,
Quand au sein d'une nuit obscure
L'éclair brillant vient s'allumer,
C'est toi qui sais tout enflammer.

Non, non, d'une flamme si pure
Mon cœur ne doit point s'alarmer.
Oui, tout aime dans la nature;
Oui, tout me dit qu'il faut aimer.

DUO.

Je le vois.... ô trouble !.... ô tendresse !....
Dois-je fuir ?.... ou dois-je rester ?

ANTÉNOR, *à part, en entrant.*

Je la vois.... ô crainte !.... ô tendresse !....
Auquel des deux dois-je céder ?

CLÉONE, *à part.*	ANTÉNOR, *à part.*
Il approche.... ô trouble !... ô tendresse !	Elle est seule : ô crainte ! ô tendresse !
Dois-je fuir ? ou dois-je rester ?	Auquel des deux dois-je céder ?
Mon cœur ne peut, dans sa faiblesse,	Mon cœur, hélas ! dans sa faiblesse,
Ni l'attendre, ni l'éviter.	Ne peut la fuir ni l'aborder.

SCÈNE VI.

ANTÉNOR, CLÉONE.

ANTÉNOR.

Ne fuyez pas, belle Cléone.
Pouvez-vous redouter des lieux
Où tout ce qui vous environne
S'anime et s'embellit de l'éclat de vos yeux?

CLÉONE, à part.

Que lui répondre, ô ciel! A peine je respire.

ANTÉNOR.

Ah! laissez-moi jouir d'un instant de bonheur.
    Depuis long-temps je le désire;
Serait-ce au hasard seul que j'en dois la douceur?

CLÉONE.

J'attendais le moment qui nous appelle au temple.

ANTÉNOR.

    Ah! souffrez qu'on vous y contemple.
Cléone, mon encens n'ira pas tout aux cieux,
Avec les immortels partagez mon hommage:
Permettez qu'Anténor, en invoquant les dieux,
Admire leur pouvoir dans leur plus bel ouvrage.

CLÉONE.

    Je m'étonne des sentimens
    Qu'un jour, un moment vous inspire.

ANTÉNOR.

Dans le cœur d'Anténor si vous aviez pu lire,
    Vous les sauriez depuis long-temps.

CLÉONE.

De tout ce que j'entends ma surprise est extrême.

ANTÉNOR.

Moins grande que mon trouble, alors que je vous vois.

CLÉONE.

Ce langage est nouveau pour moi.

ANTÉNOR.

Cléone, il l'est pour moi de même.
Ce jour, hélas! est le premier
Où j'ose vous parler, où je puis vous entendre;
Ce jour serait-il le dernier?

CLÉONE.

Ce que vous demandez, je ne puis vous l'apprendre.

ANTÉNOR.

Les momens sont bien chers; dans quelques jours, hélas!
Anténor, obligé de voler aux combats,
N'aura devant les yeux que la mort, le carnage....

CLÉONE.

D'un objet effrayant, épargnez-moi l'image.

ANTÉNOR.

Vous soupirez?.... Heureux celui de nos soldats
Dont l'amour et l'espoir soutiennent le courage!
Cléone, que son sort est beau!
Qu'il est plus glorieux encore,
S'il emporte dans le tombeau
L'estime et les regrets de celle qu'il adore!
Si j'étais ce guerrier!

CLÉONE.

Le danger d'un amant
N'est pas toujours le plus à craindre;

Et dans ce funeste moment,
Celui qui ne meurt pas est celui qu'il faut plaindre.

ANTÉNOR.

Qu'à ce prix je voudrais faire couler vos pleurs!

CLÉONE.

La crainte suffirait pour les faire répandre.
Mais pour nous inspirer un intérêt bien tendre,
Vous n'avez pas besoin d'annoncer des malheurs.

ANTÉNOR.

Que dites-vous? ô ciel!

CLÉONE.

Je dis que votre vie
Doit être précieuse et chère à la patrie;
Je dois m'intéresser à tous ses défenseurs.

ANTÉNOR.

A tous!

CLÉONE.

C'est un devoir.

ANTÉNOR.

Mais ce devoir sévère,
Permet de distinguer celui que l'on préfère.

CLÉONE.

Anténor, laissez-moi.

ANTÉNOR.

De grâce, expliquez-vous.
Dites-moi si ce cœur, qui s'intéresse à tous,
Est sensible....

CLÉONE.

Je crois entendre votre père.

ANTÉNOR.

Ah! ce père pour moi n'est pas si rigoureux.
Il m'a promis que l'hyménée,
En m'unissant à l'objet de mes vœux....

CLÉONE.

D'un père aussi dépend ma destinée.

ANTÉNOR.

Anténor, glorieux de ce beau nom d'époux,
Ne redouterait plus la fortune jalouse.
Epoux! n'est-il pas vrai que ce titre est bien doux?

CLÉONE.

Pas plus doux que celui d'épouse.

ANTÉNOR.

Ah! Cléone, achevez.

CLÉONE.

C'est assez me trahir.

ANTÉNOR.

Qu'ai-je entendu, grands dieux! Son âme est attendrie,
Ah! laisse échapper ce soupir;
Rends-toi; viens resserrer la chaîne qui nous lie.

CLÉONE.

De mon père dépend le destin de ma vie;
Et mon devoir est d'obéir;
Mais le sort d'une épouse est bien digne d'envie,
Quand le devoir est un plaisir.

23,

SCÈNE VII.

CLÉONE, ANTÉNOR, CALLIAS, MÉGÈS.

MÉGÈS.

N'obéis qu'à ton cœur.

CLÉONE.

Dieux! que vois-je? mon père!

MÉGÈS.

Oui, c'est lui; ne t'étonne pas:
Je connais ton amour, et tu m'en es plus chère.
Soyez époux. Avant de voler aux combats,
Qu'à la tienne Anténor joigne sa destinée.
Que l'autel de Mars le vengeur
Soit celui de l'hymen. Et, dans cette journée,
Que le peuple assemblé, témoin de ton bonheur,
Célèbre dans ses chants cet heureux hyménée.

ANTÉNOR.

O mon père! Ah! Mégès! le prix que je reçois
Vous répond à jamais de ma reconnaissance.

CLÉONE.

La mienne est dans mon cœur.

MÉGÈS.

Mais le peuple s'avance;
Unissons à ses chants notre amour et nos voix.

SCÈNE VIII.

LES PRÉCÉDENS, PEUPLE, SOLDATS. *Marche guerrière.*

CHŒUR, pendant la marche.

Dieu terrible, dieu de la guerre,
Sois pour nous le premier des dieux.
Sur un ennemi furieux
O Mars! viens lancer le tonnerre.
Dieu terrible, dieu de la guerre,
Sois pour nous le premier des dieux.

MÉGÈS.

Sous les chaînes de l'esclavage
On veut accabler tes enfans.

CALLIAS.

Déjà dans nos fertiles champs;
Les satellites des tyrans
Sèment l'horreur et le carnage.

ANTÉNOR.

Pourrais-tu seconder leur rage?
Pourrais-tu trahir tes enfans?

CHŒUR.

Dieu terrible, dieu de la guerre, etc.

CALLIAS.

Quand tu daignes nous protéger,
Quand la liberté nous rassure,
Les Grecs au milieu du danger,
N'ont pas oublié la nature;
Un époux animé de l'ardeur la plus pure,
Sur tes autels vient s'engager
A nous défendre, à nous venger.

TOUS.

Dieu puissant, dans cette journée,
Sois pour { nous / eux } le dieu d'Hyménée.

CALLIAS et ANTÉNOR.

Reçois { mes / ses } vœux et { mon / son } encens.

Que l'hymen présage { ma / sa } gloire!

Et que tes terribles accens

Soient le signal de { ma / sa } victoire.

CHŒUR DE FEMMES.

Aimez, aimez, jeunes époux,
Votre sort est digne d'envie;
Aimez, donnez à la patrie
Des défenseurs dignes de vous.

CHŒUR GÉNÉRAL.

Dieu des combats, dieu de la gloire,

Reçois { leurs / nos } vœux et { leurs / nos } sermens.

Et que tes terribles accens
Soient le signal de la victoire.

SCÈNE IX.

LES PRÉCÉDENS, UN SOLDAT.

LE SOLDAT.

Un envoyé des rois veut paraître à vos yeux.

MÉGÈS.

Nous refusons tous de l'entendre.

CALLIAS.

Non, Mégès; qu'il s'avance et qu'il voie en ces lieux
Ce que d'un peuple libre un tyran doit attendre.

SCÈNE X.

LES PRÉCÉDENS, SAPOR.

SAPOR, tenant une flèche à la main.

Magistrats, et vous, peuple, au nom du plus grand roi,
Je viens vous ordonner d'obéir à sa loi.
Nous sommes sous vos murs; comme un torrent rapide
Les soldats de Xerxès inondent la Phocide :
Quand d'Athène et de Sparte il prétend se venger,
De vos foyers, du moins, écartez le danger.
Vous l'avez éprouvé, la résistance est vaine.
Et que vous fait le sort de la coupable Athène?
Qu'a-t-elle de commun avec vos intérêts?
Laissez-nous la punir; servez notre vengeance :
Je vous offre pour prix de votre obéissance,
L'amitié de Xerxès, le bonheur et la paix.

CALLIAS.

Vous ne m'étonnez pas : en vous la servitude
Fait de l'obéissance une utile habitude;
Mais chez nous la valeur peut seule décider
Si l'esclave à des Grecs a droit de commander.
Quand vous pourriez sur nous usurper la victoire,
Vous n'aurez, croyez-moi, qu'une stérile gloire.
Cessez de nous tenter, vos soins sont superflus :
Quand nous serons soumis, nous n'existerons plus.

SAPOR.

Funeste aveuglement! Voyez aux Thermopyles
De Sparte et ses héros les efforts inutiles;
Aucun n'est échappé.

CALLIAS.

S'ils ont succombé tous,
La gloire est aux vaincus et la honte pour vous.
Avant que ces héros fermassent la paupière,
Plus d'un ami des rois a mordu la poussière;
Craignez le même sort.

SAPOR.

Ainsi vous résistez?
Eh bien! plus de pitié..... Tremblez!....

MÉGÈS.

Et vous, sortez.

SAPOR.

Téméraires!..... Bientôt nous saurons vous confondre.

MÉGÈS.

C'est dans le champ d'honneur qu'on saura vous répondre.
Sortez.

SAPOR.

O Jupiter! punis tant de fierté.

MÉGÈS.

O Jupiter! combats pour notre liberté.
            (*On entend le tonnerre.*)

SAPOR.

Tremblez, il se déclare : entendez son tonnerre.

CALLIAS.

Et vous, tremblez, tyrans qui désolez la terre.

SAPOR.

Du dieu qui vous menace apaisez le courroux.

CALLIAS.

Combattons vaillamment, les dieux seront pour nous.

SAPOR brise la flèche et la jette au milieu des Grecs.

Eh bien! recevez donc ce gage de la guerre.

(*Il sort.*)

SCÈNE XI.

Les Précédens, *excepté* Sapor.

CHŒUR.

Dieu terrible, dieu de la guerre,
Sois pour nous le premier des dieux.
Sur un ennemi furieux,
O Mars, viens lancer le tonnerre.

Dieu terrible, etc.

ANTÉNOR.

O chère épouse! ô ma Cléone!
Si dans ces doux instans ton époux t'abandonne,
Sois sûre qu'Anténor, incapable d'effroi,
S'il ne revient vainqueur, mourra digne de toi.

SCÈNE XII.

LES PRÉCÉDENS, UN SOLDAT.

LE SOLDAT.

Amis, songez à vous défendre.
Le signal des combats s'est déjà fait entendre ;
Les Perses sont nombreux, on les voit accourir.

CALLIAS.

Ne les attendons pas, il faut les prévenir.

CHŒUR.

Marchons, volons à la victoire ;
Frappons le Perse épouvanté :
Marchons, combattons pour la gloire,
Ou mourons pour la liberté.

(*Ils sortent.*)

SCÈNE XIII.

CLÉONE, DORIS.

CLÉONE.

Ah! Doris, vainement j'affecte du courage ;
D'un sentiment plus fort je me sens émouvoir :
De l'avenir je crains de percer le nuage,
    Je n'y vois qu'un obscur présage,
Et ce n'est qu'en tremblant que j'y cherche l'espoir.
Je sais ce que je dois à la Grèce, à moi-même :
    Mais quand je crains pour ce que j'aime,
La nature en mon cœur fait taire le devoir.

DORIS.

Cléone, de l'amour la crainte est le partage.
Mais combien l'avenir t'en plaira davantage!
Quel doux moment pour toi, quand l'heureux Anténor,
Vainqueur des ennemis, et plus aimable encor,
D'un triomphe éclatant viendra te faire hommage!

CLÉONE.

Ah! mon cœur se refuse à cette douce image.
   Mon trouble égale mon amour;
Doris, de mon bonheur la fortune est jalouse,
   Je crains un terrible retour :
   Quand je n'ai que le nom d'épouse,
Si je l'avais reçu pour le perdre en un jour!.....

DORIS.

Je vais hâter l'instant qui doit calmer ta peine.
Du haut de ces remparts on découvre la plaine;
   J'y verrai nos soldats vainqueurs,
Et Doris reviendra pour essuyer tes pleurs.

SCÈNE XIV.

CLÉONE, seule.

AIR.

Tout m'agite, tout m'épouvante :
L'espoir a fait place à l'effroi.
J'entends une voix menaçante
Qui me dit : « Malheureuse amante!
» Anténor est perdu pour toi. »
Tout me trouble, tout m'épouvante;
A mes yeux la mort est présente :
Anténor est perdu pour moi!

Mes pleurs, cessez de vous contraindre ;
Des dieux apaisez le courroux :
Hélas ! c'est trop d'avoir à craindre
Pour sa patrie et son époux.
Du haut du ciel daignez m'entendre,
O dieux ! ne l'abandonnez pas ;
C'est lui, c'est lui qu'il faut défendre ;
Partout accompagnez ses pas.

CHŒUR derrière le théâtre.

O dieux ! qui pourra nous défendre ?
O dieux ! sauvez-nous du trépas.

CLÉONE.

O ciel ! quels cris se font entendre ?
Ma force m'abandonne..... hélas !.....
Tout me trouble, tout m'épouvante ;
Ces cris redoublent mon effroi.
J'entends une voix menaçante.....
Tout me dit : « Malheureuse amante !
» Anténor est perdu pour toi. »

(Elle tombe accablée de douleur.)

CHŒUR derrière le théâtre.

O trop malheureuse patrie !
O douleur ! ô fatalité !
Plus d'espoir ! plus de liberté !
Il faut renoncer à la vie.

(Ce chœur s'éloigne en diminuant insensiblement.)

SCÈNE XV.

CLÉONE, MÉGÈS.

CLÉONE, se lève en voyant son père.

Mon père, venez-vous m'annoncer mon malheur?

MÉGÈS.

Tout est perdu, ma fille, et le Perse est vainqueur.

CLÉONE.

Ah! je le pressentais.

MÉGÈS.

O fatale vieillesse !
Il faut donc que je meure inutile à la Grèce!
Sans pouvoir la braver, j'attendrai donc la mort?

CLÉONE.

Non. Dans ce moment même il faut tromper le sort.

MÉGÈS.

Quel espoir?

CLÉONE.

M'aimez-vous?

MÉGÈS.

Ah! ma chère Cléone!

CLÉONE.

Il faut me le prouver. Si tout nous abandonne,
Jurez-moi d'accomplir le dernier de mes vœux.

MÉGÈS.

Parle.

CLÉONE.

Si l'ennemi pénètre dans ces lieux;

Avant que nous soyons victimes de sa rage,
Avant qu'il me saisisse, et que sa main m'outrage,
Mon père, plongez-moi ce poignard dans le sein.

MÉGÈS.

Ma fille, je le jure; et c'était mon dessein.

CLÉONE.

Ah! je vois que je vous suis chère.
Je n'ai plus rien à redouter,
Et je mourrai du moins de la main de mon père.

MÉGÈS.

O de la liberté sublime caractère!
Rien que le déshonneur ne peut t'épouvanter.
Mais quels cris?....

CHŒUR *derrière le théâtre.*

Victoire! Victoire!

CLÉONE.

Mon père, entendez-vous?....

CHŒUR.

Gloire! éternelle gloire!

CHŒUR *au fond.*	CLÉONE ET MÉGÈS.
Les dieux ont combattu pour nous;	O transport! ô moment trop doux!
Le Perse est tombé sous nos coups.	Les dieux ont combattu pour nous.

SCÈNE XVI.

MÉGÈS, CLÉONE, CALLIAS.

CALLIAS.

O Mégès! entends-tu ces chants, ces cris de joie?

MÉGÈS.

Ils vont tous à mon cœur.

CLÉONE.

Callias, achevez.

CALLIAS.

Des tyrans notre ville allait être la proie;
Un soldat, un héros, un dieu nous a sauvés.
Il nous a retenus sur les bords de l'abîme,
Et de nos ennemis renversé les projets.

CLÉONE.

Ah! si de sa valeur il était la victime!

CALLIAS.

Eh! qu'importe? Son nom ne périra jamais.

CLÉONE.

Nomme-t-on ce guerrier?

MÉGÈS.

Quel est-il?

CALLIAS.

Je l'ignore.
Mais dans notre danger, plus intrépide encore,

Surpassant, en un jour, nos plus fameux héros,
Il força la victoire à suivre nos drapeaux.
On m'a dit que lui seul.... Mais le peuple s'avance;
Unissons à ses chants notre reconnaissance.

CLÉONE.

Grands dieux! mettez le comble à des bienfaits si doux,
Et quand tout est heureux, rendez-moi mon époux.

SCÈNE XVII ET DERNIÈRE.

LES PRÉCÉDENS, LÉONTÉE, PEUPLE, SOLDATS.

*(Pendant la marche guerrière on porte les trophées et
les dépouilles des Perses; parmi ces dépouilles, on
voit un brancard chargé des richesses prises aux ennemis, et couvert d'une large draperie.)*

CHŒUR

Jour de triomphe! jour de gloire!
Les dieux ont combattu pour nous.
Le vil esclave est tombé sous nos coups;
Au peuple libre appartient la victoire.

CALLIAS.

O brave Léontée! à mes yeux attendris,
Pourquoi, dans ce moment, n'offres-tu point mon fils?
Tu ne me réponds rien? Que faut-il que je pense?

CLÉONE.

Malheureuse Cléone!

CALLIAS.

    O funeste silence!
Parle-moi d'Anténor?

LÉONTÉE.

Il n'y faut plus penser.
Te parler de ton fils, ce serait t'offenser.

CALLIAS.

Qu'ai-je entendu? Grands dieux! Anténor est coupable!

LÉONTÉE.

Ah! ne m'arrache pas un aveu qui m'accable.

CALLIAS.

Achève, je le veux.

LÉONTÉE.

Dans l'âge des plaisirs,
Lorsque tout secondait, prévenait ses désirs;
N'ayant point encor vu l'appareil de nos armes,
N'ayant point des combats ressenti les alarmes....
La nature plus forte, en ces momens d'effroi....
Tout a pu l'ébranler....

CALLIAS.

Fils indigne de moi!

Il a fui!

LÉONTÉE.

Séparé d'une épouse chérie,
Qui devait embellir son sort,
Il a dû regretter la vie;
Il a pu redouter la mort.

CALLIAS.

Il a craint de mourir en sauvant sa patrie?
Le lâche! il survivrait à cette ignominie?

CLÉONE se voile la figure.

Tout est perdu pour moi.

CALLIAS.

Dieux ! servez mon courroux.
Frappez ce lâche fils, je le livre à vos coups.
Découvrez-moi les lieux où l'infâme se cache ;
Laissez-moi l'y chercher, que ma main l'en arrache ;
Je veux aux yeux des Grecs expier son forfait,
Et laver dans son sang l'affront qu'il nous a fait.

LÉONTÉE.

Vous aimeriez donc mieux qu'il eût perdu la vie ?

CALLIAS.

Plût aux dieux qu'il fût mort, et mort pour la patrie !
Ah ! puissé-je le voir dans l'ombre des tombeaux !

LÉONTÉE.

Eh bien ! soyez content, il est mort en héros.
(*A ces mots Léontée lève la draperie et découvre le corps
d'Anténor, percé d'une flèche, et environné des mar-
ques de sa gloire. La musique commence à ce
moment.*)

TOUS.

Ciel !
(*Après ce cri, il se fait un grand silence.*)

LÉONTÉE.

Contemplez, glorieux père,
Un fils encor plus glorieux.
Un seul homme a sauvé la Grèce tout entière ;
Son nom est immortel. On va dire en tous lieux :
Callias est bien grand, mais son fils le surpasse.

CALLIAS regarde son fils, s'attendrit et se contraint.

(*Il pose un genou à terre.*)

O nature ! tais-toi. Grands dieux ! je vous rends grâce.
Mon fils nous a sauvés, je bénirai sa mort.
Tendre père, je dois m'attendrir sur son sort !

(*Il se relève à ce vers.*)

Magistrat, citoyen, je chanterai sa gloire.

CHŒUR.

Chantons la mort, chantons la gloire
Du héros qui mourut pour nous.
Le Perse est tombé sous ses coups ;
D'Anténor chantons la victoire.

(*Cléone, toujours voilée, se met à genoux près de l'autel
de l'Hymen, et s'y appuie. Tous les Grecs tirent leurs
épées, et appuyant la pointe sur le corps d'Anténor,
ils font le serment qui suit :*)

DERNIER CHŒUR.

Nous jurons tous de venger ton trépas.
A la fureur qui nous anime
L'ennemi n'échappera pas.
Jeune héros, sainte victime,
Nous jurons tous de venger ton trépas.

(*Le rideau se baisse à la fin de ce chœur.*)

FIN DE CALLIAS.

BION,

COMÉDIE EN UN ACTE ET EN VERS,

MÊLÉE DE MUSIQUE,

REPRÉSENTÉE SUR LE THÉATRE FEYDEAU,
LE 6 NIVÔSE AN IX (1801).

PERSONNAGES.

BION, poète grec.

NYSA, jeune grecque élevée par Bion.

AGÉNOR, jeune philosophe et amant de Nysa.

CRATÈS, philosophe et ami d'Agénor.

La scène se passe dans l'île de Salamine, où Bion a fait bâtir un lieu de délices, orné de tout le prestige de l'art.

AVERTISSEMENT.

L'Anténor de M. Lantier a fourni le sujet de cet ouvrage. L'intrigue en est faible et le dénouement prévu; mais ces défauts sont rachetés par les traits piquans du dialogue et les grâces de la versification. Écrit avec soin, Bion sera lu avec plaisir.

La musique de Méhul n'obtint pas moins de succès que le poëme. On applaudit plus particulièrement l'ouverture et le rondeau chanté par Agénor:

> O trouble extrême!
> Je vais la voir, etc.

Il est vrai que le rhythme employé par l'auteur des paroles, ne pouvait qu'inspirer heureusement le compositeur.

BION.

Le théâtre représente un berceau de verdure. A la gauche une porte, soutenue par deux colonnes, indique l'entrée de la maison. Sous le berceau quatre cippes portent quatre bustes, qui sont ceux de Sapho, de Corinne, d'Anacréon et de Moschus. Au fond du berceau un autel derrière lequel est la statue de l'Amour. A travers le percé l'on voit une campagne riante, vivement éclairée, tandis que le berceau offre une ombre épaisse et mystérieuse.

SCÈNE PREMIÈRE.

BION, seul.

La nuit a disparu. Du haut de ces montagnes
La lumière descend sur l'aile des zéphyrs;
J'entends déjà de loin l'habitant des campagnes;
Il reprend ses travaux, reprenons nos plaisirs.
(Il prend sa lyre et s'assied.)
Tandis que vers ces bords l'astre du jour s'avance
Pour répandre la vie et la fécondité,
Elevons jusqu'à lui notre reconnaissance,
Et saluons le dieu qui nous rend la clarté.

AIR.

Blond Phébus, la brillante aurore
Vient d'ouvrir la porte des cieux;
D'un voile de pourpre à mes yeux
La cîme des monts se colore.
Ton éclat m'annonce un beau jour:
Tu viens ranimer la nature,
Tu rends à Flore sa parure,
Tu donnes des yeux à l'Amour.

Quand tu commences ta carrière,
Je vois l'ombre s'évanouir;
Au doux rayon de ta lumière
J'entends l'oiseau se réjouir;
Je vois briller la terre entière,
Et la rose s'épanouir.

Oui, tu ranimes la nature,
Ton éclat m'annonce un beau jour;
 (*Nysa paraît, il lui prend la main.*)
Tu rends à Flore sa parure,
Et tu rends des yeux à l'Amour.

SCÈNE II.

BION, NYSA.

NYSA.

Mon ami, chantez donc encore.

BION.

J'aime mieux te parler. Je célébrais l'aurore;
Je ne puis me lasser d'un spectacle si beau:
Tous les jours je le vois, et tous les jours je l'aime;
Quoiqu'il ne change pas, il me paraît nouveau:
    Quand je te vois, c'est tout de même.
Ah! rien ne manque plus sous ce charmant berceau.
Mais, qu'as-tu donc, Nysa? tu me sembles rêveuse,
Tes regards ont perdu cet éclat vif et doux;
Tu rougis...

NYSA.

        Mon ami, je suis toujours heureuse:
Je suis toujours auprès de vous.

BION.

Et nos deux étrangers.... les as-tu vu paraître?

NYSA.

Les deux étrangers? non.

BION.

Ils tardent à venir.

NYSA.

Ils reposent encor, peut-être.
Dites-moi, mon ami, quand doivent-ils partir?

BION.

Mais pas sitôt, je crois.

NYSA.

Pourquoi les retenir?

BION.

Pourquoi les renvoyer?

NYSA.

Pour finir leur voyage.
Ils devaient avec nous demeurer un seul jour,
En voilà dix et davantage :
Il semble que chez vous ils fixent leur séjour.

BION.

Mais ils y resteront quelque temps, je le pense.
En es-tu bien fâchée?

NYSA.

Ils me sont inconnus.

BION.

Depuis dix jours, pourtant, que nous les avons vus,
Nous avons pu, je crois, faire leur connaissance.

NYSA.

Vous voir et vous voir seul est tout ce qui me plaît.

BION.

Cependant, ma Nysa, le plus jeune est aimable.
Agénor.....

NYSA.

Agénor?.....

BION.

Allons, point de secret.

NYSA.

Agénor!

BION.

Tu parais n'en parler qu'à regret.
Jeune fille n'est point coupable
Pour trouver un homme bien fait.

NYSA.

Sans doute, mon ami.

BION.

Puis c'est un philosophe,
Un sage, à vingt-cinq ans, disciple de Platon;
Un sage du Portique, et qui n'en prend le nom
Que parce qu'il en a l'étoffe.

NYSA, souriant.

Vous croyez?

BION.

J'en suis sûr. Et par ses argumens
Et sa docte dialectique
Il a su, l'autre jour, me prouver sans réplique...

NYSA.

Il a su vous prouver?....

BION.

Que tes yeux sont charmans.

NYSA.

Mais, mon ami, pourquoi sans cesse
De ce jeune étranger vouloir m'entretenir?
Et si sa présence vous blesse,
Pourquoi vouloir le retenir?

BION.

Moi, je l'aime beaucoup.

NYSA.

Mais laissez-le partir.

BION.

En quoi donc ce jeune homme a-t-il pu te déplaire?
Lui qui, de tes attraits, me paraît fort épris?

NYSA.

Vous riez. S'il m'aimait, vous seriez bien surpris.

BION.

Je serais surpris du contraire.

NYSA.

Que m'importe, après tout, ce qu'éprouve son cœur,
Puisque votre amitié suffit à mon bonheur?

AIR.

Lorsque de mes parens je fus abandonnée,
Vous avez pris soin de mes jours;

A l'affreux esclavage on m'avait condamnée,
     Je fus libre par vos secours ;
Vous avez de mes pas écarté la misère :
Je trouvai le bonheur dans ce riant séjour.
Bion pour sa Nysa fut un dieu tutélaire :
Nysa pour vos bienfaits vous doit tout son amour.

BION.

Ton amour ?

NYSA.

     Je le dois.

BION.

               Tu te trompes, ma chère :
Je ne mérite point un si doux sentiment ;
Ton cœur séduit tes yeux : tu m'aimes comme un père,
     Tu crois m'aimer comme un amant.

NYSA.

Je ne sais point encor si l'on aime autrement.

DUO.

NYSA.

Ah ! mon ami, de notre asile
     Ecartez ce jeune étranger.

BION.

Non, ma Nysa, je suis tranquille,
Ton repos n'est point en danger.

NYSA.

Nous étions toujours seuls ensemble,
Pourtant il ne nous manquait rien.

BION.

Mais quelques amis, ce me semble,
N'empêchent pas qu'on s'aime bien.

NYSA, *à part.*

Hélas ! je n'ose le lui dire.

BION, *à part.*

Son cœur, son jeune cœur soupire.

NYSA.

J'ai du chagrin.

BION.

Conte-le moi.

NYSA.

Si vous m'aimez.....

BION.

Explique-toi.

ENSEMBLE.

NYSA.	BION.
Si vous m'aimez, de notre asile	Non, ma Nysa, je suis tranquille,
Ecartez ce jeune étranger.	Ton repos n'est pas en danger.

BION.

Mais pourquoi donc cette tristesse ?
Que manque-t-il à ton bonheur ?

NYSA.

Si j'ai toute votre tendresse,
Que peut-il manquer à mon cœur ?

BION.

Eh bien ! dis-moi ce qui te blesse.

NYSA.

Ce jeune homme me suit sans cesse.

BION.

Et cela cause ton effroi ?

NYSA.

Il a toujours les yeux sur moi.

BION.

C'est qu'il te trouve fort jolie.

NYSA.

Il me nomme sa belle amie.

BION.

Ah! j'entends, et tu crains qu'un jour
Il n'ose te parler d'amour.....

NYSA.

Si vous m'aimez, de votre asile
Ecartez ce jeune étranger.

BION, *à part.*

Son jeune cœur n'est plus tranquille,
Il s'épouvante du danger.

ENSEMBLE.

NYSA, *à part.*	BION, *à part.*
Quel trouble me dévore !	Amour, viens faire éclore
Quel mal plein de douceur !	La jeune et tendre fleur ;
D'une vive rougeur	D'une aimable rougeur
Tout mon teint se colore.	Que ton feu la colore.
Hélas! je tremble encore;	Mais non, diffère encore :
D'où vient cette frayeur?	L'instant du vrai bonheur,
Je sens naître en mon cœur	C'est quand un jeune cœur
Un désir que j'ignore.	Te désire et t'ignore.

BION.

Sur ce que tu dois faire, il est temps de t'instruire;
Mais, Nysa, jure-moi que tu m'obéiras.

NYSA.

En pouvez-vous douter?

BION.

Ecoute, tu sauras
Comment il faut te conduire.

Ce jeune voyageur, philosophe vanté,
  Ce disciple de la sagesse,
Sans respect pour les nœuds de l'hospitalité,
Veut tromper l'amitié, séduire ta jeunesse.
Cette philosophie est rare, en vérité,
  Mais je me suis toujours douté
  Quelle ferait fortune en Grèce.
De ce jeune étourdi je veux me divertir,
Et nous le punirons, si tu veux le punir.
Qu'en dis-tu?

NYSA.

  Mon ami, daignez encor m'entendre,
Car je n'ai pas tout dit, et je veux vous l'apprendre.

BION.

Pas tout dit! parle donc.

NYSA.

   Hier, cet étranger
Me suivit, malgré moi, dans le petit verger,
Et...mais j'entends du bruit. Ciel! c'est lui qui s'avance.

BION.

Sortons, et concertons une aimable vengeance.
(*Ils rentrent dans la maison.*)

SCÈNE III.

AGÉNOR, CRATÈS.

AGÉNOR traverse le théâtre en courant.

Ciel! elle est déjà loin.

CRATÈS.

  Eh bien! où courez-vous?

AGÉNOR.

Je courais pour la voir.

CRATÈS.

Encor cette folie?

AGÉNOR.

Mon cher Cratès, point de courroux,
Mais Nysa fait bien tort à la philosophie.

CRATÈS.

Ainsi vous persistez dans votre égarement!
Disciple de Platon, vous voyagez en Grèce,
Un ami vous reçoit, c'est un homme charmant,
　　Et votre premier mouvement
　　Est de séduire sa maîtresse.
C'est pour joindre l'exemple aux leçons de sagesse,
　　Que vous trompez indignement
　　L'ami dont la délicatesse
N'a pu vous soupçonner d'agir si lâchement.

AGÉNOR.

Je sais bien tout cela, mais je n'y puis rien faire:
Est-ce ma faute, à moi, si je suis amoureux?
J'étais tout comme vous raisonneur et sévère,
J'avais l'esprit très-juste et le cœur généreux;
J'arrive ici, je vois une simple bergère,
Soudain je deviens fou, sensible et malheureux.
Phèdre, Pasiphaë, Médée et les dieux même,
Nous ont assez prouvé qu'on est fou quand on aime.
Puis-je, faible mortel, résister au poison?
Au lieu de la gronder, guérissez ma raison.
Au Portique, autrefois, je prêchais la sagesse;
Ici, près de Nysa, je parle de tendresse.

Chaque chose a son temps, et le divin Platon,
  Ce moraliste de la Grèce,
    Fit pour l'amour une chanson,
    Et fit des vers pour sa maîtresse.

CRATÈS.

Et dit-il, dans ces vers, qu'on puisse innocemment
D'un ami généreux trahir la confiance?

AGÉNOR.

Je sais bien que Bion est un homme charmant;
J'admire son esprit, son cœur, sa bienfaisance;
Je l'aime..... mais, hélas! dans mon aveuglement,
De n'être point ingrat je n'ai plus la puissance,
Et je serais ami si je n'étais amant.

CRATÈS.

Mais quel sera le but de votre emportement?
Un amour sans espoir est un triste partage.

AGÉNOR.

Oh! j'espère.

CRATÈS.

    Nysa vous permet?

AGÉNOR.

              Oui, vraiment.
Pourquoi voudriez-vous que cette aimable enfant
  Fût plus insensible qu'un sage?

CRATÈS.

Eh bien! c'est encor pis.

AGÉNOR.

        Oh! non pas, s'il vous plaît,
Il vaut mieux réussir; et quand on a mal fait,
  Le succès au moins vous console.

25.

CRATÈS.

Certes, votre morale est d'une bonne école.
Et sur quoi fondez-vous que vous êtes aimé?

AGÉNOR.

D'abord parce que j'aime.

CRATÈS.

Ah! la preuve est complète.

AGÉNOR.

Ce n'est pas tout : hier, par l'espoir animé,
J'implorai des neuf sœurs l'influence secrète;
Tout à coup je sentis mon esprit enflammé,
Et soudain je devins poète.

CRATÈS.

Vous avez fait des vers?

AGÉNOR.

Et le style en est bon.
Un amant bien épris n'invoque point Minerve :
Le sentiment tient lieu de verve,
Et l'Amour fait des vers aussi bien qu'Apollon.

CRATÈS.

Ces vers sont pour Nysa?

AGÉNOR.

Vous allez les entendre;
Bion même, jamais, ne fit rien de plus tendre;
Je vais les réciter.

CRATÈS.

C'est encore un travers.
Pour tromper un poète, il va faire des vers!

AGÉNOR, récite les vers.

« Notre destin est écrit à Cythère ;
» Pour ses projets Amour sut nous former.
  » Nysa, dit-il, vivra pour plaire,
  » Agénor vivra pour aimer.
» Décrets d'amour, quelle est votre puissance !
» Depuis long-temps Nysa vous obéit ;
» Je sens aussi la divine influence :
» J'ai vu Nysa, mon destin s'accomplit. »
Eh bien ! qu'en dites-vous, moraliste inflexible ?

CRATÈS.

Que l'auteur de ces vers peut les trouver fort bons ;
Mais il faut qu'une femme ait le cœur bien sensible,
S'il peut se laisser prendre à de telles chansons.
Par malheur je vous donne un conseil inutile.

AGÉNOR.

Ami, vous êtes difficile.

CRATÈS.

Eh bien ! ces vers charmans, Nysa les a reçus ?

AGÉNOR.

Ah ! sur ce point mes vœux n'ont point été déçus :
  Je l'abordai d'un air bien tendre ;
  Je tenais les vers dans ma main,
Je les offre, Nysa refuse de les prendre ;
Je les jette à ses pieds, et je m'enfuis soudain.
Mais bientôt je la vis les ramasser, les lire,
Hésiter, se troubler, me regarder, sourire,
  Et puis les cacher dans son sein.
Ce moment fut pour moi le plus beau de ma vie !

CRATÈS.

Vous ne rougissez pas de votre perfidie?

AGÉNOR.

J'en rougis quand j'y pense.

CRATÈS.

Il faut quitter ces lieux;
Il faut me suivre, ou bien recevoir mes adieux.

AGÉNOR.

Vos adieux ! c'est sans doute une plaisanterie.

DUO.

CRATÈS.

Il faut partir.

AGÉNOR.

Il n'est plus temps.

CRATÈS.

Fuyez ces lieux.

AGÉNOR.

Ils sont charmans.

CRATÈS.

Il faut partir, tout vous l'ordonne;
L'honneur le veut, plus de retard.

AGÉNOR.

Votre leçon serait fort bonne,
Mais le conseil vient un peu tard.

CRATÈS.

Fuyez Nysa, c'est par l'absence
Que votre cœur peut se guérir.

AGÉNOR.

Vaut mieux souffrir en sa présence
Que la quitter pour en mourir.

ENSEMBLE.

CRATÈS.	AGÉNOR.
Impuissante philosophie ,	Amour, Amour, charme ma vie,
Combien est faible ta raison !	Je t'abandonne ma raison ;
Qui le prendrait, dans sa folie,	Mieux vaut un grain de la folie,
Pour un disciple de Platon ?	Que la sagesse de Platon.

CRATÈS.

Oui , si vous persistez dans un projet coupable ,
J'ai le moyen de vous punir.

AGÉNOR.

Empêchez donc Nysa de me paraître aimable :
Ce qui plaît, peut-on le haïr ?

CRATÈS.

Aux conseils d'un ami si vous êtes rebelle,
A Bion aujourd'hui je vais tout découvrir.

AGÉNOR.

Juste ciel ! que dis-tu ? quelle amitié cruelle !
Quoi ! c'est en me tuant que tu veux me guérir ?

(*Reprise du Duo.*)

CRATÈS, *haut.*

Impuissante philosophie !

AGÉNOR.

Amour, amour, charme ma vie.

CRATÈS.

Il faut partir.

AGÉNOR.

Il n'est plus temps.

CRATÈS.

Fuyez ces lieux.

AGÉNOR.

Ils sont charmans.

CRATÈS.

Il faut partir, tout vous l'ordonne ;
L'honneur le veut, plus de retard.

AGÉNOR.

Votre leçon serait fort bonne,
Mais le conseil vient un peu tard.

ENSEMBLE.

CRATÈS.	AGÉNOR.
Impuissante philosophie, etc.	Amour, Amour, charme ma vie, etc.

SCÈNE IV.

CRATÈS, AGÉNOR, BION.

BION.

Mes amis, à l'instant je reçois la nouvelle
Qu'il me faut pour deux jours m'éloigner de ces lieux.
Dans la ville voisine une affaire m'appelle ;
Je partirai ce soir.

CRATÈS.

Ah ! tout est pour le mieux,
Car nous allions aussi vous faire nos adieux.

BION.

Vous me quittez ?

CRATÈS.

Il faut finir notre voyage.
Si nous consultions nos plaisirs,
Nous resterions chez vous dix ans et davantage;
Mais remplir ses devoirs et vaincre ses désirs,
Est la maxime d'un vrai sage.

BION.

Quoi! vous voulez partir tous deux?

AGÉNOR.

Je n'ai rien dit.

BION.

Ah! vous me rassurez, et ce mot me suffit.

CRATÈS.

Mais non, il veut partir.

BION, à Agénor.

Mon ami, qui vous presse?

AGÉNOR.

Rien du tout.

BION.

Quand on fait le voyage de Grèce,
Quelques jours ne font rien.

AGÉNOR.

Je le disais aussi.

BION.

Et puis d'ailleurs, Nysa resterait seule ici :
La solitude et le silence,
Attristent l'âge des amours;

Accordez-lui donc quelques jours
Pour l'empêcher, au moins, de sentir mon absence.

AGÉNOR.

Nous le devons, en conscience.

CRATÈS.

Vous êtes trop aimable, et votre attention
Va trop loin de moitié.

BION.

C'est pure affection.
Vous êtes mes amis, que j'estime, que j'aime,
Amis dont je suis sûr autant que de moi-même,
Qu'on est toujours charmé de retenir chez soi :
Je ferais tout pour vous, vous feriez tout pour moi.
Hélas! de vrais amis la nature est avare,
Le titre est si commun, et la chose si rare,
Que d'en rencontrer un, l'on doit se croire heureux;
Jugez de mon bonheur, d'en avoir trouvé deux.

AGÉNOR, avec embarras.

C'est vrai, vous jouissez d'un bonheur que j'envie,
Et vous devez passer joyeusement la vie.

BION.

Oui, tout me réussit au gré de mes souhaits.
J'ai su, la chose est peu commune,
Unir la poésie aux dons de la fortune;
Et je vis entouré des heureux que je fais.

AGÉNOR.

Et parmi ces heureux, une nymphe charmante.

BION.

Vous parlez de Nysa? vraiment elle m'enchante,

Et pour ne vous rien déguiser,
Dans trois jours, au plus tard, je m'en vais l'épouser.

CRATÈS.

Ah! tant mieux.

BION.

C'est le but de mon petit voyage.

CRATÈS.

J'en suis enchanté.

AGÉNOR, à part.

Moi, j'enrage.

BION.

Par mon ordre déjà, pour cet heureux moment,
Tout se dispose, tout s'apprête.
Ainsi, je vous retiens : vous serez de la fête.

CRATÈS.

Avouez, Agénor, que ce sera charmant.

AGENOR.

Mais nous devons partir.

CRATÈS.

Non, je reste à présent.

AGÉNOR, à Bion.

Vous êtes amoureux de Nysa?

BION.

Si je l'aime!
A votre avis, mon cher, peut-on faire autrement?

AGÉNOR.

Oh! non; mais vous croyez en être aimé de même.

BION.

Pourquoi pas, s'il vous plaît?

AGÉNOR.

           Sans doute votre esprit,
Vos talens, vos vertus la charment; mais votre âge....

BION.

J'ai cinquante ans et davantage,
Mais vous n'en sauriez rien si je ne l'avais dit;
Voyez, cinquante hivers n'ont point blanchi ma tête.
Poète, laboureur, et berger tour à tour,
Je travaille, je chante en cet heureux séjour,
      Et tous mes jours sont jours de fête.

CRATÈS, riant.

Ecoutez, Agénor.

AGÉNOR.

        C'est bon, j'entends fort bien.
Mais je craindrais à votre place.....

BION.

Pourquoi donc?

AGÉNOR.

      Un enfant.... votre âge.... ce lieu....

BION.

C'est cela qui vous embarrasse?
C'est trop de prévoyance, ami, ne craignez rien.

AGÉNOR.

Mais, Nysa.....

BION.

      Qui pourrait tenter de la séduire!
Ah! pour me rassurer, son amour doit suffire.

AGÉNOR.

C'est un peu d'amour-propre.

BION.

Eh bien! quand j'en aurais?

CRATÈS.

Ah! je vous le pardonnerais.
J'en ai vu si souvent que rien ne justifie!
Il choque dans les sots, mais il sied au génie.

BION.

Oui, je serai l'époux de cet aimable enfant.

NYSA, derrière la scène.

Bion!

BION.

Elle m'appelle; attendez un instant.
Il faut bien obéir à nymphe si jolie.

SCÈNE V.

CRATÈS, AGÉNOR.

DUO.

AGÉNOR.

Il faut partir.

CRATÈS.

Il n'est plus temps.

AGÉNOR.

Fuyons ces lieux.

CRATÈS.

Ils sont charmans.

AGÉNOR.

Il faut partir, tout me l'ordonne;
Le sort le veut, plus de retard.

CRATÈS.

Oui, la leçon est assez bonne,
Mais le conseil vient un peu tard.

AGÉNOR.

Fuyons Nysa, c'est par l'absence
Que mon tourment peut se guérir.

CRATÈS.

Vaut mieux souffrir en sa présence,
Que la quitter pour en mourir.

ENSEMBLE.

AGÉNOR.	CRATÈS, *riant.*
Quels transports ! quelle faiblesse !	Disciple de la sagesse ,
Qu'ai-je fait de ma raison?	Qu'as-tu fait de la raison?
Ah ! l'Amour à la Sagesse	Pour les sages de la Grèce
Donne une bonne leçon.	C'est une bonne leçon.

AGÉNOR.

Quand de Bion l'hymen s'apprête,
De ma douleur ayez pitié.

CRATÈS.

Vous devez être de la fête,
Il faut rester par amitié.

AGÉNOR.

Eh quoi! Bion est aimé d'elle,
Et son hymen est arrêté!

CRATÈS.

Votre maîtresse est infidelle,
Ah! c'est très-mal, en vérité.

AGÉNOR.

Quittez un ton qui m'importune.

CRATÈS.

Vraiment vos vers ont fait fortune.

AGÉNOR.

Ah! laissez-moi.

CRATÈS.

Point de courroux.

AGÉNOR.

Perfide amour!

CRATÈS.

Modérez-vous.

AGÉNOR.

Ainsi tu veux....

CRATÈS.

C'est grand dommage.

AGÉNOR.

Me condamner....

CRATÈS.

A rester sage.

AGÉNOR.

Riez, cruel.

CRATÈS.

C'est très-plaisant.

AGÉNOR.

Plaisant pour vous.

CRATÈS.

Très-amusant.

ENSEMBLE.

AGÉNOR.   CRATÈS.

Quels transports! quelle faiblesse ! | Disciple de la sagesse, etc.

SCÈNE VI.

CRATÈS, AGÉNOR, NYSA, BION.

BION.

Vous êtes bien gais, ce me semble.

CRATÈS.

Ce n'est pas lui, du moins; il a pris de l'humeur.
Sur un point délicat nous disputions ensemble....

BION.

Il est fâché ?

CRATÈS.

Mais, moi, j'en ai ri de bon cœur....

BION.

Nysa, va près de lui, gronde-le bien, ma chère;
    Dis-lui que Chrysippe et Zénon,
Tous les Stoïciens, et Socrate et Platon
    Ont toujours blâmé la colère,
Et qu'un sage fâché n'est sage que de nom.

NYSA, à Agénor.

Qu'avez-vous, mon ami? qui peut donc vous déplaire?

AGÉNOR.

Belle Nysa, quand on vous voit
Tout nuage s'efface et tout chagrin s'oublie;

Mais ce méchant rhéteur et son maudit sang-froid
Me feraient détester la vie.

BION.

Haïr la vie! oh! c'est trop fort.
Moi, je veux vous mettre d'accord.
Mes amis, sans qu'il y paraisse,
Je suis grand philosophe aussi :
Je tiens sous ces berceaux école de sagesse;
Mon disciple est Nysa, mon maître le voici :

(*Il montre la statue de l'Amour.*)

AGÉNOR.

Quoi! l'Amour votre maître?

BION.

Il en vaut bien un autre :
Il est encor le mien, il deviendra le vôtre.

CRATÈS, à Agénor.

Entendez-vous?

AGÉNOR, à Cratès.

J'entends fort bien;
Mais il ne se doute de rien.

BION.

Allons, ma chère, prends ta lyre;
Chante ce dieu qui sait dompter
Les sages et les fous, et tout ce qui respire.
Nysa, qui peut mieux le chanter
Que la beauté qui nous l'inspire!
Agénor, restez donc, pourquoi vous écarter?
Venez près de Nysa, tout près pour l'écouter :

Sa voix est fraîche, douce et tendre;
Plus vous en serez près, mieux vous pourrez l'entendre;
Et ses sons, pénétrant jusque dans votre cœur,
Finiront par calmer votre mauvaise humeur.

PREMIER COUPLET.

NYSA.

Amour, le monde est ton domaine,
Nul mortel ne t'a résisté :
Par un seul de tes traits Hercule fût dompté,
Et le captif bénit sa chaîne.
Prête tes charmes à mes vers,
Pour chanter dignement le dieu de l'Univers.

TOUS.

Prête tes charmes, etc.

DEUXIÈME COUPLET.

NYSA.

Plaignons le mortel qui t'ignore,
Plaignons ceux que tu fais languir;
Mais malgré tous les maux que tu leur fais souffrir,
Les malheureux aiment encore.
Prête tes charmes à mes vers,
Pour chanter dignement le dieu de l'Univers.

TOUS.

Prête tes charmes, etc.

TROISIÈME COUPLET.

NYSA.

Ce dieu, lors même qu'il nous quitte,
De nos souffrances prend pitié,
Et laisse près de nous la sensible amitié,

Pour nous consoler de sa fuite.
Prête tes charmes à mes vers;
Pour chanter dignement le dieu de l'Univers.

TOUS, excepté Agénor.

Prête tes charmes à mes vers, etc.

BION, à Agénor.

Mais vous ne chantez pas;
Répétez avec nous.

AGÉNOR.

Je répétais tout bas.

CRATÈS, à Bion.

Son humeur dure encor, je pense.

BION.

En ce cas, Nysa, recommence.

AGÉNOR, à part.

Rien n'égale mon embarras.

NYSA.

Ce dieu, lors même qu'il nous quitte, etc.

BION, à Agénor.

Eh bien! vous êtes plus tranquille.

AGÉNOR.

Oui, la voix de Nysa m'a fait un grand plaisir.

BION.

Je ne veux point d'ennui dans ce charmant asile,
Et quand on vient chez moi, c'est pour se réjouir.
Comme bientôt je dois partir,

26.

Je vais tout disposer. Toi, prends soin de notre hôte;
Que partout les plaisirs accompagnent ses pas;
Et si pourtant, enfin, il ne s'amuse pas,
Qu'il ne puisse pas dire, au moins, que c'est ma faute.

(Il sort; Cratès le suit un moment.)

SCÈNE VII.

NYSA, AGÉNOR, CRATÈS, *qui revient.*

NYSA, à Agénor.

Je ne puis rester avec vous.

AGÉNOR.

Pourquoi, belle Nysa, faut-il que je renonce
Au bonheur de vous voir?

NYSA.

Paix! on vient près de nous;
Je ne puis m'expliquer, mais voilà ma réponse.

(Elle lui donne un billet roulé, et sort.)

SCÈNE VIII.

AGÉNOR, CRATÈS.

CRATÈS.

Eh bien! elle s'enfuit?

AGÉNOR, tristement.

Mais elle m'a rendu....

CRATÈS.

Vos vers, peut-être ?

AGÉNOR.

O ciel !

CRATÈS.

Ce trait vous était dû.

AGÉNOR.

Bion, pour me jouer, s'entend-il avec elle ?
Quand il parlait d'*amis et d'amitié fidelle*,
J'ai cru qu'il me raillait.

CRATÈS.

Mais, mon cher Agénor,
Je l'ai cru comme vous, et je le crois encor.

AGÉNOR, développant le rouleau.

Dieux ! que vois-je ? ô surprise extrême !
Cratès, ce ne sont point mes vers qu'elle me rend ;
C'est Nysa qui m'écrit.

CRATÈS.

Nysa ?

AGÉNOR.

C'est elle-même ;
Des vers tendres.

CRATÈS.

C'est différent.

AGÉNOR, lit.

« Ouvre ton cœur à l'espérance.
» Pour Agénor, l'heureux instant

» N'est pas aussi loin qu'il le pense :
» Vive tendresse, amour constant
» Ont tôt ou tard leur récompense.
» S'il m'aime bien, s'il est prudent
» Autant qu'il me paraît sensible,
» Il m'attendra, sans confident,
» Sous l'ombre de ce lieu paisible.
» Il y recevra le serment
» De l'amour qu'il m'a fait connaître.
» *Nysa* doit ce doux sentiment
» Au tendre ami qui l'a fait naître. »
Mon ami, quel bonheur !

CRATÈS.

C'est une illusion.

AGÉNOR.

Quoi ! ces vers sont charmans.

CRATÈS.

Je les crois de Bion.

AGÉNOR.

Ces vers là, dites-vous ? cela n'est pas possible.
Bion n'a jamais rien écrit
D'aussi tendre, d'aussi sensible,
Et n'eut jamais autant d'esprit.

CRATÈS.

Voilà bien les amans.

AGÉNOR.

Votre erreur est extrême.
Quel serait son dessein, puisqu'il l'aime lui-même ?
(Il relit.)

« S'il m'aime bien, s'il est prudent,
» Il m'attendra sans confident.....

CRATÈS.

Sans confident; cela veut dire
Qu'il faudra que je me retire.

AGÉNOR.

J'allais vous en prier.

CRATÈS.

Epargnez-vous ce soin.
De votre perfidie et de votre délire,
Je ne veux plus être témoin.

AGÉNOR.

Quoi! vous grondez encor? vous savez si bien rire.

CRATÈS.

Je rirai quelque jour, et ce jour n'est pas loin.

(*Il sort.*)

SCÈNE IX.

AGÉNOR, seul.

Je suis seul; c'est ici que Nysa doit se rendre :
Je frémis tour à tour de crainte et de désir;
Rassurons-nous, je dois l'attendre,
Et pour l'amant heureux, attendre c'est jouir.

AIR.

O trouble extrême !
Je vais la voir;
Et Nysa même,
Au cœur qui l'aime,
Rendra l'espoir.

Charmant bocage,
Ton vert feuillage
Va refleurir;
Jeune bergère,
Nymphe légère,
Vient t'embellir.
Retraite sombre,
Double ton ombre,
Fais fuir le jour;
Abri tranquille,
Deviens l'asile
Du tendre amour.
Mais qui m'agite ?
Mon cœur palpite,
Voici l'instant :
Sensible amante,
Nymphe charmante,
L'amour t'attend.
Retraite sombre,
Double ton ombre,
Fais fuir le jour;
Abri tranquille,
Deviens l'asile
Du tendre amour.
O trouble extrême !
Je vais la voir;
Et Nysa même,
Au cœur qui l'aime,
Rendra l'espoir.

Retraite sombre, etc.

SCÈNE X.

AGÉNOR, NYSA.

AGÉNOR.

C'est vous, Nysa! c'est vous! pour moi quel doux présage!
Mais mon cœur à l'espoir doit-il s'abandonner?

NYSA.

Quoi! vous doutez encore?

AGÉNOR.

Oui, je dois m'étonner...
De votre amour.

NYSA.

Je vais vous en donner un gage.

AGÉNOR.

Et que dira Bion?

NYSA.

Il est déjà parti:
Plutôt qu'on ne croyait, il a fait son voyage.

AGÉNOR.

Comment! Bion n'est plus ici?
Mais, Nysa, m'aimez-vous?

NYSA.

On ne peut davantage.

AGÉNOR.

Vous m'aimez! et Bion?

NYSA.

Je l'aime bien aussi.

AGÉNOR.

Ainsi ! vous croyez donc que l'amour se partage ?

NYSA.

Ecoutez-moi, rassurez-vous.
Bion, de mon destin me laisse la maîtresse;
Nysa peut d'un amant couronner la tendresse,
Mais il faut que l'amant devienne mon époux.

AGÉNOR , avec transport.

Votre époux ! aujourd'hui, dans l'instant je veux l'être.
O ciel ! reçois mes vœux ; dieu d'amour, montre nous
La coupe, les flambeaux, des fleurs, un temple, un prêtre,
Et formons les nœuds les plus doux.

NYSA.

Ah ! mon cher Agénor, j'ai bien connu votre âme.

AGÉNOR.

De plaisir et d'amour tu me vois enivré.

NYSA.

Je n'en doutai jamais, et sûre de ta flamme,
Déjà, pour notre hymen, j'avais tout préparé.

AGÉNOR.

Comment, tout préparé ?

NYSA.

Le bandeau, les guirlandes,
Les flambeaux, les parfums, la coupe, les offrandes.
Les bergers que Bion comble de ses bienfaits,
Attendent le signal, et sont déjà tous prêts.

AGÉNOR.

Pourquoi tous ces gens-là ?

NYSA.

C'est pour notre hyménée.
Ils feront le cortége, et viendront dans ces lieux,
Où Nysa, sur l'autel du plus charmant des dieux,
Va bientôt à la tienne unir sa destinée.

AGÉNOR.

Quoi! tout est déjà prêt! du moins puis-je savoir
Par quel prodige?

NYSA.

Il faut que mon amant me suive;
Qu'il ne s'étonne point de tout ce qu'il va voir,
Et quelque chose qu'il arrive,
Qu'il ne perde jamais l'espoir.

AGÉNOR.

Mais, au moins, dites-moi....

NYSA.

Je ne puis rien vous dire.

AGÉNOR.

Et Bion?

NYSA.

Jurez-moi de vous laisser conduire.
On nous attend.

AGÉNOR.

Allons former ce beau lien.
Je trouve tout charmant, mais je n'y comprends rien.
(*Nysa sort, il la suit.*)

SCÈNE XI.

AGÉNOR et CRATÈS *qui l'arrête.*

CRATÈS.

Agénor! Agénor!

AGÉNOR.

Je ne puis vous entendre.

CRATÈS.

Un seul mot.

AGÉNOR.

Je ne puis attendre.

CRATÈS.

Savez-vous que Bion.....

AGÉNOR.

Non, vous me le direz.

CRATÈS.

Mais où donc courez-vous?

AGÉNOR.

Au bonheur de ma vie.

CRATÈS.

Quel est votre projet?

AGÉNOR.

Eh bien! je me marie.

CRATÈS.

Comment! êtes-vous fou?

AGÉNOR.

Restez, vous le verrez.

(*Il sort.*)

SCÈNE XII.

CRATÈS, seul.

Il ne manque plus rien à son extravagance.
Bion vient de partir, et déjà notre amant
    Veut mettre à profit son absence!
Nysa même se prête à son égarement!
Il l'épouse, dit-il! Quels bruits se font entendre?
Quelle foule, grands dieux! en ces lieux vient se rendre.
Des flambeaux, un cortége..... Il marche gravement.
On ne peut être fou plus sérieusement.

(*Il sort et va au-devant du cortége.*)

SCÈNE XIII.

BION, *conduisant un* ENFANT *vêtu en Amour et tenant un flambeau.*

BION.

Va, mon petit ami, ne te fais pas attendre;
Mais, retiendras-tu bien ce que tu viens d'apprendre?

L'ENFANT.

Oh! oui, je sais bien tout : pour lui jouer un tour,
Vous faites le Grand-Prêtre, et moi je fais l'Amour.

BION.

A merveille! va donc te mêler à la fête;
Marche bien gravement et lève bien la tête;
Prends garde d'oublier les vers.

L'ENFANT.

Ne craignez rien,
J'ai bien appris mon rôle, et je le dirai bien.
(*L'enfant va rejoindre la fête, et Bion sort du côté*
opposé.)

SCÈNE XIV.

CRATÈS, AGÉNOR, NYSA. (*Toute la pompe nuptiale.*)

CHŒUR ET MARCHE.

Dieu de Paphos et de Cythère,
Viens ranger deux cœurs sous ta loi;
Sur son autel, l'Hymen, ton frère,
Aujourd'hui recevra leur foi :
L'épouse est digne de ta mère,
Et l'époux est digne de toi.

AGÉNOR et NYSA.

Reçois mes vœux, c'est pour la vie
Que mon cœur va s'unir au tien.

CRATÈS.

Mais en effet il se marie.

AGÉNOR, *à Cratès.*

Paix donc, Cratès, ne dites rien :
Vous troublez la cérémonie.

AGÉNOR et NYSA.

Reçois mes vœux, c'est pour la vie
Que mon cœur.....

BION, *qui paraît.*

Va s'unir au tien.

SCÈNE XV.

LES PRÉCÉDENS, BION.

AGÉNOR fuit au-devant de la scène.

O ciel!

BION.

Où courez-vous? qui peut troubler votre âme?

AGÉNOR.

Nysa, c'était un piége.

CRATÈS, riant.

Ah! voici le revers.

BION.

Je sais un peu faire les vers :
Je viens chanter l'épithalame.

AGÉNOR, à Nysa.

Vous me trompiez!

CRATÈS.

C'est une femme.

BION.

De votre effroi remettez-vous.

NYSA, à Agénor.

Attendez.

AGÉNOR.

Quelle perfidie!

BION, au chœur.

Vous, avec moi, répétez tous :

« A cet autel, nymphe jolie. »

CHOEUR.

A cet autel.....

BION.

Va former les nœuds les plus doux.

CHOEUR.

Va former.....

BION.

L'aimable Nysa se marie.

CHOEUR.

L'aimable.....

BION.

Qu'elle choisisse son époux.

CHOEUR.

Qu'elle choisisse.....

BION *à Nysa.*

A qui consacres-tu ta vie ?
Ton cœur est libre.

NYSA *se jette dans les bras de Bion.*

C'est à vous.

ENSEMBLE.

CHOEUR.

Dieu de Paphos et de Cythère,
Viens ranger deux cœurs sous ta loi.

AGÉNOR.

Ah ! rien n'égale ma colère :
Peut-on mieux se jouer de moi ?

CRATÈS.

De ton amour c'est le salaire,
Tu l'as voulu, console-toi.

ENSEMBLE.

NYSA, *à Bion.*

Voyez comme il se désespère,
Tout son cœur est glacé d'effroi.

BION.

Chère Nysa, laisse-moi faire;
Vous serez tous contens de moi.

BION, à Agénor et à Cratès.

Maintenant, pour ce mariage,
Comme vos soins sont superflus,
Amis, je ne vous retiens plus.
   (*Au chœur.*)
Souhaitons-leur un bon voyage.

LE CHOEUR salue Agénor.

Salut au sage de la Grèce,
   Au disciple du grand Platon;
S'il sait enseigner la sagesse,
   Il joint l'exemple à la leçon.

AGÉNOR.

Bion, je sens mes torts; croyez que je m'accuse
   Plus fortement encor que vous;
   Mais un seul mot, et jugez-nous:
J'ai vu Nysa, c'est mon excuse.

BION.

Ami, je n'ai point de courroux:
J'ai voulu vous faire connaître
Qu'il ne faut jamais usurper
Des droits qu'on obtiendrait peut-être
Sans vouloir séduire et tromper.

BION,

CRATÈS, à Agénor.

Quoi! vous n'avez pas vu, dans votre erreur extrême,
Que les événemens, avec art ménagés......

AGÉNOR.

Et les vers.....

CRATÈS.

C'est Bion qui les a corrigés.

BION.

Non, car je les ai faits moi-même.

AGÉNOR.

Fuyons ces bords, et pour jamais.
Je suis puni, je le mérite.
Adieu. Mais vous dont les attraits
Resteront dans mon cœur, me suivront dans ma fuite,
Vous que j'adore et que j'évite,
Cruelle, dites-moi comment
Vous pouviez avec tant d'adresse,
Tromper le plus sensible amant,
Et vous jouer de sa tendresse?
Mais, que dis-je? sortons de ce funeste lieu;
Je vais mourir de honte et de douleur. Adieu.

(*Il va pour sortir; les bergers se séparent. La statue
disparaît, et on voit à sa place un enfant vêtu comme
l'Amour.*)

Dieu! que vois-je?

BION.

Ecoutez, que rien ne vous étonne.

L'ENFANT.

« Arrête, l'Amour te l'ordonne.
» Ton repentir suffit à ta punition;

» Tes torts sont oubliés, l'Amitié te pardonne:
» Sois l'époux de Nysa, sois l'ami de Bion. »

AGÉNOR.

Serait-il vrai, grands dieux! quelle reconnaissance!

NYSA, se jette dans ses bras.

Cher Agénor, enfin, je puis vous consoler!

AGÉNOR.

Bion.... Nysa.... c'est vous....

NYSA.

Je n'osais vous parler,
On m'avait ordonné de garder le silence.

CRATÈS.

Eh bien! je m'en doutais.

AGÉNOR, très-ému.

Ah! quel coup pour mon cœur!
Quoi! vous que j'ai trahi, vous faites mon bonheur!

BION.

Oui, mon ami, c'est ma vengeance.
J'ai promis à Nysa de combler tous ses vœux;
Dès qu'elle vous aimait, vous deviez être heureux.
Mais comme votre amour allait un peu trop vite,
J'ai cru devoir vous en punir:
C'était, mon cher ami, pour vous faire sentir
Qu'un bonheur sans remords a bien plus de mérite.

AGÉNOR.

Nysa, vous saviez tout?

NYSA.

Je devais obéir.

27.

BION.

Les vers, le rendez-vous, l'apprêt du mariage,
Tout est de ma façon; et pour dernier ouvrage,
J'ai fait dire à l'Amour ce qu'il vient d'ordonner.

CRATÈS.

Le jeune philosophe est plus heureux que sage.

BION.

Gardons-nous de trop condamner
Celui que trop d'amour a pu rendre coupable.
Je sens que je suis homme, et j'aime à pardonner
Les fautes dont je suis capable.

AGÉNOR.

Ah! Bion, vos bienfaits....

BION.

Paix! dans cet heureux séjour,
Ne parlons que d'hymen, de plaisir et d'amour.

CHOEUR.

Dieu de Paphos et de Cythère,
Viens ranger deux cœurs sous ta loi.

AGÉNOR.

L'épouse est digne de ta mère.

NYSA.

Et l'époux est digne de toi.

TOUS.

Dieu de Paphos, etc.

FIN DE BION.

L'ORIGINAL,

COMÉDIE EN UN ACTE ET EN VERS,

REPRÉSENTÉE SUR LE THÉATRE FEYDEAU,
PAR LES COMÉDIENS FRANÇAIS,
LE 12 THERMIDOR AN IV (28 juillet 1796.).

PERSONNAGES.

CÉLIMÈNE.
DAMIS.
LINVAL.

La scène se passe à la campagne, chez Célimène.

AVERTISSEMENT.

D'après le titre de cet ouvrage, on pourrait croire que l'auteur a voulu peindre un caractère, tandis que le sujet de sa pièce n'est que l'original d'un portrait; mais si, dans cette légère esquisse, M. Hoffman ne s'est point élevé jusqu'à la haute comédie; si, au lieu de scènes dramatiques, il n'a tracé que des conversations spirituelles, il n'en a pas moins prouvé, par son *Original*, qu'il était digne d'obtenir d'honorables succès dans la carrière parcourue avec tant de gloire par Molière et Regnard. Après la lecture de ce petit acte, on regrette que l'auteur n'ait point consacré plus de temps à un genre auquel il semblait appelé par son talent.

L'ORIGINAL.

SCÈNE PREMIÈRE.

DAMIS, LINVAL.

DAMIS.

Puisque nous sommes seuls, nous pouvons sans nous nuire
Sur nos projets d'amour tour à tour nous instruire.
Célimène est encor dans les bras du sommeil;
En nous occupant d'elle, attendons son réveil.

LINVAL.

Mais quel mystère?

DAMIS.

En vain vous cachez votre flâme;
Un tendre sentiment s'est glissé dans votre âme.

LINVAL.

Vous pourriez en douter.

DAMIS.

Le doute est éclairci:
Vous aimez Célimène, et moi je l'aime aussi.

LINVAL.

Vous êtes pénétrant.

DAMIS.

Ah! de cette science
Vous n'avez pas, Linval, la longue expérience.

Sur tout autre que vous j'aurais pu m'abuser;
Mais le sentimental ne peut se déguiser.

LINVAL.

Je vois bien que Damis connaît ma maladie.

DAMIS.

Si c'en est une, hélas! je crains pour votre vie:
Vous êtes au plus mal; mais je puis vous guérir,
Et c'est votre rival qui prétend vous servir.

LINVAL.

Rival trop généreux!

DAMIS.

     Quand j'étais à votre âge,
Je voulais, comme vous, un amour sans partage.
J'étais tendre, fidèle, exigeant et jaloux,
Un peu gauche, timide; enfin tout comme vous.
Chez moi les soupirs seuls, interprêtes de l'âme,
Laissaient, au bout d'un siècle, apercevoir ma flâme.
Du plus profond respect j'avais le préjugé;
Les femmes, dieu merci, m'en ont bien corrigé.
J'appris à deviner, en changeant de système,
Ce que signifiaient ces trois mots: je vous aime.
Des femmes, sur ce point, j'arrachai le secret;
Et l'amour, en un mot, m'a paru tel qu'il est;
Un commerce d'intrigue, une aimable folie,
Un jeu d'enfant, qui fait le charme de la vie:
C'est un fardeau bien lourd s'il devient sentiment,
Mais il est fort joli comme un amusement.
Voilà tout mon système: il deviendra le vôtre;
Vous pouvez être heureux et dupe comme un autre;
Je vois que vous avez ce qu'il faut pour cela,
Et je vous ouvrirai cette carrière-là.

LINVAL.

Damis, j'admire en vous cette étude profonde,
Cet art que vous nommez connaissance du monde;
Mais à vos argumens mon cœur n'a pas cédé :
Vous voulez me convaincre, on m'a persuadé.
Je n'attaquerai point votre saine logique
Par les raisonnemens de la métaphysique.....

DAMIS.

Ah! grâce!... mon esprit ne croit que ce qu'il voit,
Et j'aime un argument qu'on touche au bout du doigt;
Mais laissons la logique et suivons notre affaire.
Nous aimons tous les deux de diverse manière;
La forme n'y fait rien, nous voulons être heureux,
Voilà l'unique point où s'accordent nos vœux.
Célimène attachée à la vieille méthode,
En amour seulement n'a pas suivi la mode;
Elle aime les soupirs, elle croit aux sermens,
Elle adore surtout les héros de romans,
Respect, constance, ardeur, sublime verbiage,
Bref, vous lui convenez on ne peut davantage.
Mais malgré tout cela, si je ne l'aide un peu,
Je vous verrai bientôt sécher à petit feu,
Vous aimer tout un mois sans oser vous le dire,
Et prolonger encore un antique martyre :
C'est ce qu'il ne faut point. Je ne souffrirai pas
Qu'on reste, moi présent, dans ce sot embarras.
Depuis assez long-temps la vanité des femmes
Se fait un jeu malin de tourmenter nos âmes,
Ne leur accordons pas ces petits passe-tems,
Qui nous feraient passer pour de trop bonnes gens :
Il faut que de nous deux, on prenne l'un ou l'autre,
Mon amour est connu, l'on devine le vôtre,

Nous devons dans ce jour la contraindre à choisir,
Et savoir qui des deux doit rester ou partir.

LINVAL.

Mais si j'ai bien jugé, l'épreuve est inutile,
Et le choix entre nous me semble très-facile.
Vous connaissez si bien le jeu des passions,
La cause et les effets de nos sensations,
Qu'en vous, avec respect, je reconnais mon maître :
C'est vous qu'on choisira.

DAMIS.

Cela pourrait bien être.
Cependant il me reste un certain embarras :
On me parle beaucoup, on ne vous parle pas.
On m'écrit une page, on vous écrit deux lignes.
On me cherche, on vous fuit, ce sont de très-bons signes,
Et j'en déciderais que je dois vous céder,
Si de rien sur la femme on pouvait décider.

LINVAL.

Bonne conclusion.

DAMIS.

Célimène s'avance,
Je m'en vais l'attaquer.

LINVAL.

Comment! en ma présence?

DAMIS.

Sans doute; restez donc, cela sera plaisant.

LINVAL.

Non, le trio pour moi n'aurait rien d'amusant.

(Il sort.)

SCÈNE II.

DAMIS, CÉLIMÈNE.

DAMIS.

Fuyez, timide amant. Sa candeur me fait peine.
Pauvre enfant! Mais voici l'aimable Célimène.

CÉLIMÈNE.

C'est Linval qui s'éloigne?

DAMIS.

Oui, vous lui faites peur.

CÉLIMÈNE.

Eh! pourquoi donc?

DAMIS.

C'est là le secret de son cœur.

CÉLIMÈNE.

Est-il fou?

DAMIS.

Le jeune homme, hélas! n'est que trop sage.

CÉLIMÈNE.

Vous allez revenir à votre persifflage?

DAMIS.

Point du tout, il vous aime.

CÉLIMÈNE.

En est-il criminel?

Moi je ne vois rien là que de très-naturel.
Linval est bien.

DAMIS.

Très-bien.

CÉLIMÈNE.

> D'un esprit agréable.

DAMIS.

Ce n'est pas de sa faute au moins s'il est aimable.

CÉLIMÈNE piquée.

Mais il l'est beaucoup plus que vous ne le pensez.

DAMIS.

Je pense comme vous, et vous vous offensez !

CÉLIMÈNE.

Non, Damis, sur Linval vous n'êtes pas sincère,
Et vous voudriez bien qu'il eût l'art de déplaire.
Je sais qu'un esprit fort, un froid observateur,
Traite d'enfantillage un sentiment du cœur.
Vous méprisez l'amour qui veut de la tendresse :
Eh bien, méprisez-moi, car j'ai cette faiblesse.
Je veux de la magie au commerce amoureux ;
Je crois qu'il faut aimer enfin pour être heureux.
Pour un corps plein d'attraits lorsque notre œil s'enflâme,
Il faut, dût-on mentir, lui supposer une âme ;
Le bandeau de l'Amour, et les ailes du Temps,
Et du sot âge d'or le bienheureux printemps,
Sont pour nous une sage et douce allégorie,
Et j'appelle cela de la philosophie.
Non, jamais en amour le calcul ne vaut rien,
Et l'erreur qui nous charme est le souverain bien.
L'imagination, le délire, l'ivresse,
Doublent notre bonheur en doublant la tendresse,
Soupirs, sermens, transports et si courts et si doux,
Vous êtes tous menteurs, mais je vous croirai tous :

Vous faites supporter le poids de l'existence,
Vous ressemblez enfin à la douce espérance,
Vous nous trompez souvent, nous vous croyons toujours,
Et vous semez de fleurs le cercle de nos jours.

DAMIS.

Je n'en ai jamais tant entendu de ma vie.

CÉLIMÈNE.

Je ne m'étonne pas que l'amour vous ennuie.
Revenons à Linval, je le trouve fort bien :
En grâces, en esprit, il ne lui manque rien ;
Linval est, en un mot, tel que je le désire.

DAMIS.

Eh bien, vous m'épargnez la peine de le dire.

CÉLIMÈNE.

Comment donc ?

DAMIS,

Je ne suis que son ambassadeur,
Je venais vous presser de hâter son bonheur.

CÉLIMÈNE.

Du dépit ?...

DAMIS.

Point du tout. Linval a su vous plaire,
Et je serais charmé d'arranger cette affaire.
Tous deux nous vous aimons. Linval cachait son feu;
Moi, dès le premier jour, je vous ai fait l'aveu.
Sur votre choix long-temps je vous crus indécise,
Aujourd'hui résolu de brusquer l'entreprise,
Je voulais vous presser, je croyais vous servir
En aidant doucement votre cœur à s'ouvrir.

Mais votre choix est fait, je l'approuve, il est sage,
Linval est votre amant, Linval a mon hommage.

CÉLIMÈNE piquée.

Linval est mon amant, monsieur! qui vous l'a dit?
Vous m'impatientez...

DAMIS.

    Vous parliez de dépit,
Le vôtre est assez clair, si je sais m'y connaître.
Ah! l'on ne paraît pas toujours ce qu'on veut être.
La femme se trahit en voulant trop ruser.

CÉLIMÈNE.

On s'abuse souvent en voulant abuser.

DAMIS.

Qu'on plaisante un rival, qu'on prenne sa défense;
Qu'on dise blanc ou noir, toujours on vous offense.
Aimez-vous Linval?

CÉLIMÈNE, avec humeur.

   Non.

DAMIS.

    En ce cas, c'est donc moi?

CÉLIMÈNE.

Oui, monsieur; je vous aime autant que je le doi.

DAMIS, à part.

Le dépit dure encor, c'est moi qu'elle préfère.
  (Haut.)
Allons, décidez-vous, terminons cette affaire.
Voyons. Qui de nous deux vous plaît-il? Répondez.
Linval attend là-bas. Parlez.

CÉLIMÈNE.

    Vous m'obsédez.

DAMIS.

Pour un moment du moins dépouillez l'artifice ;
Il faut entre nous deux que votre cœur choisisse :
Pour mon ami Linval, je tombe à vos genoux.

CÉLIMÈNE.

Mais, monsieur !.....

DAMIS.

Vainement vous feignez du courroux ;
Il faut que le vainqueur connaisse sa victoire.

LINVAL paraît dans le fond.

O ciel !

DAMIS.

Laissez tomber la palme de la gloire.
(*Linval sort avec douleur.*)

CÉLIMÈNE, à part.

Il faut m'en amuser.

DAMIS.

Nous attendons la loi :
A genoux pour Linval, j'y resterai pour moi.....

CÉLIMÈNE.

Eh bien, oui, c'est Linval ! son amour seul me touche.
Mais j'aurais mieux aimé l'apprendre de sa bouche.
(*Elle sort.*)

DAMIS se relevant.

L'oracle cette fois a parlé clairement.

SCÈNE III.

DAMIS, LINVAL.

DAMIS.

Approchez donc, monsieur ; venez, heureux amant :
C'est à votre profit qu'a tourné le message.

LINVAL.

Damis, je suis lassé de votre persifflage.
Quels que soient vos succès, quel que soit mon malheur,
Epargnez-moi du moins ce langage moqueur.

DAMIS.

Vous vous fâchez aussi? Je devine sans peine
Pourquoi vous convenez si fort à Célimène;
L'on aime ses pareils.

LINVAL.

　　　　　Qu'on me haïsse ou non,
Vous voudrez bien changer de sujet et de ton.

DAMIS.

Mais vous perdez l'esprit; c'est vous que l'on préfère.

LINVAL.

Monsieur, c'en est assez.

DAMIS.

　　　　　D'où vient cette colère?
Célimène vous aime, et m'en a fait l'aveu.

LINVAL.

De me désespérer vous faites-vous un jeu?

DAMIS.

Mais calmez-vous, Linval. Consentez à m'entendre.

LINVAL.

J'ai tout vu, je sais tout, et j'ai bien su comprendre
Que vous êtes d'accord tous deux pour m'offenser:
C'est à vous.....

DAMIS.

　　　Mais vraiment vous m'y faites penser.

Quand elle m'a, pour vous, fait l'aveu de sa flâme,
Cet aveu me semblait ne pas sortir de l'âme.
Elle avait du dépit..... J'ai cru voir du courroux,
Lorsque je m'avisai d'intercéder pour vous.
Elle vous a nommé : mais bon! quelle méprise!
Ne m'admirez-vous pas de croire à sa franchise?
Ma foi, mon cher Linval, j'ai cru que c'était toi;
Mais, tout bien réfléchi, ce pourrait être moi.
J'ai cru qu'elle t'aimait, je l'ai dit sans malice,
Et j'ai fait de mon mieux pour te rendre service.

LINVAL.

Vous ne m'en rendrez plus de pareils désormais,
Et je me souviendrai, monsieur, de vos bienfaits.

(*Il sort.*)

SCÈNE IV.

DAMIS, seul.

Bonjour..... Ma foi l'amour est une chose étrange :
Il fléchirait un diable, il damnerait un ange.
Ce Linval est changé..... C'est à faire pitié!
Je ne veux pourtant pas perdre son amitié;
Je vais le retrouver et calmer sa souffrance,
Par ce qu'on peut nommer baume de l'espérance.

(*Il sort.*)

SCÈNE V.

CÉLIMÈNE, seule.

Enfin il est sorti. Son ton froid et railleur,
Je n'ai pu le cacher, m'a donné de l'humeur.

28.

Mais pour la dissiper revoyons mon ouvrage :
Par l'étude des arts notre cœur se soulage.
Voilà les deux portraits de Damis, de Linval,
J'ai fait l'un assez bien, j'ai fait l'autre assez mal,
Et je le gâte encore en voulant le refaire.
Ah! je crois dans ceci découvrir du mystère.
Lorsque de deux amis je crayonne les traits,
Je veux me partager entre ces deux portraits.
Mais pour l'un d'eux, ma main plus lente et plus rebelle,
Dans son expression constamment infidelle,
Atteste que l'ouvrage est fait péniblement,
Quand l'autre s'est formé tout naturellement.
Si je réfléchis bien sur cette différence,
J'en saurai la raison. Ah! je la sais d'avance;
Si ma main me trahit, ce n'est point par erreur,
Et mon crayon m'apprend le secret de mon cœur.
Le voilà ce portrait qui dit plus que moi-même.....

DAMIS, sans être vu.

Le portrait de Linval! Ah! c'est lui que l'on aime.
Courons le consoler.

(*Il sort.*)

CÉLIMÈNE.

Il faut, sans différer,
Et le mettre sous verre et le faire encadrer.
Un cadre de bois noir et de simple stature,
Jean-Jacques l'a prescrit : l'autre aura la dorure.
Oui, tout autre que moi, sans partialité,
Aurait à ce portrait donné la primauté;
Qu'on ne m'accuse pas, s'il me plaît davantage,
Je puis le préférer, c'est mon meilleur ouvrage.

(*Elle sort.*)

SCÈNE VI.

DAMIS, LINVAL.

DAMIS.

Venez, elle est sortie. Avancez donc, monsieur ;
Montrerez-vous encor de la mauvaise humeur ?
J'ai vu votre portrait tracé par Célimène,
Et caressé des yeux de la belle inhumaine.
On semblait se mirer dans chacun de vos traits ;
J'en jouissais pour vous : triomphe plein d'attraits !
Mais au moins sentez-vous toute votre victoire ?

LINVAL.

Elle est grande en effet..... si je pouvais y croire.

DAMIS.

Quoi ! vous doutez encore ? Ah ! le tour serait beau !
Allons, timide amant, soulevez ce rideau ;
Admirez ce portrait.....

LINVAL.

Que vois-je ? c'est le vôtre !

DAMIS.

C'est le mien, c'est le mien ! En voici bien d'un autre !
Mes yeux me trompent-ils ? Non, c'est moi ; me voilà.

LINVAL.

Je vous reconnais bien, monsieur, à ce trait là.

DAMIS.

Vous pouvez m'en vouloir et me donner au diable ;
Mais je ne vous ai dit rien que de véritable :
J'ai vu.....

LINVAL , froidement.

Mais je vous crois; je n'ai point dé courroux,
Damis, et je prendrai le même ton que vous.
Prendre un portrait pour l'autre, ah! c'est bien pardonnable.
Nous nous ressemblons tant , l'erreur est excusable.

DAMIS.

Mais j'étais donc aveugle?

LINVAL.

Ah! vous y voyez bien ,
Monsieur, et sur ce point il ne vous manque rien.

DAMIS.

Pour moi cette aventure est encore un mystère.

LINVAL.

La preuve cependant me paraît assez claire.

DAMIS.

Oui, cela paraît clair, j'en conviens.

LINVAL.

C'est heureux.

DAMIS.

Mais au lieu d'un portrait, si nous en trouvions deux ,
Le fait s'expliquerait....   (*Il cherche.*)

LINVAL.

Epargnez-vous la peine.

DAMIS.

Ma foi, j'y suis tout seul.

LINVAL.

Le cœur de Célimène ,
Me disiez-vous, monsieur, n'est point à dédaigner.

DAMIS.

Oui, c'est moi que l'on aime; il faut m'y résigner.

LINVAL.

Il ne me reste plus qu'à vous céder la place.

DAMIS.

Je le crois comme vous : mais tout chagrin s'efface;
Le vôtre passera.

LINVAL.

Comme votre bonheur.

DAMIS.

Mais avouez au moins que j'ai bien du malheur;
J'ai voulu vous donner ce cœur que je vous ôte,
Et si je plais enfin, ce n'est pas de ma faute.
Mais si nous nous trompions?... Car... Attendez-moi là;
Je veux que Célimène explique tout cela.

(*Il sort.*)

SCÈNE VII.

LINVAL, seul.

Voilà donc mon vainqueur! Serait-il bien possible
Qu'il eût l'art de toucher un cœur aussi sensible?
Lui! les femmes, grands dieux!.. Les femmes! ah! je croi
Que Damis en effet les connaît mieux que moi;
J'en gémis, je l'avoue. Elle avait ma tendresse;
J'estimais sa raison et sa délicatesse:
Quelle était mon erreur! Je pense en vérité
Qu'il ne faut estimer qu'avec sobriété.
On vient: contraignons-nous; tâchons que Célimène
Ne puisse pas au moins triompher de ma peine.

SCÈNE VIII.

LINVAL, CÉLIMÈNE.

CÉLIMÈNE.

Ah! vous voilà, monsieur; mais on ne vous voit pas :
Où donc vous cachez-vous?

LINVAL.

On me voit trop, hélas!

CÉLIMÈNE.

On vous voit trop, Linval; je vous rends mieux justice.

LINVAL.

Moi, madame! dans peu je vous rendrai service.

CÉLIMÈNE.
Comment donc?

LINVAL.

Je m'en vais retourner à Paris.

CÉLIMÈNE.

Eh! pourquoi nous quitter?

LINVAL.

Pourquoi? c'est qu'entre amis,
Un tiers est importun, et j'ai raison de croire
Que je suis ce tiers là.

CÉLIMÈNE.

Si j'ai bonne mémoire,
Je ne vous ai rien dit qui le fasse penser.

LINVAL.
Madame, tout ici semble me l'annoncer.

CÉLIMÈNE.

Je ne recherche pas ce qu'on a pu vous dire :
Je veux que vous restiez, cela doit vous suffire.

LINVAL.

Vous voulez?...

CÉLIMÈNE.

Oui, je veux; et si je prends ce ton,
Vous me devinerez et le trouverez bon.

LINVAL.

Comment à tant d'attraits mêler tant d'artifice!

CÉLIMÈNE.

D'artifice, monsieur?

LINVAL.

Je sens mon injustice,
Madame; je devrais, en comblant mon erreur,
Savoir interpréter le tout en ma faveur.

CÉLIMÈNE.

Vous le pourriez souvent, sans craindre de méprise.

LINVAL.

Autrefois Célimène avait de la franchise....
Ne vous contraignez plus, quittez cet embarras;
Soyez claire....

CÉLIMÈNE.

Ce ton ne vous appartient pas,
Linval; vous copiez : Damis est de l'affaire.

LINVAL.

Si je l'imitais bien, je saurais mieux vous plaire.

CÉLIMÈNE.

Quoi! c'est de ce motif que vient votre courroux?
Les voilà! sans aimer, les hommes sont jaloux.

LINVAL.

Sans aimer?

CÉLIMÈNE.

L'orgueil seul peut maîtriser leurs âmes.

LINVAL.

Avec plus de justice on le dirait des femmes.

CÉLIMÈNE.

Retournez à Paris.

LINVAL.

Oui, demain au matin.

CÉLIMÈNE.

Quoi! vous nous accordez alors jusqu'à demain?

LINVAL, avec dépit.

En quittant ces beaux lieux, je n'aurai, je vous jure,
Pas même le bonheur d'y rester en peinture.

CÉLIMÈNE, regardant le tableau.

Qu'entends-je? vous avez découvert ce portrait?

LINVAL.

Oui, madame.

CÉLIMÈNE.

Linval, cela n'est pas discret.

LINVAL.

Ce qu'a dit le portrait, je le savais d'avance.

CÉLIMÈNE, riant.

Eh bien! mon cher Linval, vous êtes en démence :

Allez, je vous pardonne, et j'aime votre erreur.
Mais je puis d'un seul mot dissiper votre humeur.

LINVAL.

Madame, j'en sais trop....

CÉLIMÈNE.

Vous savez des chimères.
Un jaloux ne voit pas les choses les plus claires;
Mais il voit clairement ce qui n'existe pas.
Vous ne partirez point, je vous le dis tout bas.

LINVAL.

Ah! que vous savez bien user de votre empire!
Vous jouissez, cruelle; et vous semblez me dire:
Restez pour contempler le bonheur d'un rival;
Soyez l'ombre au tableau; s'il est bien, soyez mal.
Un amant préféré n'a qu'une faible gloire,
Si quelque infortuné n'ajoute à sa victoire.
L'un des deux est chez vous sous le titre d'amant,
Et l'autre y restera pour votre amusement.

CÉLIMÈNE.

L'un des deux, dites-vous? Cela pourrait bien être,
Et celui-là, dans peu, vous saurez le connaître.

LINVAL.

Ah! madame, le choix sera bientôt dicté.

CÉLIMÈNE.

Eh bien! restez au moins par curiosité;
Vous verrez si ce choix mérite qu'on l'approuve.

LINVAL.

Il ne ferait qu'aigrir la douleur que j'éprouve :
Non, non, je ne veux pas le connaître à ce prix.
C'en est fait.

CÉLIMÈNE.

En ce cas, retournez à Paris.

LINVAL.

Oui, madame, je pars, et j'emporte dans l'âme
Le cruel souvenir de la plus vive flâme;
La honte et le regret d'une trop douce erreur.
Oui, je pars; mais le trait restera dans mon cœur :
Et ce qui rend surtout ma peine plus affreuse,
C'est de savoir qu'ici vous n'êtes pas heureuse;
Car enfin ce rival qui sut vous enflammer,
N'eut que l'art de vous plaire, et je savais aimer.

CÉLIMÈNE.

En ce cas restez donc.

LINVAL.

O ciel! quelle ironie!

CÉLIMÈNE.

Vous m'impatientez par votre modestie,
Vous ne devinez rien.

LINVAL,

Est-ce donc un secret?
Le portrait.....

(*Damis s'avance et écoute.*)

CÉLIMÈNE.

Eh bien, oui, je chéris un portrait.
Avec un tendre soin je l'ai tracé moi-même,
Il présente à mes yeux le seul homme que j'aime;
Et s'il faut m'expliquer, incrédule Linval,
De ce portrait chéri....

SCÈNE IX.

Les Précédens, DAMIS.

DAMIS, interrompant Célimène.

Voici l'original.
Je ne puis pas venir plus à propos.

CÉLIMÈNE, avec dépit.

Sans doute.

DAMIS.

On n'entend pas toujours du mal quand on écoute.
Eh bien, mon cher Linval, on vous fait donc mourir?

CÉLIMÈNE.

Linval a du malheur, il faut en convenir.

(*Elle va pour sortir.*)

DAMIS.

Madame, le malheur est une bonne école.
Vous sortez?

CÉLIMÈNE, séchement.

Oui, je sors.

DAMIS.

Et moi, je le console.

CÉLIMÈNE.

Oui, consolez, Damis; Linval en a besoin,
Je vois avec plaisir que vous prenez ce soin;
Mais ne profitez pas de tout votre avantage,
Et de votre ascendant faites un noble usage.

A calmer ses ennuis j'aurais pu vous aider,
Mais vous aurez mieux l'art de le persuader.

(Célimène feint de sortir, et passe dans le cabinet, d'où
elle écoute la scène suivante.)

SCÈNE X.

DAMIS, LINVAL.

DAMIS.

J'ai fait aux grands débats succéder le silence.
Eh bien, mon cher ami, vous vous taisez ?

LINVAL, froidement.

Je pense.

DAMIS.

Diable! C'est bien penser. La raison et le tems
Sont le meilleur remède aux chagrins des amans.

LINVAL.

Je le crois comme vous.

DAMIS.

Oui, la philosophie
Nous aide à supporter les dégoûts de la vie.

LINVAL.

Je suis très-philosophe.

DAMIS.

Eh bien, dans tout ceci,
Êtes-vous décidé? Prenez-vous un parti?

LINVAL.

Il est pris.

DAMIS.

Je le sais.

LINVAL.

Vous lisez dans les âmes.

DAMIS.

C'est que je connais bien les hommes et les femmes.
On ne vous a rien dit, et vous n'avez rien vu,
Il n'est rien arrivé que je n'eusse prévu.

LINVAL.

Vous saviez tout?

DAMIS.

Eh oui, j'ai su que Célimène
Voudrait nous retenir tous les deux dans sa chaîne.
Toute femme est coquette, et l'on aimait en vous
L'homme qu'on tenait là, pour me rendre jaloux.

LINVAL.

Ah!

DAMIS.

Mais ce n'est pas moi qu'aisément on abuse;
J'eus l'art de repousser la ruse par la ruse.
Il fallait par adresse arracher le secret,
La forcer à choisir, et c'est ce que j'ai fait.
Célimène croyait n'agir que d'elle-même,
Mais elle n'a rien fait que par mon stratagême.
Enfin, ses actions, ses gestes, ses discours,
Ses soupirs, ses dédains, ses aveux, ses détours,
Son ton sensible et doux, son ton sévère et sage,
Sans qu'elle s'en doutât, tout était mon ouvrage.
Dans ce moment encor, je vous dirais déjà,
Et même j'écrirais tout ce qu'elle dira.

LINVAL.

Je voudrais bien l'entendre.

DAMIS.

En voulez-vous la preuve?
Eh bien, mon cher Linval, nous en ferons l'épreuve.

LINVAL.

Mais, monsieur, se peut-il?...

DAMIS.

Eh oui, cela se peut;
Une femme ne fait, ne dit que ce qu'on veut.
Un homme qui n'est point à son apprentissage,
Avant qu'elle ait parlé, devine son langage :
Je vais vous le prouver. Pour être sûr du fait,
Il faudra vous cacher là, dans ce cabinet,
Et là, vous entendrez Célimène redire
Ce que d'avance ici je m'en vais vous prédire.
D'abord je parlerai de mon ardent amour,
De mes feux si constans et plus purs que le jour.
Elle n'y croira pas. — Tout homme est infidelle;
Pour séduire il en dit autant à chaque belle.
Je jurerai, bon! bon! — Vains recours des amans;
Il ne faut écouter ni croire leurs sermens.
Alors je m'écrîrai : je le savais, cruelle;
Vous vous faites un jeu de ma peine mortelle.
Mais quand je suis en butte à tout votre courroux,
Un autre a mérité des sentimens plus doux.
Un autre, dira-t-on? Quoi! de la jalousie?
Oui, j'en ai, j'en conviens, et pour toute ma vie.
Elle en sera charmée; alors, toujours adroit,
Oui, dirai-je, d'un ton plus tranquille et plus froid,

Je suis trop convaincu de votre indifférence,
Et je dois condamner mon amour au silence ;
Et pour faire changer la conversation,
Je sais me préparer une transition.
Je n'y réussis pas; l'adroite Célimène,
A notre premier point, malgré moi, me ramène;
Et déployant alors le jargon féminin,
De grands mots convenus, des lieux communs sans fin,
Elle veut méchamment prolonger mon martyre.

LINVAL.

Eh bien, que ferez-vous?

DAMIS.

De grands éclats de rire.

LINVAL.

Cela sera plaisant.

DAMIS.

Oui, pour vous et pour moi,
Mais bien piquant pour elle.

(*Célimène sort du cabinet, et passe dans le fond.*)

LINVAL.

Oui, monsieur, je le croi.

DAMIS.

Enfin je lui dirai : bannissons la contrainte,
Célimène; quittons et la ruse et la feinte :
Je sais que vous m'aimez..... Monsieur, qui vous l'a dit?
C'est là que vous verrez éclater son dépit.
Elle se fâchera de mon impertinence,
Et puis s'apaisera selon la convenance;
Et moi, prenant alors le plus aimable ton,
Aux pieds de la beauté j'obtiendrai mon pardon.
Les femmes, en un mot, suivent les mêmes routes,
Et quand on en connaît une, on les connaît toutes.

LINVAL.

Et vous êtes bien sûr qu'on dira tout cela?

DAMIS.

Puisque vous en doutez, monsieur, cachez-vous là.

LINVAL, allant au cabinet.

Je suis très-curieux d'entendre cette scène;
J'en ferai mon profit.

DAMIS.

Paix! voilà Célimène.

SCÈNE XI.

CÉLIMÈNE, DAMIS, LINVAL *dans le cabinet.*

CÉLIMÈNE.

Que faites-vous donc seul?

DAMIS.

J'admirais ce portrait.
J'y suis un peu flatté.....

CÉLIMÈNE.

Mais c'est par intérêt.

DAMIS.

Combien ce tendre soin me pénètre et me touche!
Ce qu'a dit le pinceau, dites-le moi de bouche:
Qu'attendez-vous encor? Vous savez mon amour;
Il est digne de vous, et pur comme le jour.

CÉLIMÈNE.

Ah! Damis un amant n'a souvent qu'un faux zèle;
Il est toujours trompeur, ou du moins infidèle.
Il prodigue partout les mêmes sentimens.....

DAMIS.

(*A part.*)   (*Haut.*)

Cela commence bien. Eh quoi! tous mes sermens.....

CÉLIMÈNE.

Les sermens répétés sont un lien fragile;
J'en pourrais croire un seul, je n'en croirai pas mille.
Quand vous jurez tout haut de nous aimer toujours,
Le cœur jure tout bas de trahir ses amours.

DAMIS.

(*A part.*)   (*Haut.*)

C'est cela, c'est cela. Je le vois trop, cruelle,
Vous vous faites un jeu de ma peine mortelle;
Mais quand je suis en butte à tout votre courroux,
Un autre a mérité des sentimens plus doux.

CÉLIMÈNE.

Un autre? Quoi! Damis connaît la jalousie?

DAMIS.

Madame, ce n'est point une plaisanterie.

CÉLIMÈNE.

Je ne l'aurais pas cru.

DAMIS, à part.

La friponne sourit.

CÉLIMÈNE.

A parler franchement, j'aime votre dépit.

DAMIS.

(*A part.*)   (*Haut.*)

Je le crois bien. Certain de votre indifférence,
Il faudra condamner mon amour au silence.
Espérez-vous bientôt retourner à Paris?

29.

CÉLIMÈNE, souriant.

Non, j'aime la campagne.

DAMIS.

Ah! j'en suis peu surpris.
Un esprit bien pensant, une âme douce et pure
Préfère à tout plaisir l'aspect de la nature.

CÉLIMÈNE.

Un cœur tendre surtout aime à la contempler.

DAMIS.

(*A part.*)   (*Haut.*)
Elle y revient..... Eh bien! pourquoi dissimuler?
Chaque mot vous trahit; votre cœur est sensible.

CÉLIMÈNE.

Eh! qui peut se vanter de l'avoir inflexible?

DAMIS.

Quiconque vous connaît ne s'en vantera pas.
Mais vous, pourriez-vous l'être avec autant d'appas?

CÉLIMÈNE.

Vous me pressez, Damis.

DAMIS.

Bannissons la contrainte;
Ouvrez-moi votre cœur, et quittons toute feinte.
Vous m'aimez, n'est-ce pas?

CÉLIMÈNE.

Et d'où le savez-vous,
Monsieur? Qui vous l'a dit?

DAMIS.

Modérez ce courroux.

Tout parle en ma faveur; il est temps de vous rendre.
On perd plus qu'on ne gagne en voulant trop attendre.

CÉLIMÈNE, avec un dépit simulé.

J'aurais droit de montrer de la mauvaise humeur,
Monsieur; mais non, je sais excuser votre erreur.
Vous nous connaissez mal.

DAMIS.

Je connais mal les femmes?

CÉLIMÈNE.

Quoique vous vous flattiez de lire dans leurs âmes,
Vous les connaissez mal.

DAMIS, rit aux éclats.

Ma foi, cet entretien
Prouve assez clairement que je les connais bien.

CÉLIMÈNE.

De ce rire moqueur ma surprise est extrême.

DAMIS.

Ah! si vous saviez tout, vous en ririez vous-même.
C'est qu'ici vous n'avez rien dit et rien pensé,
Que d'avance à Linval je ne l'eusse annoncé.

CÉLIMÈNE.

Vous saviez.....

DAMIS.

Mot pour mot. Jugez si j'ai dû rire.

CÉLIMÈNE.

J'ai cependant encor quelque chose à vous dire
Que vous ne savez pas.

DAMIS, riant

C'est?....

CÉLIMÈNE.

Que mon choix est fait.

DAMIS, riant encore.

Et ce choix, quel est-il?

CÉLIMÈNE.

Il part du cabinet.

DAMIS.

Quoi!

CÉLIMÈNE.

Dans ce cabinet, Linval m'a remplacée;
J'avais tout entendu.

DAMIS, avec un rire forcé.

Vous étiez bien placée.

SCÈNE XII ET DERNIÈRE.

LES PRÉCÉDENS, LINVAL *sortant du cabinet.*

LINVAL, avec transport.

Quoi! madame?....

CÉLIMÈNE.

Linval, vous serez mon époux.

DAMIS.

Mais je l'avais bien dit, Linval, que c'était vous.

LINVAL.

Ah! pouvais-je espérer que j'aurais su vous plaire?

CÉLIMÈNE.

Oui, Linval, car mon choix était facile à faire.
(*A Damis.*)
Pour vous, ne rusez plus; les plus fins y sont pris.

LINVAL, à Damis.

Eh bien! qu'en dites-vous?

DAMIS.

Ma foi, ce que j'en dis,

C'est qu'un homme jamais ne connaît une femme.

CÉLIMÈNE.

Moi, je vous connais bien.

DAMIS.

Mais je le vois, madame.

CÉLIMÈNE.

Oui, je m'explique enfin, et vous aurez, je crois,
Consolé votre ami pour la dernière fois.
Dorénavant, Damis, si vous voulez m'en croire,
Prenez un autre ton, cherchez une autre gloire;
Le babil indiscret et la méchanceté
Ne donnent plus un air d'originalité,
Car rien n'est si commun. Qu'une femme légère
Soit la dupe une fois d'un pareil caractère,
Cela ne prouve rien; et cette exception
Donne un faible triomphe à l'indiscrétion.
Entre Linval et vous, voyez la différence :
Tandis que vous cherchiez une vaine apparence,
Il aime, il est heureux. L'un de vous deux dira
Qu'il est l'homme chéri, mais l'autre le sera.
La morale, monsieur, vous paraîtra sévère;
Mais vous la méritez. Vous avez de quoi plaire;
Ne vous déguisez point. En suivant mes avis,
Vous pouvez être encore au rang de mes amis.

DAMIS.

Ah! que la vérité me pénètre et me touche!
La vérité surtout qui sort de votre bouche :
Me voilà corrigé. Le précepte est bien doux
Quand nous le recevons d'un maître tel que vous.

FIN DE L'ORIGINAL.

TABLE DES MATIÈRES

CONTENUES DANS CE VOLUME.

FIN DE LA TABLE.